Hilde Kuhn

Mein anderer Sohn

Hilde Kuhn

Mein anderer Sohn

fredeboldundfischer
derdeutscheautorenverlag

1. Auflage 2008

fredeboldundfischer
fredebold&partner gmbh
schaafenstraße 25, 50676 köln

Originalausgabe: „Mein anderer Sohn"

Titelabbildung: pecher und soiron, Köln
Autorenfoto: © Privat
Umschlaggestaltung: Roland Pecher, Köln
Lektorat: Ingeborg Mues
Satz: D.I.E. Grafikpartner GmbH, Köln
Druck und Bindearbeiten: CPI – Ebner & Spiegel, Ulm
Printed in Germany
ISBN 978-3-939674-20-7

www.fredeboldundfischer.de

Für meine Söhne.

Herzlich möchte ich mich bei Frau Ute B. Fröhlich bedanken, die mich ermutigt hat dieses Buch zu schreiben und mich mit Lob und Kritik während meiner Arbeit unterstützt hat.
Außerdem sage ich Danke zu Franca, die für mich da war, als die Not am Größten war.
Und schließlich gilt mein tief empfundener Dank meinem Mann Uwe, der das alles ertragen musste.

Inhalt

Kapitel 1
Angst

Ich habe Angst, furchtbare Angst. Ich bin in meiner Wohnung und zittere. Komme fast um vor Angst. Wie oft habe ich in meinem Leben Angst gehabt? Ich meine nicht die Angst als Kind, in den dunklen Keller zu gehen. Richtige Angst, so wie jetzt.

Ich kann mich noch gut an einen Flug von Aqaba nach Amman in Jordanien mit meinem früheren Mann Frank erinnern. Wir lebten damals in Saudi-Arabien in einem kleinen Camp am Roten Meer. Frank arbeitete dort für eine deutsche Baufirma. Ich war schwanger und wollte zur Entbindung von der jordanischen Hauptstadt aus über Aqaba nach Deutschland fliegen.

Kaum hatten wir unsere Flughöhe erreicht, sackte das Flugzeug plötzlich ab, fing sich und schoss nach oben. Dann stürzte es mit hoher Geschwindigkeit wieder abwärts.

Der Kapitän, ein Amerikaner, versuchte uns Passagiere zu beruhigen. Es seien die hohen Berge vor dem offenen Meer, erklärte er über Lautsprecher, und die hohen Temperaturen, die dem Flugzeug Probleme bereiteten. „Don't worry", beruhigte er uns und lachte dabei.

Ein Araber neben mir betete laut und übergab sich. Das jähe Auf und Ab nahm kein Ende. Ich hatte panische Angst, dass wir abstürzen würden. Aber zum Glück landeten wir heil in Aqaba.

Heute, hier in meinen eigenen vier Wänden, hat mich die Angst wieder fest im Griff. Sie lässt mich nicht mehr los. Ich versuche sie abzustreifen. Straffe die Schultern, atme tief durch. Es hilft nichts. Ich zittere am ganzen Leibe.

Einige Jahre nach diesem schrecklichen Heimflug durchlebte ich eine andere angstvolle Situation. Mein Sohn Constantin war damals vier Jahre alt, und wir wohnten in Libyens Hauptstadt Tripolis in einem großen arabischen Haus. Im Garten befand sich eine Fäkaliengrube, die nur mit einem losen Brett gesichert war. Ich war hineingestürzt, als ich gerade dabei gewesen war, das Laub im Garten zusammenzufegen. Niemand war da, der mir helfen konnte, denn das Haus war von einer hohen steinernen Mauer umgeben.

Constantin lief daraufhin laut um Hilfe schreiend durch den Garten.

Doch niemand hörte uns.

Meine Beine versanken in dem übel riechenden Brei. Kakerlaken krabbelten an meinem Körper empor. Angst und Ekel überfielen mich. Angst, mich nicht alleine befreien zu können. Irgendwie schaffte ich es dann doch, mich aus dem Loch herauszustemmen.

Doch jetzt, in diesem Augenblick, weiß ich nicht mehr, was ich tun soll. Um meinen Hals trage ich eine lange, schwere Kette mit einem großen, massivsilbernen Kreuz. Es liegt ganz warm auf meiner Haut.

„Vater unser", bete ich. „Hilf mir!"

Obwohl ich in einer christlichen Familie aufgewachsen bin, haben mich meine Eltern nie dazu gedrängt, an Gott zu glauben oder in die Kirche zu gehen. Meine Eltern haben mir Nächstenliebe vorgelebt. „Deinen Glauben an Gott musst du selbst finden", sagte meine Mutter einmal. Ich bete seit meinen Kindertagen. Auch wenn ich selten zur Kirche gehe, glaube ich an eine

Macht, die uns leitet, wenn wir es nur zulassen. Und ich schöpfe meine Kraft daraus.

Mein Sohn hat gerade den Türrahmen seines Zimmers eingetreten. Er ist zersplittert. Mein Sohn hat sich eingeschlossen und abgeschottet. Von mir und von der ganzen Welt.

Mein Sohn heißt David und ist nicht mein leiblicher Sohn. Dennoch ist er MEIN Sohn. Mein anderer Sohn. Wir nennen ihn meistens Dave. Einssiebenundachtzig groß mit blauen Augen und blonden Haaren, sieht er aus wie ein Engel. Ein Junge von bald siebzehn Jahren. Als er zu uns kam, war er noch nicht sieben Jahre alt. Im Moment besucht er hier in Berlin die Realschule.

Unentwegt tritt er mit den Füßen gegen die Tür und schreit: „Wenn du mir kein Geld gibst, schlage ich hier alles kurz und klein!"

Ich trommele auf der anderen Seite gegen die Tür, aber er hört nicht auf zu randalieren, tobt weiter. Ich rufe „Mach auf!", und höre Glas zerbrechen. Mein Herz rast. Angst.

Ich weiß mir einfach nicht mehr anders zu helfen und schreie: „Ich rufe jetzt die Polizei!"

Da wird es still in seinem Zimmer.

Ich hole mir aus dem Wohnzimmer meine Zigaretten und einen Aschenbecher, setze mich in dem langen, schmalen Flur direkt vor seinem Zimmer auf den Boden. In zerlöcherten Jeans sitze ich auf dem persischen Teppich, einem Überbleibsel aus meiner ersten Ehe.

Ich erinnere mich daran, wie Frank und ich den Teppich damals auf einem arabischen Souk gekauft haben. Im September in Saudi-Arabien, als es dort noch heißer war als in Deutschland im Hochsommer. Mehr als zehn Jahre lang sind wir im Orient unterwegs gewesen. Von einer Baustelle zur anderen gezogen. Saudi-Arabien, Irak, Libyen. Immer woandershin. Ich weiß noch, dass ich beim Teppichkauf einen langen Kaftan aus rosa Seide trug, verblasst von der Sonne. Wir hielten uns an den Händen, als wir mit dem Araber um den Preis feilschten. Ich werde das nie vergessen, weil ich in diesem Moment so glücklich war.

Ich ziehe mit dem Finger das Muster des Teppichs nach. Blau, Zimt und Mint, die Farben des Orients.

Und ich weine. Weine um mein Kind. Rauche und schluchze.

Doch irgendwann versiegen meine Tränen, ich presse meinen Kopf gegen die Zimmertür, lausche und sage leise: „Mach auf, Dave. Lass mich rein."

Er reagiert nicht.

„Lass uns reden", bitte ich, bekomme aber keine Antwort. Ich sitze da, viele Zigaretten lang. Zeit spielt keine Rolle mehr.

Ich brauche Hilfe, ich muss mit jemandem reden. Wen kann ich anrufen? Wer stützt mich, wer kann mich trösten? Ich fühle mich allein. Dabei habe ich hier inzwischen einen großen Freundeskreis, sogar vier sehr enge Freundinnen, Doris, Tina, Dora, Inge, und den schwulen Steve. Mit ihnen kann ich über alles reden.

Ich hatte Doris vor Jahren in Tripolis kennen gelernt. Sie war mit einem Bauleiter verheiratet. Später hat sie dann „Wolle" geheiratet. Mit ihm lebt sie jetzt in Brandenburg. Die beiden haben ein Möbelgeschäft in Berlin und importieren Möbel aus Fernost. Obwohl wir uns seit der Zeit in Tripolis nicht oft gesehen haben, hat meine Freundschaft mit Doris all die Jahre über gehalten. Doch sie hat keine Kinder und hat keine Ahnung von Kindern.

Mit Tina, einer Stewardess, und meinen Jungs habe ich ein Jahr nach der Trennung von meinem Mann in einem Haus nahe Frankfurt zusammengewohnt. Frank und ich hatten es gemietet, nachdem wir unser Haus in der Wetterau verkauft hatten. Tina war mir zunächst eher unsympathisch. Ihr mädchenhaftes Verhalten wirkte so aufgesetzt. Sie trug fürchterliche Kleider. Himmelblau und rosarot. Aber es stellte sich bald heraus, dass sie mit ihren Eltern in all den Ländern gelebt hatte, in denen auch wir unterwegs gewesen waren. Das hat uns verbunden.

Tina lebt mittlerweile ebenfalls in Berlin, zusammen mit ihrem Freund. Doch obwohl Tina mit mir und meinen Söhnen sehr vertraut ist, kommt sie als Ratgeberin in dieser schwierigen Lage nicht infrage. Sie ist chaotisch und braucht eher selbst moralische Unterstützung, als dass sie sie jemand anderem geben könnte.

Ich könnte Steve anrufen. Steve würde mir bestimmt helfen, aber er drängt mich schon seit geraumer Zeit, für ein paar Tage mit ihm an die Ostsee zu fahren, und ärgert sich, weil mir die Entscheidung so schwerfällt. Darum will ich ihn jetzt lieber nicht um Hilfe bitten. Ich habe Steve bald nach meiner Ankunft in Berlin in der Videothek seines Onkels kennen gelernt, die auf der anderen Straßenseite gegenüber meiner Wohnung liegt, und mich gleich mit ihm angefreundet. Steve hat genau wie David einen amerikanischen Vater und eine deutsche Mutter, nur dass Steves Vater dunkelhäutig ist. Steve selbst ist groß und kräftig wie ein Bär und liebt es, Mädchenkleider anzuziehen.

Aber Dora wird mir helfen können. Sie ist schließlich genau wie ich Pflegemutter, noch dazu die von Davids leiblicher jüngerer Schwester „Jenny". Ich werde sie anrufen. Sie und ihr Mann Torsten wohnten früher nicht weit von uns entfernt in der Wetterau und saßen an einem dieser Pflegeelternabende des Jugendamts neben uns. Ihre leibliche Tochter heißt Marie und ist genauso alt wie mein leiblicher Sohn Constantin.

Dora ist eine intelligente Frau mit kurzen brünetten Haaren. Als ich sie das erste Mal auf dem Elternabend sah, stand sie kurz vor ihrer Abschlussprüfung zur Heilpraktikerin. Anders als ich ist sie stets ruhig und besonnen.

Dora bekam während ihrer Schwangerschaft eine Eklampsie, die bei der Geburt mit schweren Krampfanfällen einhergeht und darum Mutter und Kind aufs Äußerste gefährdet. Da jede weitere Schwangerschaft für Dora sehr risikoreich gewesen wäre und Marie nicht als Einzelkind aufwachsen sollte, hatten sie und ihr Mann genau wie wir beim Jugendamt einen Antrag für die Adoption eines Kindes gestellt.

Dora ist glücklich mit Torsten verheiratet, einem schlanken, sportlichen Mann, der eine angesehene Firma für elektronische Geräte leitet. Unsere Freundschaft hat sich durch unsere Kinder über die Jahre hinweg vertieft. Jenny war erst zwei Jahre alt, als sie zu ihnen kam.

Dora und ihre Familie leben, weil Torsten von seiner Firma hierher versetzt wurde, schon längere Zeit in Berlin. Dora hatte hier die Möglichkeit, endlich ihre eigene Praxis zu eröffnen.

Doch als ich sie nun anrufe, geht niemand ans Telefon. Nur der Anrufbeantworter spult seine Begrüßung ab.

Also versuche ich es bei Inge, die ich über eine Mitfahrzentrale kennen gelernt habe, und weine ins Telefon.

Stottere ein paar Sätze und erzähle, was passiert ist. Aber Inge muss arbeiten und hat im Moment keine Zeit für mich. Sie ist genau wie ich geschieden und in einer großen Anwaltskanzlei als Sekretärin angestellt. Ihre Wohnung liegt nur wenige Straßen von meiner entfernt. Inge ist gewissenhaft und hilfsbereit. Sie geht oft mit David ins Kino, netterweise meist in Filme, die er mag und ich mir nicht ansehen will.

Sie kann nicht lange mit mir sprechen, verspricht aber, gleich nach der Arbeit zu mir zu kommen. „Er wird dir schon nichts tun", meint sie und versucht mich zu beruhigen.

Nach dem Telefonat lausche ich wieder ängstlich an Davids Tür. Es ist ganz still da drinnen. Warum diese unheimliche Stille nach seinem gewaltigen Ausbruch? Was macht er nur? Ich klopfe an seine Tür, bekomme jedoch keine Antwort.

Schließlich fasse ich mir ein Herz und drücke vorsichtig die Klinke herunter. Die Tür klemmt, weil der Rahmen verzogen ist. Ich stemme mich gegen das Holz, die Tür öffnet sich.

Vorsichtig stecke ich den Kopf ins Zimmer und sehe David mit hängenden Schultern auf dem Bett sitzen, um ihn herum Chaos. Er hat eine Saftflasche in seine Vitrine geworfen. Glasscherben liegen im ganzen Raum verstreut. Auch die Flasche ist durch den Aufprall zerbrochen. Reste von Orangensaft kleben überall, kleine Rinnsale fließen am Schrank herab auf den Boden. Die Fernbedienung des Fernsehgeräts ist zertrümmert und besteht nur noch aus Einzelteilen. Den Rucksack mit seinen Schulsachen hat er mitten im Zimmer ausgeleert, Hefte und Bücher liegen verstreut herum. Ein Becher mit einem Rest Pudding ist umgekippt. Offenbar ist David durch die klebrige Masse hindurchgelaufen, denn das Sohlenmuster seiner Turnschuhe ist überall auf dem Teppichboden verteilt.

In diesem Augenblick wünsche ich mir meine „alte" Familie zurück. Wünschte, es wäre wieder alles wie früher. Wie gern würde ich jetzt da Halt und Geborgenheit finden. Aber unsere Familie ist zerbrochen, wie das Glas auf dem Boden in Davids Zimmer.

Seit knapp zwei Jahren lebe ich jetzt allein mit meinem Pflegesohn in Berlin. Constantin, mein leiblicher Sohn, ist nach der Trennung bei seinem Vater in Frankfurt geblieben. Er macht, genau wie dieser vor vielen Jahren, am Flughafen eine Ausbildung als Logistiker mit dem Schwerpunkt Luftfracht.

Constantin hatte mich damals bestärkt, als ich den Entschluss fasste, nach Berlin zu gehen. Doch er wollte nicht mitkommen. Ich konnte das nur zu gut verstehen, weil er im Orient aufgewachsen war und jedes Mal, wenn er sich gerade irgendwo eingelebt hatte, seine gewohnte Umgebung wieder verlassen musste. Wie hatte er gejammert, wenn wir zu einer neuen Baustelle in ein anderes Land aufgebrochen waren. Ich warf mir vor, ihm viel zu viel zugemutet zu haben.

„Vorerst keine weiteren Umzüge in meinem Leben", sagte er kurz vor meinem Weggang nach Berlin. „Ich komme nicht mit, Mutter, das musst du verstehen."

Ich war traurig und erleichtert zugleich, denn Constantin war schwierig im Umgang, und ein neuer Anfang mit zwei heranwachsenden Söhnen wäre keine leichte Aufgabe gewesen.

So bin ich mit David allein nach Berlin gegangen. Constantin besucht uns jedoch sehr oft.

Im Stadtteil Charlottenburg haben wir eine wunderschöne, fast hundert Quadratmeter große Altbauwohnung im vierten Stock bezogen. Drei Zimmer, eine geräumige Küche und ein großes Bad. Die Mieten in Berlin sind erschwinglich.

Viel habe ich nicht hierher mitgenommen. Eine alte arabische Truhe, ein paar Teppiche und Bücher. Alle anderen Möbel wie das Bett und das Sofa sind neu. Mein blau lackiertes Klavier konnte ich leider nicht mitnehmen. Es war zu alt.

In meiner Wohnung hängen überall großformatige Bilder an den Wänden, Bilder, die ich gemalt habe. Aber da ich David und mich nicht von meiner Malerei ernähren kann, verdiene ich den größten Teil des Lebensunterhalts mit dem Verkauf von Werbung als freie Mitarbeiterin eines Fernsehsenders, der in Berlin ansässig ist.

Neben dem Wohnzimmer gibt es noch eine Art Abstellraum mit einem großen Fenster, durch das viel Licht einfällt. Dort male ich. Ich trage die Acrylfarben mit der Flasche direkt auf die Leinwand auf. Meist benutze ich kräftige Farben, die Farben des Orients. Vor meinem Schlafzimmer befindet sich ein Balkon mit schmiedeeisernem Geländer, auf dem ich meine alte, jetzt weiß gestrichene Bank aus dem Garten unseres früheren Hauses aufgestellt habe. Ich liebe es, hier zu sitzen und in den weiten Innenhof zu schauen. Dort wachsen Ahornbäume, die gerade grün werden. Es ist Frühling in Berlin und so schön.

Die Arbeit ist der Grund, warum ich nach Berlin gegangen bin. Doch ich wollte auch meinen Mann nicht mehr sehen, der, nachdem seine Affäre beendet war, immer wieder zu mir auf Besuch kam. Die Liebe war vergangen. Verschwunden. Der Sturm der Gefühle hatte sie davongetragen.

Ich hatte im Verlauf der Trennung den Respekt vor meinem Mann verloren. Zu rücksichtslos hatte er seine Söhne behandelt, war nur auf sich bedacht gewesen. Er hatte die Vergangenheit einfach ausradiert und nur noch seine Zukunft vor sich gesehen. Eine Zukunft, in der wir keinen Platz mehr fanden.

Ich habe für meine Söhne gekämpft, besonders für David.

Da ich kein regelmäßiges Einkommen habe und nach Umsatz bezahlt werde, war das erste Jahr in Berlin sehr hart für mich. Aber ich kann reden und gut mit Menschen umgehen. Und ich kann verkaufen. Ich habe Freude an meinem Beruf.

David ist über eine lange Zeit hinweg immer lieb und höflich gewesen. Ich kam gut mit ihm zurecht. Er ist mein Ein und Alles. Und nun diese Hilflosigkeit. Dieses erbärmliche Gefühl, dass mir wieder einmal der Boden unter den Füßen weggezogen wird.

Ich setze mich neben David aufs Bett, schiebe die leeren Schokoladenschachteln, die vielen Bonbonpapiere beiseite und schaue auf den zersplitterten Türrahmen.

David sitzt still, den Blick fest auf den Boden gerichtet, und rührt sich nicht. Wie eine Puppe, ohne Leben. Er sagt kein Wort. Will einfach nicht mit mir reden.

Ich schaue ihn an, und wieder laufen mir Tränen übers Gesicht. „Hilf mir, Dave", schluchze ich. „Bitte, hilf mir doch."

Er hebt seinen Kopf nicht, sieht mich nicht an, murmelt aber leise: „Wie soll ich dir denn helfen, wenn ich mir selbst nicht helfen kann?"

„Du musst endlich eine Therapie machen", sage ich. „Deine Vergangenheit aufarbeiten. Lass uns noch einmal zu einer anderen Drogenberatung gehen."

Er nickt stumm.

Ich streiche ihm über den Kopf und verlasse das Zimmer.

Irgendwann wische ich mir die Tränen aus dem Gesicht, ziehe meine rote Lederjacke über, nehme Flora, meine kleine weiße Malteserhündin, unter den Arm und gehe die vielen Treppen nach unten.

Berlin ist so schön im Frühling. Berlin ist immer schön.

Wenn man aus dem Hof herauskommt, steht man an einer vierspurigen, viel befahrenen Straße, und gleich um die Ecke befindet sich seit geraumer Zeit das kleine Büro einer Drogenberatung. Ein Zimmer mit einem Schreibtisch und einem Sofa zum Sitzen. Mehr nicht. Ich war so oft hier, dass mich die Mitarbeiter schon für hysterisch halten.

Einer der Berater ist ein ehemaliger Drogenabhängiger, Ende dreißig. Sein Haar ist lang und dunkel, und er trägt einen Bart. Er war stark heroinabhängig und ist nun seit zwei Jahren „clean".

Unzählige Male habe ich neben ihm auf dem zerschlissenen Sofa gesessen und mit ihm geredet. Anfangs über David. Später mehr über ihn selbst, über mich und unser beider Leben. Er erzählte einmal, dass es Momente gebe, in denen er noch immer nicht in der Lage sei, U-Bahn zu fahren, weil er Angst vor dem Einsteigen habe. Aber es störe ihn nicht. Er sage sich dann nur, dass heute eben ein schlechter Tag sei. Und morgen werde dann wieder ein besserer sein.

Die Tür zur Beratungsstelle steht bei dem schönen Wetter offen. Als er mich kommen sieht, greift er rasch zum Telefon. Er hat kein Interesse daran, mit mir zu reden, und dehnt das Telefonat endlos aus.

Kiffen sei harmlos, findet er. Haschisch konsumiere doch fast jeder Jugendliche. Für ihn sind nur Heroin und Kokain gefährliche Drogen. Darum hat er mich immer belächelt. Mich nie ernst genommen. Genau wie all die anderen.

Dave und ich sind inzwischen bei mehreren Drogenberatungen gewesen. In alle möglichen Stadtteile bin ich mit ihm gefahren. Immer mit dem gleichen Ergebnis.

„Ihr seid doch so cool", beruhigten sie uns. „Mutter und Sohn, ein gutes Team." Meistens waren es Exjunkies, die Schlimmes hinter sich hatten. „Er kifft doch nur. Dein Sohn kifft doch nur. Mensch, Hilde, mach dir doch nich verrückt!"

Ich habe ihnen geglaubt, diesen meist jungen Leuten mit ihren alten Gesichtern. Wenn die sich nicht auskannten, wer denn dann? Erleichtert bin ich immer wieder aus den Beratungsstellen herausgekommen. Geradezu froh. Ich reagiere übertrieben, habe ich mir gesagt. Ich sehe alles zu schwarz.

Und nun stehe ich wieder vor einer Drogenberatung. Setze mich auf die Stufen der Treppe und warte.

Der Drogenberater telefoniert weiter. Er schüttelt den Kopf, als ich ihn ansehe. Er hat zu tun, zuckt mit den Schultern.

„Keine Zeit heute", murmelt er in meine Richtung.

Irgendwann wird es mir zu dumm. Ich habe verstanden, stehe auf und gehe langsam wieder zurück, steige die steinernen Stufen hinauf und öffne die schwere Haustür. Der Boden im Eingang ist mit Mosaiksteinen ausgelegt. „Ave" steht in der Mitte gleich hinter der Tür.

Die frische Luft hat mir gutgetan. Die Angst hat sich verflüchtigt. Doch ich steige mit einem mulmigen Gefühl nach oben.

Ich kenne die Leute, die hier wohnen, aber ich habe kaum Kontakt zu ihnen. Keiner kümmert sich hier um den anderen. Doch der alten Dame aus dem zweiten Stock helfe ich hin und wieder die Treppen hinunter. Sie wohnt schon seit fünfzig Jahren hier. Manchmal erzählt sie mir, was sich hier alles zugetragen hat oder wie es während des Krieges hier war. Ihr Mann lebt seit Langem nicht mehr, aber sie deckt noch jeden Tag den Tisch für ihn mit. Was für Geschichten unsere Wohnung wohl erzählen könnte?

Als ich die Wohnungstür aufschließe, steht David mitten im Flur. Mein großer, hübscher Sohn. Mit seinen blauen Augen sieht er so unschuldig aus.

Ich nehme ihn in den Arm, unterdrücke die aufsteigenden Tränen, einen Kloß im Hals. „Was soll nur werden?", frage ich ihn.

David schaut mich an und antwortet: „Ich weiß es nicht."

Ich nehme meinen Mut zusammen: „Du kannst zertrümmern, was du willst, aber ich werde dir kein Geld mehr geben."

Er schaut betroffen, zuckt trotzdem die Achseln und meint schließlich gleichmütig: „Ich gehe jetzt duschen."

Bereits seit Wochen lege ich meine Geldbörse unter mein Kopfkissen und schlafe darauf. Heute Morgen hat David Geld von mir gewollt, er brauche es für die Schule, meinte er. Ich wusste jedoch gleich, dass das nicht stimmte.

Als ich hart blieb, rastete er aus. Einen solchen Ausbruch hatte er zuvor noch nie gehabt, aber früher hat er ja auch nicht gekifft. Mittlerweile tut er das rund um die Uhr. Schließt sich ein und raucht, sobald er morgens die Augen aufmacht. Ich rieche es durch die verschlossene Tür.

Haschisch hielt ich eigentlich immer für harmlos. Ich habe in meinem Leben viele Menschen getroffen, die lieber Hasch rauchten, als Alkohol zu trinken. Die sich lieber auf diese Weise entspannten und denen es nicht geschadet hat. Sie sind inzwischen Ärzte oder Lehrer. Ganz solide Leute eben. Sogar Frank, mein Exmann, rauchte früher hin und wieder einen Joint. Er konnte sehr gut damit umgehen.

Der Geruch von Haschisch ist mir vertraut, obwohl ich es selber nie probiert habe. Ich trank immer lieber Wein. Wir haben viel getrunken in meiner Clique damals, als wir jung waren, und vielen hat der Alkohol geschadet.

In Davids Zimmer habe ich vor Kurzem ein schmales Glasgefäß mit einer breiten länglichen Öffnung an einer Seite entdeckt. Es sah einer modernen Blumenvase sehr ähnlich. Ich hatte keine Ahnung, wozu es diente, bis ich im Fernsehen eine Reportage über Haschischkonsum sah. In diesem Beitrag kam auch ein solches Gefäß vor. Eine so genannte Bong. Es handelt sich dabei um eine Art Wasserpfeife, bei der die Wirkung des Haschischs durch die Art des Inhalierens weitaus stärker ist als bei einem Joint, erfuhr ich. Ich habe sie ihm weggenommen, vor seinen Augen auf den Boden geworfen und ihn anschließend die Scherben aufkehren lassen. Es hat ihn nicht beeindruckt. Bald darauf fand ich in seinem Kleiderschrank eine Limonadenflasche, die er zu einer Art Bong umfunktioniert hatte. Er hatte seitlich ein Loch in den Kunststoff geschnitten, einen Plastikschlauch eingesetzt und die Stelle danach mit einem Klebeband abgedichtet. Ich habe auch diese Flasche weggeworfen.

Seit Dave anscheinend alles egal ist und er nicht mehr darauf achtet, seinen Drogenkonsum vor mir geheim zu halten, bekomme ich ihn oft morgens gar nicht mehr wach. Als ich ihn vor ein paar Tagen wecken wollte, lag er wie bewusstlos mit offenem Mund inmitten seiner Süßigkeiten. Meine Angst war groß, denn er reagierte weder auf mein Rufen noch auf mein Schütteln. Ich wusste mir nicht mehr anders zu helfen und lief in die Küche, wo ich eine Kanne mit kaltem Wasser füllte. Ich schüttete ihm den gesamten Inhalt mitten ins Gesicht. Er hustete und öffnete schließlich die Augen. Kam langsam zu sich.

Nach diesem Vorfall fuhr ich trotz seines Protests mit ihm in die Schule und wartete, bis seine Klassenlehrerin, eine mütterliche, sehr sympathische Frau, Zeit für mich hatte.

Sie bat mich und meinen Sohn in der großen Pause in eines der Sprechzimmer, wo sie uns beide prüfend anblickte.

Dave war wie stets auch an diesem Tag wie aus dem Ei gepellt und schaute freundlich zurück. Man sah ihm nicht mehr an, in welchem Zustand er sich nur wenige Stunden zuvor noch befunden hatte. Es wurde wieder eines dieser Gespräche, wie wir sie schon oft geführt hatten, aber helfen konnte uns auch seine Lehrerin nicht. Man merkte ihr an, dass sie viel von David hielt.

„Deine Leistungen sind mäßig im Verhältnis zu deiner hohen Intelligenz, David", hatte sie milde gesagt, und er hatte verlegen dazu gelächelt.

Als er an diesem Tag von der Schule nach Hause kam, versprach er mir wieder einmal, sich zu bessern und kein Haschisch mehr zu rauchen. Das ist nun gerade einmal ein paar Tage her.

Ich höre das Wasser in der Dusche laufen, gehe in die Küche und wärme Milch an. Mit einer Tasse Kakao setze ich mich an den großen Küchentisch, schaue aus dem Fenster in die grünen Bäume und denke nach.

Mir fällt der Sonntag ein, den ich mit Inge am See, der nur wenige hundert Meter von meiner Wohnung entfernt liegt, verbracht hatte. Inge hatte mich an diesem Tag im letzten Sommer gleich morgens angerufen und fröhlich aufgefordert: „Komm, lass uns am See picknicken." Das Wetter war an diesem Sonntag herrlich gewesen. Der Himmel klar und blau.

Wir hatten auf einer bunten Decke gelegen, den Schwänen zugeschaut, die im schilfgrünen Wasser schwammen. Später waren wir noch in einem Straßenlokal eingekehrt, hatten Nudeln mit Krabben gegessen und uns mit Fremden, die mit uns am Tisch saßen, unterhalten. In Berlin kommen ja alle Menschen immer gleich miteinander ins Gespräch. Eine wunderschöne Erfahrung für mich.

Ich erinnere mich noch, wie ich mich gut gelaunt von Inge verabschiedet habe. Als ich dann zu Hause angekommen war, vermisste ich mein Handy und glaubte, es auf der Wiese am See verloren zu haben. Also fuhr ich mit dem Auto wieder zurück und begann den Rasen, auf dem wir gelegen hatten, gründlich abzusuchen, fand es aber nicht. Wieder zu Hause, setzte ich meine Suche fort, leerte meine Handtaschen und auch die Taschen der Mäntel, die an der Garderobe hingen.

David half mir beim Suchen. Doch das Handy war unauffindbar, also ließ ich die Karte sperren, vollzog das übliche Prozedere der Neuanmeldung und ärgerte mich noch eine Weile über meine Unachtsamkeit.

Ein paar Wochen nach dem Verlust meines Handys saß ich, während David in der Schule war, in seinem Zimmer am PC, dessen Bildschirm wesentlich größer ist als der meines Laptops, den ich normalerweise für meine Arbeit benutze.

Flora war während meiner Beschäftigung hinter das Fernsehgerät gekrochen und hatte sich in den vielen Kabeln verheddert. Als ich sie befreite, räumte ich auch gleich die Tüte weg, die zwischen den Kabeln gelegen hatte. Ich schaute hinein und bekam eine Gänsehaut. Zusammen mit dem Ladegerät lag mein Handy darin. Es funktionierte nicht mehr. Ich hatte es doch nicht mit zum See genommen, sondern zu Hause liegen gelassen.

Mir wurde ganz übel, trotzdem rauchte ich eine Zigarette nach der anderen, um meine Erregung etwas in den Griff zu bekommen, während ich in der Küche auf David wartete.

Das Handy lag neben der Tüte vor mir auf dem Tisch. Endlich hörte ich die Wohnungstür aufgehen.

„Kommst du mal bitte", rief ich nach draußen.

Als David hereinkam, schaute er mich nur flüchtig an und fragte: „Was gibt's zu essen?"

„Hast du mir etwas zu sagen?", fragte ich ihn und deutete dabei auf das auf dem Tisch liegende Handy.

Er gab mir keine Antwort.

Ich bin ein impulsiver Mensch, der in einer solchen Situation nicht lange ruhig bleiben kann. Also erhob ich meine Stimme und schrie: „Wie kommt mein Handy in dein Zimmer?"

„Keine Ahnung", war seine Antwort, dann verließ er die Küche und schloss sich in seinem Zimmer ein, wo er die Musik auf volle Lautstärke drehte.

Seine angebliche Ahnungslosigkeit machte mich noch wütender. Dieses „Keine Ahnung" hasse ich wie die Pest.

Es ist Davids Lieblingsantwort.

Die Musik war so laut, dass man sie bestimmt noch mehrere Stockwerke unter uns hören konnte. Altbauten sind sehr hellhörig. Ich wusste nicht, was ich tun sollte, war meinem eigenen Sohn gegenüber völlig hilflos. Schließlich stellte ich den Strom ab. Die Musik verstummte, aber David kam nicht aus seinem Zimmer heraus.

Irgendwann am Nachmittag, vermutlich weil er Hunger bekam, war er dann bereit, mit mir zu reden. Er habe das Handy in unserem Briefkasten gefunden, erklärte er mir. Jemand, der es gefunden habe, müsse es wohl hineingelegt haben.

„Steht meine Adresse auf dem Handy?", fragte ich.

Danach gab er die unterschiedlichsten Erklärungen dafür ab, wie das Handy in sein Zimmer gekommen sei. „Ich habe damit nichts zu tun", war seine kategorische Antwort. „Lass mich in Ruhe!"

Nun rief ich alle seine Freunde an und fragte, ob sie etwas über den Verbleib meines Handys wüssten. Schließlich erfuhr ich von einem seiner Schulkameraden, dass Dave es auf dem Schulhof zum Kauf angeboten hatte. Er sei zu ihm gekommen, habe in seinem Beisein alle meine Nummern gelöscht und den Preis mit ihm ausgehandelt. Das Handy war jedoch nicht mehr voll funktionstüchtig gewesen, weshalb sein Freund es dann auch nicht mehr kaufen wollte.

„Zu einem solchen Verhalten gehören Kaltschnäuzigkeit und eine gewisse kriminelle Ader", sagte ich ernst zu David, der stumm vor mir stand. Während ich auf ihn einredete, verzog er keine Miene.

Meine Tiraden beeindruckten David nicht. Seine Schweigsamkeit, dieses für mich unverständliche sture Verhalten, nachdem er mich bestohlen hatte, machten mich wütend, deprimiert und fassungslos.

Irgendwann, als ich erschöpft innehielt, nahm er meine Hand, schaute mich traurig an und sagte: „Mom, bitte, Mom, hör auf zu reden, es tut mir so leid." Er legte sein Handy vor mir auf den Tisch und meinte: „Zur Strafe verzichte ich vorerst darauf. Ich weiß wirklich nicht, was mich geritten hat."

Nach diesem unschönen Ereignis benahm sich mein Sohn vorbildlich. Unser Zusammenleben verlief wieder in normalen Bahnen.

Der Kakao vor mir auf dem Tisch ist längst kalt geworden, auf der Oberfläche hat sich eine Haut gebildet.

Das Wasser in der Dusche läuft noch immer.

Hätte mir das gestohlene Handy zu denken geben müssen? Aber Davids Benehmen war danach tadellos gewesen. Es hatte keinen Grund gegeben, ihm weiter zu misstrauen.

Ich nippe an dem lauwarmen Kakao und erinnere mich an jenen darauf folgenden Nachmittag, an dem das Telefon klingelte und ein Polizist mich bat, aufs Polizeirevier zu kommen, weil David zusammen mit einigen anderen Jungen verhaftet worden war.

Ich fühlte mich, als würde mir der Boden unter den Füßen weggezogen, und dachte, ich würde ohnmächtig, aber der Polizist sagte in breitem Berlinerisch: „Rejen Se sich nich uff!"

Es war ein kalter, scheußlicher Tag gewesen. Draußen regnete es heftig. Völlig kopflos zog ich mir den langen Ledermantel an, der an der Garderobe hing. Ich erinnere mich noch an meinen Ärger darüber, denn während ich im Laufschritt die zweiundsiebzig Stufen der Treppe hinunterhastete, trat ich mir immer wieder auf den Mantelsaum und wäre beinahe gestürzt.

Viel zu schnell hetzte ich mit dem Auto durch den dichten Verkehr zur genannten Polizeidienststelle. Schließlich betrat ich mit klopfendem Herzen die nüchterne Wache. Dort empfing mich ein untersetzter älterer Polizist mit grauem Schnurrbart in seinem gutmütigen Gesicht und bat mich um meinen Ausweis. Nachdem er ihn geprüft hatte, erklärte er mir den Sachverhalt.

Die Polizei hatte mehrere Jungen, darunter auch Dave, dabei überrascht, als sie in einem Park Haschisch rauchten. Sie waren dann in Handschellen abgeführt, in eine Zelle gesperrt und gründlich durchsucht worden. Mit Ausnahme von Mario, der mit meinem Sohn dieselbe Klasse besuchte, kannte ich keinen der

Jungen. Der Polizist wies mich eindringlich darauf hin, dass David zwar nicht beim Rauchen erwischt wurde, er aber davon überzeugt sei, dass Dave sich der Droge wohl nur geschickter entledigt habe als die anderen.

Ich fand den Polizeibeamten äußerst anmaßend, erwiderte auf seinen Vortrag aber nichts.

Schließlich holte er meinen sichtlich zerknirschten Sohn und entließ ihn mit der Ermahnung: „Kiekste in Zukunft besser, mit wem de Umjang hast."

Erleichtert verließen wir das Polizeirevier.

Auf der Rückfahrt war mein Sohn im Gegensatz zu sonst plötzlich sehr redselig. „Mom, das musst du mir glauben, ich kiffe nicht", beteuerte er.

„Wieso bist du dann mit Jungen zusammen, die Drogen nehmen?", fragte ich ihn vorwurfsvoll.

„Die meisten kiffen, Mom", sagte er trotzig. „Wenn ich mir nur Freunde ohne Probleme aussuchen dürfte, hätte ich keine."

Das war einleuchtend. Auch ich hatte mir früher entgegen dem Willen meiner Eltern die unmöglichsten Freundinnen ausgesucht.

Weil es gegen David kein gerichtliches Verfahren wie gegen die anderen Jungen gab, dachte ich schon bald nicht mehr daran.

Der kalt gewordene Kakao schmeckt mir nicht mehr. Als ich ihn in den Ausguss der Spüle schütte, kommt Dave frisch geduscht in die Küche und fragt: „Hast du was dagegen, wenn ich mich ein wenig an den Computer setze?"

„Natürlich nicht", antworte ich ihm, „aber ich möchte, dass du vorher dein Zimmer wieder in Ordnung bringst. Lass bitte deine Tür offen, schließ nicht wieder ab."

Mit einem Kopfnicken verlässt er den Raum.

Ich zünde mir eine Zigarette an, meine Gedanken wandern erneut in die Vergangenheit.

Warnzeichen gab es genug. Warum hatte ich meine Augen nur so fest verschlossen? Und wann habe ich erstmals bemerkt, dass mir David Geld gestohlen hatte? Ich war schon oft unsicher gewesen, ob nicht etwas fehlte, aber ich zählte das Geld in meinem Portemonnaie nie nach.

Eines Tages jedoch hatte ich an einem Geldautomaten mehrere hundert Mark gezogen, war danach sofort nach Hause gegangen und hatte zu arbeiten begonnen. Dave hatte wie so oft am Computer gesessen. Stundenlang war ich am Schreibtisch in meine Arbeit vertieft gewesen, bis Flora mich mit ihrem Winseln an ihren allabendlichen Rundgang um den Block erinnerte. Ich nahm also Leine und Geldbörse und drehte meine gewohnten Runden um die Häuser des Viertels. Auf dem Rückweg kaufte ich an einer Straßenecke beim Türken für uns Falafel und bemerkte beim Bezahlen, dass in meinem Portemonnaie hundert Mark fehlten.

Geschockt, aufgeregt und verwirrt eilte ich zurück in meine Wohnung. Noch völlig außer Atem vom Treppensteigen, rief ich David zu mir.

„Keine Ahnung, wo du dein Geld gelassen hast", antwortete er frech auf meine Frage nach den fehlenden hundert Mark. „Ich habe es jedenfalls nicht!"

„Außer dir und mir war aber sonst den ganzen Tag niemand in unserer Wohnung!", erwiderte ich böse.

„Ich habe dein Geld nicht", brüllte er mich an.

Es nahm mir den Atem, denn ich begriff, dass mich mein eigener Sohn bestohlen hatte. Da ich es ihm jedoch nicht beweisen konnte, sagte ich nichts mehr, war von nun an aber auf der Hut.

Es ist kein schönes Gefühl, in den eigenen vier Wänden die Geldbörse nicht mehr frei herumliegen lassen zu können. Noch weniger, wenn man dem eigenen Kind nicht mehr vertrauen kann. Es ist das Schlimmste, was einem passieren kann.

Dieses Gefühl, zu Hause nicht mehr sicher zu sein, hatte ich in Tripolis schon einmal gehabt. Aber da waren es Fremde, die mich bestohlen hatten. Unsere Haustür war aufgebrochen, die ganze Wohnung durchwühlt worden. Bettzeug, Matratzen lagen auf dem Boden verstreut, alles war von oben nach unten gekehrt. Nichts befand sich mehr an seinem ursprünglichen Platz, und alle Wertsachen waren verschwunden. Die eigene Wohnung war nicht mehr sicher.

Dieses Gefühl des Unbehagens hielt damals lange an und ist jetzt vor einigen Monaten mit aller Macht zurückgekehrt. Unsere häusliche Situation ist eskaliert.

Während ich hier in meiner Wohnung in der Küche sitze, wird mir zum ersten Mal bewusst, dass David nicht einmal mehr die Kraft besitzt, mir etwas vorzumachen. Seine Sucht hat Besitz von ihm ergriffen.

Mir fallen Zeitungsschlagzeilen ein, zum Beispiel: „Drogensüchtiger erschlägt Mutter", und gleichzeitig bin ich über meine Gedanken beschämt.

Und zum ersten Mal, seitdem David zu uns gekommen ist, bin ich nicht mehr traurig darüber, dass es mit der Adoption in all den Jahren nicht geklappt hat. Zuerst war eine Adoption nicht möglich gewesen, weil Daves Vater in Amerika lange nicht gefunden werden konnte, wir aber seine Zustimmung dafür benötigten. Dann waren unsere ungeklärten familiären Verhältnisse, als Frank uns verlassen wollte, ein Hinderungsgrund. Und jetzt, wo ich David endlich, endlich adoptieren kann, will ich es nicht mehr!

Zumindest nicht jetzt. Nicht in dieser Situation. Denn als Pflegekind steht er nach wie vor unter der Obhut des Jugendamtes.

Was für ein Glück! Ich kann mir immer noch Hilfe holen. Doch hat mir das Jugendamt in all den vergangenen Jahren wirklich geholfen? Nein, sie haben mich eigentlich nur ihre Macht spüren lassen und mir ständig zu verstehen gegeben, dass ich nichts weiß, nicht kompetent bin.

Während ich unter Davids Fingern die Tastatur des Computers klappern höre, schließe ich dennoch leise die Wohnzimmertür und rufe die für ihn zuständige Sozialarbeiterin beim Jugendamt an, die meinen Sohn bis zu seiner Volljährigkeit betreut.

Frau Müller-Bromberg, eine zierliche ältere Frau mit langjähriger Erfahrung, hatte uns gleich nach unserer Ankunft in Berlin besucht, um sich von Davids neuer Lebenssituation ein Bild zu machen. Zufrieden hatte sie sich damals von uns verabschiedet. Sie fand alles wunderbar und meinte beim Hinausgehen erleichtert: „Mit Ihnen werde ich keine Arbeit haben."

Ich kann ihr anmerken, wie gestresst sie ist, aber sie hört mir zu und erscheint pünktlich zum vereinbarten Termin gegen Abend bei uns zu Hause. Als sie die Wohnung betritt und vorwurfsvoll mit den Augen rollt, fühle ich mich ganz klein. Ihr Blick sagt mir, dass ich anscheinend nicht in der Lage bin, meinen Pflegesohn zu erziehen.

Sie schaut sich als Erstes Davids inzwischen wieder aufgeräumtes Zimmer an, begutachtet mit undurchschaubarer Miene den kaputten Türrahmen und anschließend die zerschlagene Vitrine.

Mein Sohn steht völlig unbeteiligt daneben. Frau Müller-Bromberg lässt sich von Daves Lässigkeit nicht beeindrucken und hält dem gelangweilt wirkenden Jungen einen Vortrag.

Das Ergebnis dieses einseitigen Gesprächs ist eine vom Jugendamt auferlegte Therapie bei einem angesehenen Therapeuten, der sich auf jugendliche Drogenabhängige spezialisiert hat. Die Sozialarbeiterin gibt David unmissverständlich zu verstehen, dass diese Therapie eine Auflage sei. Sollte er sich davor zu drücken versuchen, würde sie umgehend veranlassen, dass er in einer Einrichtung für Betreutes Wohnen aufgenommen wird.

Während sie mit erhobenem Zeigefinger vor David steht und auf ihn einredet, kommt es mir so vor, als wäre ich nicht anwesend. Sie fragt mich nicht, was ich davon halte, sondern schaut über mich hinweg, als ginge mich das Ganze gar nichts an.

„Sie will ihn mir WEGNEHMEN!", denke ich entsetzt, denn trotz aller Schwierigkeiten mit meinem Sohn ist dieser Gedanke für mich schrecklich, und auch an David scheint das Gesagte nicht spurlos vorüberzugehen, denn er wird auf einmal sehr blass.

„Es ist nicht einfach, sofort einen Therapieplatz für dich zu bekommen", meint sie weiterhin, „aber ich werde es dringend machen."

Beim Verabschieden nickt sie mir flüchtig zu.

Kaum ist sie zur Tür hinaus, sagt Dave mit dünner Stimme: „Mama, ich will nicht fort von dir."

„Mach diese Therapie, dann wird es dir auch bestimmt bald wieder besser gehen", beruhige ich ihn, nehme ihn tröstend in den Arm und drücke ihn fest an mich.

Später am Abend rufe ich Constantin an, der inzwischen in seiner eigenen kleinen Wohnung in der Nähe des Flughafens wohnt.

Wie schon oft, wenn es um seinen Bruder geht, versucht er mich zu beruhigen und redet beschwichtigend auf mich ein. Und mir wird mit einem Mal bewusst, wie sehr ich meinen älteren Sohn in der Vergangenheit mit den Problemen seines Bruders konfrontiert und sicherlich auch belastet habe. Unsere Mutter-Sohn-Gespräche führten immer wieder zu ein und demselben Thema: David!

Anschließend telefoniere ich mit Frank, meinem Exmann. Wir haben inzwischen wieder ein freundschaftliches Verhältnis zueinander, denn schließlich waren wir über viele Jahre hinweg glücklich miteinander verheiratet und haben zwei Söhne. Das verbindet uns.

Frank hat seit Längerem eine neue Beziehung. Miriam, eine Kindergärtnerin, die sich mit unseren Söhnen gut versteht.

„Kiffen macht nicht abhängig, das müsstest du doch wissen", sagt Frank. „Außerdem ist es mir völlig rätselhaft, wieso Dave dabei diese Aussetzer haben soll", spricht er weiter. „Vom Haschisch kommen die bestimmt nicht. Besteht die Möglichkeit, dass er noch etwas anderes nimmt?"

„Auf keinen Fall", erwidere ich, „das würde ich doch merken."

Wir beenden das Telefonat, nachdem wir uns darauf geeinigt haben, erst einmal Davids Gespräche mit dem Psychologen abzuwarten.

Danach versuche ich noch einmal bei Dora anzurufen. Endlich geht sie ans Telefon. Sie merkt gleich an meiner Stimme, dass irgendetwas nicht in Ordnung ist.

„Was ist los?", fragt sie mich.

„Ach, Dora", seufze ich. „Weißt du noch, wie sehr wir uns diese Kinder gewünscht haben? Und wie glücklich wir waren, als wir sie damals endlich bekamen?"

Dora lacht verlegen, als sie antwortet. „Wie könnte ich das je vergessen?"

Daraufhin erzähle ich ihr in allen Einzelheiten vom heutigen Tag, von Davids Ausraster, dem Besuch der Sozialarbeiterin und schildere ihr schließlich auch meine Verzweiflung.

Seltsamerweise ist sie kein bisschen überrascht. „Du weißt ja nicht, was bei uns los ist. Du hast keine Ahnung von dem, was sich hier tagtäglich abspielt. Jenny, unsere süße Jenny, betrinkt sich. Sie konsumiert Alkohol in großen Mengen, Hilde", sagt sie deprimiert. „Jenny ist gerade mal dreizehn! Und obwohl wir es ihr verbieten, raucht sie eine Zigarette nach der anderen. In der Schule ist sie die Schlechteste der Klasse. Na ja", schränkt sie ein, „wie sollte es auch anders sein? Sie geht ja meistens überhaupt nicht erst hin!"

Ich bin fassungslos. Dass es Probleme mit Jenny gab, wusste ich zwar, aber das Ausmaß war mir nicht bekannt.

„Sie kommt oft nicht nach Hause, wir wissen nicht, wo sie steckt", redet Dora weiter. Ihre Stimme klingt müde und hoffnungslos.

Sie ist so niedergeschlagen, dass ich kaum wage, weiter über David zu sprechen. Denn wie sollte sie in dieser Situation eine Lösung für mich haben?

„Wir sind als Eltern eh austauschbar", sage ich resigniert. „Denk an den Zwillingsforscher Thomas Bouchard. Hast du von den ‚Jim Twins' schon einmal etwas gehört?", frage ich sie. „Die als Babys getrennt wurden und sich dann im Alter von fast vierzig Jahren wiedergesehen haben? Unterschiedlich aufgewachsen und trotzdem das gleiche Leben gelebt, Dora", füge ich deprimiert hinzu. „Sogar ihre Ehefrauen und ihre Kinder trugen die gleichen Namen."

„Das macht Mut", erwidert Dora ironisch.

„Wenn es mit David noch schlimmer wird, weiß ich nicht, was ich tun soll. Kannst du dir vorstellen, Jennifer wieder wegzugeben?", frage ich.

Dora ist entsetzt. „Niemals", antwortet sie mit fester Stimme, „niemals geben wir Jenny wieder weg." Und fragt mich eindringlich: „Hast du vergessen, dass das Weggeben das Schlimmste ist, was man diesen Kindern antun kann?"

„Nein", beteuere ich, „das habe ich nicht vergessen. Aber wenn man es nicht mehr schafft und daran zu zerbrechen droht? Was macht man dann?"

„Man kämpft weiter." Doras Stimme klingt bestimmt. „Wir haben es diesen Kindern doch versprochen, sie niemals wieder wegzugeben."

„Weißt du, was ich mir all die Jahre immer gedacht habe, Dora?", frage ich sie.

Sie ist still und wartet darauf, dass ich weiterspreche.

„Ich habe euch für die besseren Pflegeeltern gehalten."

„Warum?", fragt Dora erstaunt.

„Weil ihr so viel mit euren Töchtern unternommen habt", antworte ich. „Die vielen Radtouren, das Wandern. Während wir mit der Spielkonsole vorm Fernseher saßen, wart ihr an der frischen Luft unterwegs."

„Ja", meint Dora, „das bestätigt doch genau die Studien von Bouchard. Es ist einfach egal, wie man Kinder erzieht und was man mit ihnen unternimmt. Die Gene entscheiden."

Ratlos verabschieden wir uns voneinander.

In diesem Moment klingelt es an der Tür, Inge kommt die Treppen herauf. Sie ist kaum in der Wohnung, als sie mich fragt, was sich an Wertgegenständen in meiner Wohnung befindet.

„Einige Goldmünzen", antworte ich ihr. „Sie sind das Einzige, was mir nach dem Einbruch in Tripolis noch geblieben ist und was ich mit hierher gebracht habe. Verschiedene arabische Münzen und eine rotgoldene arabische Sure, die ich zu einem Hochzeitstag bekommen habe", zähle ich auf.

„Die solltest du schleunigst in einem Schließfach bei deiner Bank unterbringen", warnt Inge eindringlich. „Und deinen Schmuck, den du später in Deutschland von deinem Mann bekommen hast, wo bewahrst du den auf?", fragt sie mich streng.

„Das Armband, die geflochtene Kette, der Siegelring und der schöne Ring mit den Diamanten? Ich bitte dich, Inge", erwidere ich ungehalten. „Glaubst du allen Ernstes, Dave würde sich an meinem Schmuck vergreifen? An Dingen, von denen er genau weiß, wie wichtig sie mir sind, weil sie mit vielen Erinnerungen verbunden sind?"

Inge zuckt mit den Achseln und sagt nur: „Sicher ist sicher!"

An diesem Abend stecke ich einen Holzkeil unter die Tür meines Schlafzimmers, denn es gibt keinen Schlüssel, mit dem ich sie abschließen könnte.

Ich habe Angst vor meinem eigenen Sohn. Angst, die mit meinen schlimmen Erlebnissen aus der Vergangenheit nicht zu vergleichen ist. Wie eine ungeheuerliche Bedrohung bringt sie meine Welt ins Wanken.

Und so schütze ich mich vor meinem Sohn, der mich im Schlaf überfallen könnte – und schäme mich gleichzeitig dafür.

Frau Müller-Bromberg hält Wort. Schon in der nächsten Woche bekommen wir per Post die Aufforderung zu einem ersten gemeinsamen Gespräch beim Psychologen.

Als es so weit ist und David und ich im Wagen sitzen und losgefahren sind, erinnere ich mich an die Zeit, in der ich mit David und seinem Freund Charly auf Wohnungssuche in Berlin war. In der ersten Nacht habe ich nur von Straßenschildern geträumt, denn meine Autofahrten zuvor beschränkten sich auf kleinere Ortschaften. Doch in Berlin gibt es überall Hinweisschilder, die in die verschiedenen Stadtteile weisen. Hier komme ich immer ans Ziel.

Einen Parkplatz zu finden ist allerdings wie ein Lottogewinn. Also kurve ich erst einmal eine Zeit lang um den Block und stelle meinen Wagen schließlich im Parkverbot ab. Dave, der während der ganzen Fahrt kein Wort mit mir gesprochen hat, regt sich maßlos auf und hält mir einen Vortrag über Verkehrsregeln und die Einhaltung von Gesetzen.

Die Praxis des Psychologen befindet sich in einer schönen alten, mit Efeu bewachsenen Villa. Im Wartezimmer stehen nur ein paar Stühle aus Holz, an der Wand befindet sich ein großes Regal mit Prospekten. „Der Weg aus der Droge" oder „Beginne dein Leben neu". Wir haben noch nicht lange gewartet, als uns ein gut aussehender kleiner Mann mit verträumtem Blick, ungefähr Mitte dreißig, zu sich hereinbittet und sich als Dr. Klaus Magel vorstellt. Er schaut uns, ohne etwas zu sagen, prüfend an. Sein Blick wandert von David zu mir und anschließend wieder zurück. Noch immer sagt er kein Wort.

Also beginne ich zu reden und schildere ihm in knappen Worten Davids Vorgeschichte und die jetzige Situation. Ich beeile mich, ihm in kurzer Zeit möglichst viel zu erzählen, damit er sich rasch ein vollständiges Bild machen kann.

„Reden Sie immer so schnell?", unterbricht er mich mit leicht hochgezogener Augenbraue und fordert mich danach auf zu beschreiben, wie ich mich fühle, wenn mein Sohn mich bestiehlt.

„Muss ich Ihnen das wirklich beschreiben?", frage ich gereizt.

„Ja", antwortet er völlig unbeeindruckt. „Machen Sie mal."

„Schäbig fühle ich mich", bricht es aus mir heraus, „verletzt, gedemütigt, hintergangen, belogen und betrogen."

David schaut gelangweilt zum Fenster hinaus.

„Warum verletzt Sie das?", will Dr. Magel von mir wissen.

Ich antworte: „Weil ich von niemandem, den ich liebe, so behandelt werden möchte, verstehen Sie das nicht?"

Er antwortet mir nicht auf meine Frage, sondern wendet sich David zu und bietet ihm einmal wöchentlich eine Sitzung an, die er in eine Art Stundenplan einträgt. Sechs Sitzungen vorerst, danach wird er entscheiden, ob David eine Therapie braucht.

Kurz darauf können wir gehen.

Wütend entferne ich den Strafzettel von der Windschutzscheibe meines Autos, während David leise vor sich hin pfeift, und wir fahren nach Hause zurück.

Schon nach Daves erstem Besuch bei seinem Therapeuten bessert sich sein Verhalten. Er besucht wieder regelmäßig die Schule, unterhält sich mit mir und ist dabei liebevoll und aufmerksam. Und weil ich keinen Haschischgeruch mehr in der Wohnung wahrnehme, bin ich davon überzeugt, dass er aufgehört hat zu rauchen. Mein Portemonnaie verstecke ich nach wie vor, aber den Holzkeil stecke ich nicht mehr unter die Schlafzimmertür.

Ich beginne aufzuatmen und beruhige mich mit dem Gedanken, dass Davids Drogenkonsum nur eine vorübergehende Phase war.

Mein Leben normalisiert sich. Ich gehe jeden Morgen mit dem Hund um den Block, erledige meine Arbeit und treffe mich mit meinen Freunden.

Hin und wieder gehe ich auch mit dem einen oder anderen Mann aus. Doch es ist auch nicht im Entferntesten einer dabei, mit dem ich mir ein gemeinsames Leben vorstellen könnte. Darum fragt mich David eines Tages, als er aus der Schule kommt: „Mom, warum bist du bei Männern so wählerisch?"

Ich antworte ihm lachend: „Das musst ausgerechnet du sagen, der andauernd ein neues Mädchen anschleppt."

Ich spüre, dass er merkt, wie sehr mir ein Partner und die Geborgenheit einer Beziehung fehlen. Frank hat mich früher oft in den Arm genommen, ich vermisse die Nähe, wie sie zwischen zwei Menschen bestehen kann.

Nun nimmt David mich manchmal in seine Arme, drückt mich, hält mich fest, aber er kann mir im Moment keinen Halt geben.

„Heute kommen Dora, Marie und Jenny zu Besuch", erzähle ich ihm, als wir das Geschirr vom gemeinsamen Mittagessen abwaschen. „Es wäre schön, wenn du zu Hause wärst." Er sagt nichts dazu, geht in sein Zimmer und setzt sich an den Computer.

Ich bin überrascht, wie kindlich Jenny aussieht, als sie mich zur Begrüßung auf die Wange küsst, und kann sie mir so gar nicht rauchend, geschweige denn betrunken vorstellen. Marie dagegen wirkt sehr erwachsen. Besorgnis spiegelt sich in ihrem Gesicht wider. Es vergeht kaum ein Augenblick, in dem sie Jenny nicht beobachtet.

Während wir selbst gebackenen Marmorkuchen essen und Kakao trinken, starrt Jenny ihren Bruder an, der neben ihr am Tisch sitzt. Das ist nichts Besonderes, denn sie tut das immer, sobald sie ihn sieht. Mit leicht geöffnetem Mund schaut sie ihn an, als käme er von einem anderen Stern.

David dagegen sieht durch sie hindurch und verschwindet bald wieder in seinem Zimmer. „Schulaufgaben", murmelt er entschuldigend vor sich hin.

Wir sind nicht überrascht, denn er verhält sich immer auf diese Weise, sobald seine Schwester in der Nähe ist.

Als die drei sich verabschieden, steht Jenny unschlüssig vor Davids Tür.

„Geh ruhig hinein, Jenny", ermuntere ich sie. „Du kannst deinem Bruder gerne auf Wiedersehen sagen."

Der sitzt am PC und dreht den Kopf kaum zur Seite, während er Tschüss sagt.

Ich bleibe an der Tür stehen, bis Dora mit ihren Mädchen die Treppen hinuntergegangen ist, und begrüße Steve, der gerade die vielen Stufen nach oben steigt.

Bevor ich mich mit Steve im Sommer vor einem Jahr richtig anfreundete, habe ich erst einmal lange mit Dave über Homosexualität geredet. Er grinste, als ich das Thema anschnitt. „Mom, ich weiß, was Schwule sind, du musst mir nichts erzählen."

„Das kann ich mir denken, aber darum geht es gar nicht", erwiderte ich. „Du bist ein junger Mann, ich will dich nicht damit belasten. Wenn es dir also nicht passt, dass ich mit Steve befreundet bin, oder er dich stört, musst du mir das nur sagen."

„Er ist doch nett", meinte David. „Ich habe kein Problem damit."

Und so kam Steve immer öfter bei uns vorbei, brachte manchmal etwas zu essen mit, und wir redeten über Mode und Kosmetik, Liebe, Frauen und Männer. Und ich lernte, dass homosexuelle Männer die gleichen Beziehungsprobleme haben wie heterosexuelle Paare.

David mochte Steve auf Anhieb, und auch heute kommt er gleich aus seinem Zimmer, um ihn zu begrüßen. „Endlich einmal ein Mann in unserer Wohnung", grinst er und reicht Steve seine Hand. Die beiden unterhalten sich auch jetzt wieder auf eine lustige, liebenswerte Art miteinander. Dave lacht sich über Steve kaputt, weil dieser große, kräftige Mann gerade von roten Lackpumps mit Schleife träumt, die er in einem Schaufenster gesehen hat. „Du hast Schuhgröße sechsundvierzig, Steve, vergiss es", sagt er zu ihm und lacht so sehr, wie ich meinen Sohn schon lange nicht mehr habe lachen sehen.

Wenige Tage darauf spricht Steve mich erneut wegen eines

gemeinsamen Kurzurlaubs am Timmendorfer Strand an. Ich erzähle ihm von meinen Bedenken wegen David, schließlich hat er sich gerade erst wieder ein wenig gefangen. „Nein, den lasse ich im Moment nicht alleine", sage ich.

„Du musst lernen loszulassen." Steve zieht die Stirn kraus.

„Ich weiß, aber im Moment wäre loslassen fatal", erwidere ich ernst.

Als ich Inge am nächsten Tag von Steves Wunsch erzähle, ein paar Tage zu verreisen, schlägt sie mir spontan vor: „Kein Problem, ich wollte eh mal ein paar Tage ausspannen. Ich schlafe bei dir, mache Dave was zu essen und kümmere mich um ihn. Du musst dir also keine Sorgen machen."

„Das ist eine wunderbare Lösung, Inge", antworte ich dankbar, nehme mir aber im Stillen vor, erst dann zu fahren, wenn David seine sechs Sitzungen beim Therapeuten absolviert hat. Dann weiß ich, wie es weitergehen wird, obwohl ich schon jetzt davon überzeugt bin, dass David um eine Aufarbeitung seiner Vergangenheit nicht herumkommen wird. Der Psychologe wird das deutlich erkennen und sicher bald hinter die Fassade von Davids einnehmendem Wesen blicken. Sich nicht wie alle anderen von seinem guten Äußeren und seinen perfekten Manieren täuschen lassen. Seiner liebenswürdigen Art. Ich habe bisher noch nie jemanden getroffen, der den Jungen nicht auf Anhieb mochte oder der etwas an ihm auszusetzen hatte.

Endlich ist der von mir so lang ersehnte Termin gekommen, und David und ich fahren zum abschließenden Gespräch in die psychologische Praxis. Heute werde ich endlich erfahren, wie es denn nun weitergeht.

Nach seinen Sitzungen hatte ich David immer mal wieder gefragt, über was Herr Magel sich mit ihm unterhalte.

„Über alles Mögliche, ist schon okay", hatte er stets kurz angebunden geantwortet.

Aber das war ich gewohnt. Viel zu reden war noch nie Davids Sache. Schon als Kind war er ein stiller, in sich gekehrter Junge.

Ich manövriere das Auto geschickt quer durch den dichten Berufsverkehr Berlins, und kurze Zeit später sitzen wir in dem leicht abgedunkelten altmodischen Raum der therapeutischen Praxis.

Dr. Magel hat in seinem Sessel die Beine lässig übereinandergeschlagen und lächelt mich charmant an. Beim zweiten Blick habe ich allerdings das Gefühl, dass sein Lächeln nicht echt ist. Als er dann zu reden beginnt, kann ich kaum glauben, was ich zu hören bekomme.

Sinngemäß bin ich seinen Worten nach eine einfältige Mutter, der jeglicher Durchblick fehlt. Und obwohl er das Wort einfältig nicht benutzt, verstehe ich nur allzu gut, was er mir sagen will.

„Ihr Sohn David ist ein völlig normaler Jugendlicher", meint er. „Er macht im Moment eine typische pubertäre Entwicklung durch, und dazu gehören nun einmal Erfahrungen wie Kiffen oder leider auch das Stehlen. Ich habe zu Hause einen Sohn im gleichen Alter", sagt er. „Man muss auch einfach mal fünfe gerade sein lassen."

Es folgt eine kurze Analyse meiner Person. Ich will kontrollieren! Alles in der Hand haben.

Dann schaut er mich mit leicht hochgezogenen Augenbrauen an und fragt: „Haben Sie keine Hobbys?"

„Ich bin Malerin", antworte ich ihm.

„Na", meint er, „das müsste eigentlich ausreichen." Und er fährt fort: „Ich habe außerdem von Ihnen den Eindruck, und das spiegelt sich auch in meinen Gesprächen mit Ihrem Sohn wider, dass Sie David viel zu viel Aufmerksamkeit schenken. Sie sind eine Mutter", doziert er weiter, „die morgens die Augen aufschlägt und als Erstes an ihren Sohn denkt. David, David, David, das ist Ihr ganzer Lebensinhalt."

Ich will etwas entgegnen, aber er lässt mich gar nicht erst zu Wort kommen.

„Haben Sie einen Freund, einen Lebensgefährten?", fragt er weiter.

Ich muss verneinen.

„Das dachte ich mir", kommentiert er und fügt hinzu: „Suchen Sie sich einen!"

David sitzt dabei und scheint bester Laune zu sein.

Ich bin wie vom Donner gerührt. Das kann ich einfach nicht glauben! Was fällt diesem Mann eigentlich ein?

„Soll ich ihn einfach zugedröhnt links liegen lassen?", frage ich ihn. „Und sein Stehlen ignorieren?"

„Nein, das nicht", antwortet er. „Regeln sind schon wichtig."

Aber ich soll loslassen und alles nicht so tragisch nehmen, plaudert er weiter. Der Mann ist so gelassen und so von sich überzeugt, da habe ich keine Chance.

Die Krönung folgt, als er sagt: „Ihr Sohn braucht keine Therapie! Was ich allerdings gerne machen würde, wären gemeinsame Gespräche mit Ihnen und David, damit Sie lernen, normal mit Ihrem Sohn umzugehen. Vorausgesetzt, David will das", schließt er und schaut fragend zu meinem Sohn.

David will das natürlich nicht, und, wenn ich ehrlich bin, ich auch nicht.

„Und tun Sie sich und Ihrem Sohn einen Gefallen", rät er zum Schluss. „Hören Sie auf, ihn zu kontrollieren. Es kommt schon wieder ins Lot." Aufmunternd nickt er mir zu.

Und so verlasse ich wie vor den Kopf geschlagen mit David die Praxis von Dr. Magel.

„Ich hab dich lieb, Mom", sagt Dave im Auto zu mir und drückt meine Hand. Sein Mitleid ist nicht zu übersehen.

Danach fahren Steve und ich ein paar Tage in ein schönes Hotel am Timmendorfer Strand mit Blick auf die Ostsee, während sich Inge zu Hause um David kümmert.

Kapitel 2
Abschied und Ankunft

Als unser Flug aufgerufen wurde, schoben wir uns durch die Menschenmenge in Richtung Flugsteig und warteten zwischen einem Heer von Arabern in weißen Kaftanen auf unsere Maschine.

LH ... Tripolis–Frankfurt.

„M'ssalama" heißt „auf Wiedersehen".

Diesmal durfte Cleopatra, unsere rotbunt gefleckte Katze, mit uns an Bord. Obwohl sie ans Fliegen gewöhnt war, machte sie ordentlich Krach in ihrem geflochtenen Weidenkorb. Unser letzter Auslandseinsatz war beendet, das libysche Stahlwerk fertig gestellt, und so flogen die meisten, die daran beschäftigt gewesen waren, zurück in ihre Heimat. Auch unsere Familie, mein Mann Frank, der den Export geleitet hatte, unser achtjähriger Sohn Constantin Talal und ich. Den zusätzlichen arabischen Namen hatten wir ihm gegeben, weil er im Nahen und Mittleren Osten aufgewachsen und auch dort zur Schule gegangen war.

Talal heißt „der auf dem Hügel Stehende".

Constantin freute sich sehr auf sein neues Zuhause. Lachend hielt er meine Hand, während wir die Treppe zum Flugzeug emporstiegen.

Auch ich war froh, denn endlich war unser unstetes Leben zu Ende. Zuletzt hatten wir zusammen mit Osteuropäern in einem großen Camp gelebt. In unserem Haus hatten sich über die Zeit Kakerlaken eingenistet. Hoffentlich hatten sich beim Packen keine in die Seekisten eingeschlichen, die mit dem Schiff nach Deutschland unterwegs waren.

Als wir endlich im Flugzeug saßen, schaute ich auf das kahle Rollfeld und blickte in Gedanken zurück.

Viele Jahre waren wir in arabischen Ländern unterwegs gewesen, unzählige Umzüge lagen hinter mir, aber jetzt war es vorüber.

Ich war Erzieherin, und während unserer Auslandsaufenthalte hatte ich in verschiedenen Kindergärten gearbeitet. Später dann an deutschen Schulen Musik und Kunst unterrichtet und zusammen mit anderen Deutschen im Ausland Zeitungen herausgegeben. Es war ein schönes, aufregendes Leben gewesen bis zu meiner Fehlgeburt in Tripolis, von der ich mich bis jetzt noch nicht erholt hatte und auch nicht hatte erholen können, denn wir lebten ausschließlich in Ländern, in denen Krieg oder politische Unruhen zum Alltag gehörten. Es war einfach alles zu viel gewesen. Nun saß ich im Flugzeug über den Wolken mit klaustrophobischen Zuständen.

Mein Elan und meine Kraft, auch meine Abenteuerlust waren nach der Fehlgeburt irgendwie auf der Strecke geblieben.

Die Angst kroch in mir hoch und ließ sich nicht unterdrücken. Constantins Anblick, seine braunen Beine in der bunten wadenlangen Hose und sein Übermut, mit dem er in den Sitzen herumtollte, trösteten mich nicht, halfen nicht gegen die Panikattacken.

Ich war erleichtert, als die Maschine auf dem Rollfeld in Frankfurt aufsetzte. Dieser Flug blieb mir in fürchterlicher Erinnerung.

Einer meiner Brüder holte uns am Flughafen ab. Schließlich waren alle Koffer und das viele Handgepäck im Auto verstaut. Als ich erschöpft im Fond des Wagens saß, dachte ich: „Jetzt bin ich endlich zu Hause."

Zu Hause? Auf dem Weg in ein hessisches Provinznest, einige

Kilometer von Frankfurt entfernt, wo wir vor Jahren ein Haus als Geldanlage gekauft hatten. Einen Bungalow.

Viel Glas, eine große Terrasse. Es gab nur ein paar Räume, denn die Hälfte des Hauses bestand aus einem riesigen Schwimmbad. Der Keller war ausgebaut. Drei Zimmer und ein Bad.

Eine einzelne Tanne stand neben der Terrasse, sonst war das große Grundstück nur mit Gras bewachsen. Der Blick ging frei in die Weite, auf Felder und Obstbäume.

Da wir uns während unserer kurzen Deutschlandaufenthalte nicht die Zeit genommen hatten, uns richtig im Ort umzusehen, war ich erstaunt, wie kleinkariert die Umgebung nun auf mich wirkte.

Im Ausland hatte ich mich an die Worte des russischen Schriftstellers Alexander Solschenizyn gehalten: „Egal, wo man lebt, die innere Einstellung ist für das Glück des Menschen entscheidend." So hatte ich es empfunden, ob in der Wüste, direkt am Meer oder in einer arabischen Großstadt. Aber hier, inmitten der halb ausgepackten Koffer, kroch ein ungutes Gefühl in mir hoch. Und in der ersten Nacht wachte ich schweißgebadet auf, denn ich wusste plötzlich nicht mehr, wo ich war.

Gleich am darauf folgenden Tag wurde die Seefracht geliefert, große Kisten mit unserem Hausrat und meinem Klavier standen schließlich neben vielen Kartons im leeren Schwimmbad.

Constantin sprang übermütig durchs Haus und zeigte so seine grenzenlose Freude über unsere Rückkehr. Und auch unserer Katze Cleo gefiel es in Deutschland weitaus besser als in Arabien, konnte sie doch jetzt nach Herzenslust Dosenfutter fressen. Wir begannen uns einzurichten. Während sich ein Karton nach dem anderen leerte, stellte sich bei mir das vage Gefühl ein, „angekommen" zu sein. Doch je heimeliger das Haus wurde, umso mehr spürte ich Trauer und Schmerz wegen des Verlustes meines zweiten Kindes.

Die Gewissheit, für eine weitere Schwangerschaft keine Kraft mehr zu haben, war stets präsent, obwohl ich gehofft hatte, dass sie mich mit der Zeit nicht mehr quälen würde.

Und mir fiel ein, wie Frank und ich damals über eine Adoption nachgedacht hatten.

Und so fragte ich ihn eines Abends, als wir im Bett lagen: „Denkst du noch an ein zweites Kind?"

„Oft", erwiderte er.

„Jetzt, da wir angekommen sind", sagte ich mit leiser Stimme und schmiegte mich an ihn, „könnten wir ein Kind adoptieren. Was hältst du davon?"

Er antwortete nicht, sondern nahm mich wortlos in seine Arme. Ein unglaubliches Glücksgefühl erfasste mich. Wie immer schliefen wir Hand in Hand ein.

Constantin besuchte seit unserer Ankunft die zweite Klasse der Grundschule in unserem Ort. Da Frank wegen seiner Auslandsabfindung eine Zeit lang nicht arbeiten durfte, genossen wir drei die gemeinsamen Tage.

Nachdem Frank und ich noch einmal ausführlich über eine Adoption gesprochen hatten, eröffneten wir Constantin unsere Absicht, ein fremdes Kind in unsere Familie aufnehmen zu wollen. Er war gleich Feuer und Flamme, sprang vor Freude in die Luft und schrie: „Ich will einen Bruder, einen Bruder!"

Sanft widersprach ich und erwiderte: „Ich würde gerne eine kleine Tochter haben." Und ich dachte dabei an ein Mädchen mit Zöpfen und mit Rüschen an den Kleidchen.

Obwohl unser Sohn an einer Schwester nicht sonderlich interessiert war, nickte er mit dem Kopf und meinte: „Besser eine Schwester als gar keine Geschwister." Und so meldete ich uns, nachdem wir uns nun alle einig waren, zu einem Gespräch im Jugendamt an.

Aufgeregt und voll freudiger Erwartung, dabei besonders sorgfältig gekleidet, fuhren wir ein paar Tage später in die nahe gelegene Kreisstadt und suchten die für Adoptionen zuständige Behörde auf. Nach kurzer Wartezeit betraten wir schließlich feierlich das Büro des Amtsleiters, wo wir von einem unscheinbaren Mann mittleren Alters unfreundlich begrüßt wurden.

Mir verging meine Euphorie, denn ohne Umschweife wies er uns gleich zu Beginn auf die Problematik einer Adoption hin, indem er uns schroff mitteilte: „Es gibt nicht viele Kinder, die zur Adoption frei gegeben werden. Kleine Kinder sowieso nicht, und außerdem sind Sie als Eltern für ein Baby zu alt!"

Nachdem er uns noch allerhand andere auf uns zukommende Schwierigkeiten beschrieben hatte, empfahl er uns, erst einmal einen Antrag für ein Pflegekind im Alter zwischen drei und sechs Jahren zu stellen. Das sei unproblematischer, und später bestünde dann immer noch die Möglichkeit, dieses Kind zu adoptieren.

Etwas enttäuscht, dennoch optimistisch stimmten wir seinem Vorschlag zu, worauf er uns unzählige Formulare in die Hand drückte und uns verabschiedete. Als wir wieder zu Hause waren, begannen wir gleich eifrig die Unterlagen auszufüllen. Alle Fragen zu unserer Familie waren nachvollziehbar, aber die Auskünfte über die Lebensverhältnisse unserer Eltern und meiner sechs Geschwister, ihre Adressen und ihre Meinung zu unserem Kinderwunsch fanden wir übertrieben.

Bis wir schließlich Einkommensnachweis, Angaben zu Ersparnissen, Gesundheit und ein Führungszeugnis zusammengetragen hatten, vergingen Wochen.

Dann, kurz nachdem wir die Papiere abgeschickt hatten, stand plötzlich mit gewichtiger Miene eine Sozialarbeiterin vom Jugendamt vor unserer Tür. „Sibylle Lugmann", stellte sie sich vor, drückte kräftig meine Hand und begrüßte anschließend

Frank und Constantin, der sie strahlend und mit den Worten „Ich bin hier der Chef" empfing. Was Frau Lugmann augenscheinlich sehr amüsierte.

Obwohl sie mir nicht unsympathisch war, fiel es mir dennoch schwer einzuschätzen, was für eine Art Mensch sie war.

Freundlich bat ich sie, sich zu setzen, und gab mir alle erdenkliche Mühe, einen guten Eindruck bei ihr zu hinterlassen, denn schließlich war sie diejenige, die darüber entscheiden würde, ob wir als Pflegeeltern infrage kamen oder nicht.

Aber sie wollte sich nicht setzen, und einen Kaffee lehnte sie auch entschieden ab, stattdessen wollte sie gleich das Haus besichtigen und bat mich, ihr alle Räume zu zeigen, damit sie prüfen könne, ob überhaupt genug Platz für ein zusätzliches Familienmitglied vorhanden sei. Während Constantin eifrig voranlief, äußerte sie kritisch, dass unser Haus wegen des Schwimmbads und der Räume im Keller völlig unpassend für mehrere Kinder sei. Auch meinen Einwand, wir würden das Schwimmbad bald zu weiterem Wohnraum umbauen, wiegelte sie ungehalten mit der Bemerkung ab: „Dann bleiben trotzdem immer noch die Räume im Keller."

Mein Mut schwand dahin. Die Frau hatte Macht, und das ließ sie uns deutlich spüren.

Streng sprach sie weiter: „Ich mache es zur Bedingung, dass Sie nur dann ein Kind bekommen, wenn es in einem der oberen Räume wohnen kann." Und sie mäkelte weiter unzufrieden an diesem und jenem herum, denn nichts schien ihr für ein angenommenes Kind gut genug zu sein.

Schließlich fragte ich sie ungeduldig, wie lange es denn überhaupt dauern würde, bis wir ein Kind bekämen. Frau Lugmann lachte ironisch, gab einen tiefen Seufzer von sich und dozierte: „Wir suchen für die vorhandenen Kinder eine passende Familie und nicht für die vorhandenen Familien ein passendes Kind!"

Und fügte warnend hinzu: „Prägen Sie sich das bitte ein, denn das ist für uns die oberste Regel."

Während ich eifrig mit dem Kopf nickte, verzog Frank unwillig das Gesicht.

Anschließend wies sie eindringlich darauf hin, dass es mehrmals im Monat einen so genannten Pflegeelterngesprächskreis mit Fachleuten vom Jugendamt gebe und dass unser Erscheinen dort Pflicht sei.

„Es geht nicht an", sagte sie, „dass sie einfach nur zu Hause auf ein Kind warten. Wir erwarten, dass sie uns ihre Bereitschaft zeigen."

Ich war vor Aufregung nass geschwitzt, denn die Überlegenheit der Dame machte mir zu schaffen.

Während ich versuchte, meinen freundlichsten Gesichtsausdruck aufzusetzen, erklärte sie, dass wir schon bald eine Einladung zu einem Elternseminar in einer Jugendherberge per Post erhalten würden.

„Sollten Sie nicht kommen, gibt's auch kein Kind!" Sprach's und rauschte hocherhobenen Kopfes davon.

Der Sommer war heiß in diesem Jahr und erinnerte mich an unser vergangenes Leben im Orient. Die schwüle Hitze, die ich hier als viel unerträglicher empfand, nahm mir den Atem.

An einem dieser drückenden Sommertage folgten wir der Einladung des Jugendamtes und fuhren in die Jugendherberge, die nicht weit entfernt lag. Unsere Sehnsucht nach einem weiteren Kind war so groß, dass wir bereit waren, alle Vorgaben des Jugendamts pflichtgetreu zu befolgen.

In der großen Eingangshalle trafen wir auf die unterschiedlichsten Menschen, Handwerker, Kaufleute, Lehrer, alles Ehepaare, die schon eigene Kinder hatten und nun noch ein fremdes Kind bei sich aufnehmen wollten.

Unter ihnen befand sich ein Paar, das mir besonders wegen seiner Ungepflegtheit auffiel. Der Mann hatte nur noch ein paar Zähne im Mund, dazu schmutzige Fingernägel, während seiner Frau die ungewaschenen Haare struppig über die Schultern hingen. Zu meiner Verwunderung stellte sich später heraus, dass die beiden seit Jahren mehrere Pflegekinder in ihrer Familie betreuten!

Es war mir unverständlich, denn nach dem Auftritt unserer kritischen Sozialarbeiterin war es schwer nachvollziehbar, was das Jugendamt bewogen hatte, diesen Menschen fremde Kinder anzuvertrauen. Doch da Pflegeeltern vom Staat finanziell unterstützt werden, wäre es möglich, dass diese Leute die Kinder nur wegen des Geldes bei sich aufgenommen hatten.

Fast alle Teilnehmer waren wie wir zwischen dreißig und vierzig, unter ihnen auch Dora und Torsten Schilling mit ihrer Tochter Marie, die im gleichen Alter wie unser Sohn war.

Am Samstagmorgen, wir hatten die Nacht alle in den Stockbetten der Jugendherberge verbracht, versammelten die Elternpaare sich nach dem Frühstück in einem großen Raum. Unsere Kinder wurden währenddessen von Erziehern betreut. Als wir schließlich alle in einem Kreis zusammensaßen, eröffnete eine Psychologin die Runde, indem sie uns bat, uns einander vorzustellen.

Der Reihe nach berichteten wir nun ausführlich über unsere häusliche Situation, unseren Beruf, unser Alter und unsere Herkunft und gaben den Grund an, warum wir ein fremdes Kind annehmen wollten. Die unterschiedlichsten Beweggründe wurden genannt, aber die Liebe zu Kindern war bei allen Anwesenden deutlich zu spüren.

Während wir uns untereinander freundlich zunickten, begann uns die Therapeutin einen Vortrag über Herkunftsfamilien zu halten.

Sie erklärte, dass die „Rückführung" der Pflegekinder für das Jugendamt die höchste Priorität besitze, denn Pflegekinder würden im Grunde nur vermittelt, um später wieder in ihre ursprüngliche Familie zurückkehren zu können.

Verunsichert schaute ich zu Frank hinüber, denn mir wurde bei diesen Ausführungen angst und bange. Worauf hatten wir uns da nur eingelassen?

Aber noch ehe ich lange darüber nachdenken konnte, wurden auch schon für ein Rollenspiel Stühle in die Mitte des Raumes geschoben. Die Psychologin wollte mit uns eine alltägliche Situation nachstellen, mit der die Jugendämter ständig konfrontiert wurden.

Dora verkörperte die Mutter, eine immer wieder rückfällig werdende Alkoholikerin, deren Kind seit geraumer Zeit in einer Pflegefamilie lebte. Frank agierte als ihr Freund, während ich die Position der Sozialarbeiterin einnahm. Danach bekamen wir alle einen bestimmten Text, bis auf das Pflegeelternpaar, das zu meinem Erstauen nur still dabeizusitzen hatte. Und so sagte Frank zu Dora: „Du Schlampe, du schaffst das doch sowieso nicht."

Mein Part war dagegen, zu ihnen zu sagen: „Wir werden Ihre Schwierigkeiten gemeinsam bewältigen."

Für mich klang die geschilderte Situation einer ständig unter der Droge Alkohol stehenden Mutter dermaßen aussichtslos, dass ich Mitleid mit dem Kind hatte, das da ständig hin- und hergeschoben werden sollte. Darum änderte ich meinen Text und meinte stattdessen zu Dora: „Lassen Sie sich Zeit, Ihr Kind ist in der Pflegefamilie gut aufgehoben."

Die unverheiratete kinderlose Psychologin war außer sich.

Streng fragte sie mich, was mir denn einfiele, den Text einfach zu ändern. Und fügte mit erhobener Stimme hinzu: „Begreifen Sie doch, die Pflegeltern spielen keine Rolle! Hier geht es ausschließlich um das Kind und seine leiblichen Eltern."

Zwischen mir und der Therapeutin entbrannte nun ein heftiges Streitgespräch, dem die anderen Eltern schweigsam, aber höchst interessiert zuhörten. Aufgebracht sagte ich zu ihr: „Wenn ein Mensch sein Leben durch Alkoholmissbrauch völlig ruiniert hat, dauert es doch Jahre, bis er sich wieder im Griff hat, wenn er es überhaupt schafft! Trocken wird man doch nicht von heute auf morgen!" Dann stellte ich die entscheidende Frage: „Ist es unter diesen Gegebenheiten nicht besser, das Kind in seinem neuen Zuhause zu lassen, vorausgesetzt, es fühlt sich dort wohl, als es ständig wie ein Paketstück zwischen Mutter und Pflegefamilie hin- und herzuschieben?"

Aber die Frau ließ sich durch mich nicht aus der Fassung bringen und teilte mir in aller Deutlichkeit mit, dass ich keine Ahnung von diesen Dingen hätte. Es gab keine Diskussionen, jegliche Debatte wurde im Keim erstickt.

Später am Abend beim gemütlichen Zusammensein lobten mich Dora und Torsten für meinen Widerspruch. „Endlich hat jemand mal gewagt, offen auszusprechen, was wir alle denken", bestätigte auch eine andere Frau und erzählte uns von ihrem Pflegekind, das nun schon zum dritten Mal zu seiner leiblichen Mutter zurückgebracht worden war, obwohl diese ihr Leben einfach nicht in den Griff bekam.

Sie beschrieb, was für Schwierigkeiten sie hatte, das Kind immer wieder aufs Neue in ihre Familie zu integrieren.

Mit gemischten Gefühlen und der Hoffnung, dass bei uns alles anders verlaufen würde, fuhren wir nach der zweiten Übernachtung am Sonntagvormittag zurück nach Hause.

Von nun an verging kein Tag, an dem Constantin nicht erwartungsvoll fragte: „Wann bekomme ich denn endlich eine Schwester?"

Aber die Zeit verrann, und außer der Zusage, dass wir als Pflegeeltern für geeignet betrachtet wurden, hörten wir nichts mehr vom Jugendamt.

Und so ging der Sommer dahin.

Im Herbst starb nach kurzer, schwerer Krankheit mein Vater, und ich pflanzte im Gedenken an ihn einen Rosenstrauch in den Garten. Dabei bemerkte ich, wie schnell mich die Gartenarbeit noch immer erschöpfte, denn wirklich erholt hatte ich mich von den Auslandsstrapazen noch nicht. Ständig wechselten Phasen, in denen es mir gut ging, mit Phasen, in denen ich erschöpft und niedergeschlagen war. Wir lebten nun in einem Ort, in dem pünktlich an jedem Samstag die Straße gekehrt wurde. In einem Nest, in dem Anstand und Moral der Bürger an der Zeit gemessen wurde, zu der sie am Morgen die Rollläden öffneten.

Eigentlich keine passende Umgebung für uns, die wir jahrelang in der Welt unterwegs gewesen waren. Denn wir ließen das Gras im Garten wachsen, weil wir die Wiese mit den Margeriten und dem Wiesenschaumkraut viel schöner fanden als einen glatten Rasen. Doch die Nachbarn beschwerten sich über den Löwenzahn auf unserer Wiese, weil er sich auch in ihrem Garten ausbreiten könnte, und beäugten misstrauisch, wie wir Zugereisten uns benahmen.

Ich telefonierte häufig mit unseren Freunden, die überall in der Welt verstreut lebten. Hin und wieder verabredeten wir uns mit Dora und Torsten, aber die führten ein völlig anderes Leben als wir. Sie reisten viel in ihrem Wohnwagen durch die Lande, wir dagegen waren froh, daheim zu sein.

Frank arbeitete inzwischen als Exportleiter in einer kleineren Spedition am Flughafen in Frankfurt.

Es war eine gewaltige Umstellung, plötzlich mit nur noch wenig Geld auskommen zu müssen, denn obwohl wir mit unseren Ersparnissen sehr vorsichtig umgingen, schmolzen diese nur so dahin. Wir lebten inzwischen schon seit fast zwei Jahren wieder in Deutschland, fühlten uns aber immer noch nicht richtig zu Hause. Hin und wieder dachte ich sehnsüchtig an ein zweites Kind, doch ich hatte die Hoffnung längst aufgegeben.

Im selben Jahr, in dem die Mauer zwischen Ost- und Westdeutschland geöffnet wurde, meldete die Spedition, in der Frank beschäftigt war, wegen eines misslungenen Nigeria-Geschäfts Konkurs an, und er wurde arbeitslos.

Weil das Geld auf unserem Konto immer weniger wurde und wir dringend den Schwimmbadumbau realisieren wollten, arbeitete ich morgens jeweils ein paar Stunden in einer Schönheitsfarm, während Frank die Hausarbeit erledigte. In dieser ungewissen Situation klingelte eines Tages Ende August das Telefon.

„Wir haben ein Kind für Sie", erklärte Frau Lugmann feierlich, „einen siebenjährigen Jungen."

Mir fiel vor Schreck fast der Hörer aus der Hand. Geistesgegenwärtig drückte ich, während sie weitersprach, rasch die Taste für die Lautsprecherfunktion des Telefons, damit Frank und Constantin mithören konnten.

Frau Lugmann erklärte gerade, dass die Mutter des Kindes hoffnungslos überfordert sei, denn der Vater, ein amerikanischer Soldat, sei in die Staaten zurückgegangen und habe die Frau mit zwei kleinen Kindern zurückgelassen. „Der Junge ist allerdings ein Chaot", berichtete sie weiter. „Er treibt sich überall herum und steckt alles Mögliche in Brand. Darum müssen wir ihn schnell woanders unterbringen. Trauen Sie sich das zu?", fragte sie eindringlich.

Meine feuchten Hände umklammerten den Telefonhörer.

Aufgeregt wie selten zuvor in meinem Leben erwiderte ich zögernd: „Ich glaube schon."

„Dann besprechen Sie sich bitte noch mit Ihrem Mann, ich rufe Sie gegen Abend wieder an“, forderte Frau Lugmann mich auf.

Gleich nachdem ich das Telefonat beendet hatte, brach Constantin in ein lautes Freudengeheul aus und schrie: „Ich bekomme einen Bruder, juhu, einen Bruder!“

Verwirrt schaute ich Frank an und fragte ihn unsicher: „Geht das jetzt nicht etwas zu schnell?“

Aber Frank wies mit dem Kopf in Richtung Constantin, der sich gerade auf einen Stuhl gestellt hatte, eine tiefe Verbeugung vollführte und stolz zu uns sagte: „Darf ich mich vorstellen, ich bin jetzt ein Bruder.“ Und so schoben wir unsere Bedenken beiseite, denn schließlich gab es ein Kind, das dringend unsere Hilfe und ein neues Zuhause brauchte. Alles andere würde die Zeit schon mit sich bringen.

Als die Sozialarbeiterin ein paar Stunden später wieder anrief, sagte ich zu ihr: „Ja, wir sind einverstanden!“

„Wir kommen gleich morgen“, war ihre knappe Antwort. „Ich bringe noch eine Kollegin mit. Und bitte zur Begrüßung nicht gleich die ganze Familie“, forderte sie. „Es ist für das Kind besser, wenn es Sie alle nacheinander kennen lernt!“ Und weil ihr Ton dem eines Kommandeurs auf einem Kasernenhof sehr ähnlich war, vergaß ich vor lauter Aufregung sogar, sie nach dem Namen des Kindes zu fragen.

In der darauf folgenden Nacht wälzte ich mich im Bett hin und her, während meine Gedanken Achterbahn fuhren.

Als ich gegen Morgen endlich in einen unruhigen Schlaf fiel, träumte ich von einem Baby und spürte die Glückseligkeit, die eine Mutter bei der Geburt ihres Kindes empfindet.

Ein kleiner Junge, dessen Gesicht ich nicht sehen konnte, lag auf meinem Bauch. Und weil ich ihn so gerne anschauen wollte, drehte ich ihn zu mir herum, doch das Kind in meinem Traum hatte kein Gesicht.

Am nächsten Morgen machte sich Constantin sichtlich ungern auf den Weg zur Schule, während Frank dem Arbeitsamt einen Besuch abstattete.

Für Anfang September war es viel zu kühl, und so stand ich fröstelnd am Küchenfenster und beobachtete die Straße.

Als endlich ein Auto vor unserem Haus hielt, war ich völlig aufgelöst. Sie waren da!

Ich beobachtete, wie als Erstes die beiden Sozialarbeiterinnen aus dem Wagen stiegen. Danach folgten eine Frau und ein Junge, dessen Haare bis auf die Kopfhaut abrasiert waren.

Das musste er sein! Aber wer war die andere Frau? Doch nicht etwa seine Mutter? Frau Lugmann hatte nichts dergleichen erwähnt.

Ich öffnete der Gruppe die Haustür, und dabei fiel es mir schwer, meinen Blick von dem kleinen, schmalen Jungen zu lassen, der nun verschüchtert vor mir stand und sich fest an die Hand der unbekannten Frau klammerte. Obwohl sein Schädel kahl und bloß war, glich sein fein gezeichnetes, hübsches Gesicht dem einer Puppe.

Während er mich mit blauen Augen ernst und höflich anschaute, streckte er mir unsicher seine kleine, sich feucht und kalt anfühlende Hand entgegen. Er trug lila Turnschuhe aus Stoff, die ich nie wieder vergessen habe.

Wissenschaftler haben festgestellt, dass die ersten acht Sekunden eines Kontakts darüber entscheiden, ob Menschen einander sympathisch finden oder nicht. Ich mochte dieses Kind auf Anhieb.

Frau Lugmann schaute mich wohlwollend an, zeigte mit einer Handbewegung auf den Jungen und stellte ihn mir dann mit den

Worten vor: „Das ist David!" Anschließend sagte sie: „Und das ist Paula, seine Mutter."

Ich erschrak. Sie hatten also tatsächlich seine Mutter mitgebracht. Genau wie ihr Sohn war sie von kleiner und schmaler Statur, ihr blondes Haar war sehr kurz, und sie trug eine randlose runde Brille. Obwohl es draußen empfindlich kühl war, hatte sie nur ein ärmelloses T-Shirt und Jeans an. In ihrem rechten Nasenflügel glänzte ein kleiner goldener Ring, und auf der Schulter prangte eine auffällige Tätowierung: ein Mond, der halb hinter Nebelschleiern verborgen war.

Sie war mir keineswegs unsympathisch, obwohl sie gerade dabei war, ihr Kind in die Hände wildfremder Menschen zu geben. Im Gegenteil, sie erweckte in mir auf Anhieb das Gefühl, sie beschützen zu müssen.

Während ich die Frauen bat, Platz zu nehmen, schickte Frau Lugmann David zum Spielen in Constantins Kinderzimmer, was mich seltsam anmutete, denn schließlich ging es um seine Zukunft. Doch ich schwieg, zu sehr fühlte ich mich in dieser befremdlichen Situation gefangen.

Also kochte ich Kaffee und stellte wie bei anderen Gästen auch Kekse auf den Tisch. Während die Jugendamtsfrauen miteinander redeten, saß die Mutter des Jungen die ganze Zeit unbeteiligt daneben, so, als ginge sie das alles nichts an.

Ihr Gesicht war völlig ausdruckslos, und sie schwieg auch, als mir Frau Lugmann ihre Lebensgeschichte erzählte.

Paulas Mann Samuel war, als sie sich kennen lernten, in Deutschland stationiert gewesen. Beide hatten jung geheiratet und rasch nacheinander drei Kinder bekommen. Als Sams militärischer Einsatz in Deutschland beendet war, war er in die USA heimgekehrt, wobei er die ältere Tochter, die ein Jahr jünger als David war, mitgenommen hatte. Paula, David und die jüngste Tochter ließ er allein zurück.

Paula wirkte weiterhin teilnahmslos, als die Sozialarbeiterin berichtete, dass sie mit den zwei Kindern allein hoffnungslos überfordert sei. Und als Frau Lugmann zu meinem großen Entsetzen sagte: „Unser Ziel ist es, den Jungen genau wie seine jüngere Schwester bei den Großeltern in Amerika aufwachsen zu lassen", nickte sie nur ein wenig mit dem Kopf.

Bis das jedoch geregelt sei, sollten wir David bei uns aufnehmen. „Es kann noch Monate dauern, bis wir Genaueres wissen", erklärte Frau Lugmann, „denn bisher haben die Großeltern noch nicht auf unser Anschreiben reagiert."

Ratlos schaute ich Paula an, doch sie ignorierte mich und erwiderte meinen Blick nicht.

Ich fühlte mich wie jemand, bei dem man vorübergehend ein Gepäckstück zur Aufbewahrung abgibt. Dieses Arrangement schien nichts weiter als eine Notlösung zu sein. Lediglich eine Durchgangsstation, dachte ich wütend, während Frau Lugmann fortfuhr und erklärte: „Man nennt das eine Kurzpflegschaft."

Am liebsten hätte ich sie alle wieder nach Hause geschickt. Aber in diesem Moment kam der Junge ins Zimmer, schaute mich flehend an, und ich glaubte in seinen Augen lesen zu können: „Meine Mutter will mich nicht, keiner will mich."

Und da mich sein Blick zutiefst berührte, vergaß ich meine Wut – und wurde in diesem Augenblick Mutter eines zweiten Kindes.

Zum Ende ihres Monologs vereinbarte Frau Lugmann mit der leiblichen Mutter, dass sie ihren Sohn einmal wöchentlich besuchen sollte. Über die Zimmer im Keller oder die Frage, wo David bei uns schlafen würde, war kein weiteres Wort mehr verloren worden.

Ich fragte mich, ob wir in den Augen der Sozialarbeiterin die passende Familie für diesen Jungen waren. Aber vermutlich wollte das Amt das Kind nur schnell von seiner Mutter wegholen, alles andere schien plötzlich keine Rolle mehr zu spielen.

Rasch standen die Jugendamtsfrauen auf, die Mutter sagte „Bye, Dave", so als ginge sie nur mal eben um die Ecke, und stellte eine Tasche in den Hausflur, und auch die beiden Frauen verabschiedeten sich beim Hinausgehen leichthin mit einem „Tschüss".

Ich hatte erwartet, dass Frau Lugmann noch ein paar Worte mit mir unter vier Augen sprechen würde, aber weit gefehlt.

Die Autotüren schlugen zu, der Wagen brauste davon.

Dann waren wir allein.

Viele Jahre später hat mir David erzählt, wie der Abschied von seiner Familie verlaufen war.

Seine Mutter hatte vorher nicht mit ihm darüber geredet, dass sie ihn in eine andere Familie abgeben würde, sondern am Tag zuvor einfach seine Sachen gewaschen und sie abends in eine Tasche gepackt. Als er sie gefragt hatte, warum sie seine Sachen einpacke, bekam er keine Antwort. Schließlich habe er zu weinen begonnen, seine Mutter am Ärmel gezogen und festgehalten.

Erst dann hatte sie ihm schließlich erklärt: „Du kommst zu einer Frau, die dir jetzt immer etwas zu essen macht." Mehr hatte sie ihm nicht zu sagen gehabt.

Jetzt waren wir beide hier allein, und ich überlegte, womit ich das Kind am besten beschäftigen konnte.

„Komm, ich zeige dir erst einmal das Haus", forderte ich ihn freundlich auf. Nachdem ich ihm alle Räume gezeigt hatte, gingen wir in den Garten hinaus. Zu meiner Überraschung schob er plötzlich zaghaft seine kleine, feuchte Hand in meine. Und er lächelte, als Cleo schnurrend um seine Beine strich.

Vom alten Apfelbaum, dessen Zweige über den Zaun des Nachbargartens reichten, pflückten wir ein paar Äpfel. Danach gingen wir zurück ins Haus und begannen gemeinsam, seine Sachen auszupacken. Die Kleider waren alle frisch gewaschen und noch klamm. Aber ich fand in der Tasche kein einziges Spielzeug und auch kein Foto, nur ein paar Hosen und Shirts, nichts Persönliches.

Als ich ihm etwas zu essen anbot, schüttelte er den Kopf und lehnte auch die Schokolade ab, die ich ihm reichte. Dabei wich er keine Sekunde von meiner Seite, und ich war erleichtert, als endlich Constantin aus der Schule nach Hause kam.

„Wo ist er?", rief er, stürmte ins Wohnzimmer und lief freudestrahlend auf David zu, streckte ihm die Hand entgegen und sagte stolz: „Ich bin dein Bruder Constantin!"

Sie sahen sich tatsächlich ähnlich. Beide hatten die gleichen schmalen Gesichter und den gleichen zarten Körperbau. Jeder Mensch würde sofort glauben, dass sie blutsverwandt waren, und dass sie sich auf Anhieb mochten, war nicht zu übersehen.

Vom ersten Moment an empfanden beide Jungen eine große Sympathie füreinander, die sich später in eine tiefe brüderliche Liebe verwandelte.

Als Constantin seinen neuen Bruder aufforderte: „Komm, wir gehen spielen", und dabei seinen Arm um Davids Schulter legte, zog ich mich zurück. Ich hörte noch, wie er ihn fragte: „Warum hast du keine Haare?", und das Kind ihm leise antwortete: „Das weiß ich nicht."

Später, als Frank nach Hause kam, passierte etwas Ungewöhnliches. Der bisher so schüchterne Junge sprang mit einem Satz in seine Arme. Mit seinen dünnen Ärmchen umschlang er Franks Hals und drückte ihn so sehr, als ob er jemanden begrüßte, den er jahrelang vermisst hätte.

Das Glück war bei uns eingezogen.

Frank war von nun an Davids Held und sein großes Vorbild.

Der erste Tag mit unserem neuen Familienmitglied war schnell vergangen, und als es Abend wurde, lagen seine wenigen Kleidungsstücke zusammen mit Constantins Sachen fein säuberlich eingeräumt im Kleiderschrank.

Eine Zahnbürste besaß David nicht, und er wusste auch nicht, welchen Zweck sie erfüllte. Nachdem wir es ihm erklärt hatten, stand er stolz vor dem Badezimmerspiegel und putzte seine Zähne. Anschließend kletterten die Jungs in ihre Betten, wobei David unbedingt oben in Constantins Stockbett schlafen wollte.

Als wir später noch zum Gutenachtsagen ins Kinderzimmer gingen, sang der kleine Junge mit heller Stimme: „My Daddy is in America." Überhaupt sprach er Deutsch mit amerikanischem Akzent, weil in seiner früheren Familie ausschließlich Englisch gesprochen worden war.

Vor vier Jahren hatte David seinen Vater zum letzten Mal gesehen. Irgendwann erfuhren wir, dass sein Vater ihn, seinen Sohn, ursprünglich anstelle der Schwester hatte mitnehmen wollen, die Mutter dem aber nicht stattgegeben hatte, um ihren Mann damit zu strafen.

So lag der kleine Kerl nun hier in seinem vorübergehenden Zuhause, und sein schmächtiger Körper war von unzähligen Schweißperlen bedeckt.

Am nächsten Morgen, beim gemeinsamen Frühstück, benahm sich David, als wäre er ein Gast. Er aß kaum etwas, stattdessen interessierte er sich für den Toaster, der vor ihm auf dem Tisch stand. Anscheinend kannte er dieses Gerät noch nicht, und so röstete er zu Constantins Vergnügen eine Weißbrotscheibe nach der anderen und lachte, sobald das Brot aus dem Toaster sprang.

Schließlich lag ein großer Stapel Toastscheiben neben seinem Teller. Aber weil er so viel Spaß daran hatte, ließen wir ihn gewähren.

Überhaupt waren ihm viele Dinge des täglichen Lebens fremd. Als ich Kaffee kochte, glaubte er, dass die Kaffeebohnen aus Schokolade seien. Einen Schneebesen hatte er noch nie gesehen, und wozu man eine Bratpfanne benutzt, wusste er auch nicht.

Während ich Eier kochte, erzählte er mir mit leiser Stimme, dass er bisher oft Hunger gehabt habe. Auch dass das Essen bei seiner Mutter direkt aus der Dose gegessen wurde.

Nach dem Frühstück, während sich Constantin auf den Schulweg machte, fuhren Frank und ich mit unserem neuen Sohn als Erstes zum Gesundheitsamt, denn dort hatte Frau Lugmann bereits einen Termin vereinbart.

Während der Fahrt war das Kind kalkweiß im Gesicht, und wieder bildeten sich Schweißperlen auf seiner Stirn. Einen Moment lang dachte ich, David müsste sich übergeben, aber er versuchte sich zusammenzunehmen, und schließlich erreichten wir das Gesundheitsamt.

Dort zog David erst nach einigem Zureden seine Kleider aus. Dann stand er nackt vor der Amtsärztin und schaute sie ängstlich an.

Die Untersuchung ergab, dass der Junge über einen längeren Zeitraum nicht ausreichend ernährt worden war und seine körperliche Entwicklung deshalb auch nicht altersgemäß war. Außerdem waren seine Zähne in einem katastrophalen Zustand. Zusätzlich wies uns die Ärztin darauf hin, dass er sich mit hängenden Schultern und leicht gekrümmtem Rücken bewegte. Die Ärztin erklärte uns, dass dies vor allem psychisch bedingt sei. Sobald es ihm mit der Zeit gelänge, ein gesundes Selbstbewusstsein zu entwickeln, würde sich auch sein Haltungsfehler bessern. Wir täten gut daran, ihn des Öfteren anzuhalten, sich zu strecken und den Kopf zu heben.

Als sie zum Schluss von einer mehrjährigen Eingewöhnungszeit sprach, dachte ich: Hoffentlich muss er nicht gleich wieder fort.

Im April war David sechs Jahre alt geworden, aber seine Mutter hatte ihn bisher noch an keiner Schule angemeldet.

Seltsamerweise war auch den Behörden bislang nicht aufgefallen, dass ein schulpflichtiges Kind nicht zum Unterricht erschienen war.

Nachdem wir das Gesundheitsamt wieder verlassen hatten, kauften wir gleich noch einen Schulranzen, ein Mäppchen und andere Dinge für die Schule. David war davon sehr beeindruckt, er konnte gar nicht fassen, dass diese Einkäufe ganz für ihn allein sein sollten, und er fragte andauernd: „Bekommt ihr nichts?"

Stolz saß er im Auto, seine Schätze auf dem Schoß, und strich dabei immer wieder mit seiner Hand über den bunten Ranzen.

Unser nächster Weg führte uns in die Schule unseres Ortes, wo wir vom Rektor überschwänglich begrüßt wurden.

Anscheinend war er sehr davon angetan, dass wir ein fremdes Kind in unsere Familie aufgenommen hatten, denn er klopfte Frank beifällig auf die Schulter. Aber schon nach dem Eingangstest stellte sich heraus, dass David nicht die notwendigen Grundkenntnisse für die erste Klasse mitbrachte, denn er kannte keine Farben und konnte auch nicht in der richtigen Reihenfolge zählen. Außerdem fehlten ihm viele Wörter, die zum üblichen Sprachgebrauch eines sechsjährigen Jungen gehören.

Er wurde darum vom Rektor, der gleich für den Tag darauf einen Termin für uns vereinbarte, direkt in eine Vorschule überwiesen, die einige Kilometer von unserem Ort entfernt lag.

Stolz besuchte ich am Abend desselben Tages den Pflegeelternkreis. Während ich glücklich von Davids Ankunft erzählte, schaute mich Dora neidisch an. Doch Torsten sagte optimistisch: „Wir haben lange gemeinsam auf ein Kind gewartet, deshalb bin ich mir sicher, dass es nun nicht mehr lange dauern wird, bis auch wir eines bekommen." Dabei lächelte er seine Frau zuversichtlich an.

Ich erzählte den Anwesenden jede Kleinigkeit, die wir bislang mit David erlebt hatten. Als ich jedoch stolz berichtete, wie liebevoll unser Pflegesohn seinen neuen Vater begrüßt hatte, wurde meine Naivität von den anderen Pflegeeltern belächelt. Sie alle fanden Davids Verhalten äußerst ungewöhnlich und erklärten mir, dass ein Kind normalerweise nicht gleich Vertrauen zu fremden Menschen fasse und es keinen Grund gebe, sich darüber so zu freuen.

Nur ungern und enttäuscht begriff ich, dass sie Recht hatten. Wieder einmal hatte die Gesprächsrunde mir gezeigt, dass ich aus den Erfahrungen der anderen Eltern lernen konnte.

Am nächsten Tag fuhr ich mit David in die Vorschule. Ängstlich zusammengekauert saß er neben mir im Wagen. Es war offensichtlich, dass er Angst hatte, wieder an einen Ort gebracht zu werden, der ihm völlig fremd war. Er wurde gleich in eine Klasse mit acht weiteren Kindern aufgenommen. Und von nun an sollte ihn ein kleiner Schulbus jeden Morgen von zu Hause abholen und nach dem Unterricht wieder zurückbringen.

Das war schlimm für ihn. Er wollte um keinen Preis in diesen Bus einsteigen. Seine Angst, er werde nicht wieder zurückkommen, war unbeschreiblich. Also blieb mir nichts anderes übrig, als ihn in der ersten Zeit zu begleiten und während des Unterrichts im Schulflur auf ihn zu warten.

Auf dem Rückweg im Bus sprach ich dann immer beruhigend

auf ihn ein und erklärte ihm, dass er jeden Tag zu uns zurückgebracht werden würde. Aber es nutzte nichts, am nächsten Morgen kullerten erneut die Tränen, und ich fuhr wieder mit ihm mit.

Nachdem ich ihn ein paar Tage begleitet hatte, sagte ich eines Morgens zu ihm: „Heute werde ich nicht mehr mit in die Vorschule fahren! Ich werde hier auf dich warten, bis du wieder zurückkommst."

Und ich sprach weiter tröstend auf ihn ein und beteuerte: „Wir haben dich sehr lieb, darum brauchst du keine Angst zu haben, dass du nicht wieder hergebracht wirst!" Doch er begann zu weinen und schaute mich unter Tränen verstört an. Genauso sah er uns auch immer an, sobald wir etwas Liebes zu ihm gesagt hatten, denn unserer Herzlichkeit begegnete er stets mit abgrundtiefem Misstrauen. Nach einer Weile putzte er sich die Nase, beruhigte sich etwas und schluchzte, während ich mich unbeschreiblich elend fühlte: „Ich will ja tapfer sein."

Diesmal gab ich nicht nach, denn ich wusste, dass ich ihn sonst bis zum Ende des Schuljahres jeden Tag begleiten würde. Schließlich stieg er weinend ein, setzte sich ans Fenster und winkte traurig, bis er nicht mehr zu sehen war. Von da an musste ich nicht mehr mitfahren, aber solange er die Vorschule besuchte, ließ David sich nur mit gutem Zureden in den Bus nötigen.

Seine Angst war stets präsent und hatte sich in den wenigen Wochen, die er nun bei uns war, verständlicherweise noch nicht verringert.

Um ihm eine Freude zu machen, erlaubte ich ihm, für den darauf folgenden Sonntag das Mittagessen zu bestimmen. „Ich wünsche mir Braten", erklärte er stolz, nachdem er eine Weile nachgedacht hatte. „Und Klöße mit viel Sauce", zählte er weiter auf. „Und zum Nachtisch Eis mit Sahne", beendete er mit wichtiger Miene seinen Menüvorschlag.

Während David anfangs kaum etwas gegessen hatte, schlang er nun alles, was auf den Tisch kam, hastig hinunter. Diese hastige Art zu essen behielt er bei, und seine Angst, dass ihm jemand etwas wegessen könnte, verlor sich erst nach vielen Jahren. Obwohl ich von anderen Pflegeeltern gehört hatte, dass das völlig normal sei, bat ich ihn immer wieder aufs Neue, doch langsamer zu essen.

Nachdem auch wir Daves gut ausgewähltes Menü aufgegessen hatten, schlug Frank vor, einen Ausflug zu einer der vielen nahe gelegenen Burgen in unserer Umgebung zu unternehmen. So machten wir uns auf den Weg. Beide Jungs trugen die gleichen hellgrünen Nicki-Pullover und sahen aus wie Zwillinge.

Kaum waren wir losgefahren, erbrach David das komplette Mittagessen auf den Autositz. Ich hatte meine liebe Not, das Kind und die Polster mit Papiertaschentüchern wenigstens notdürftig wieder zu reinigen.

„Tut mir leid", stammelte David, woraufhin wir ihm beteuerten, dass es nicht schlimm sei, denn wir kannten ja die Ursache seiner Übelkeit.

Am Ziel angekommen, besichtigten wir als Erstes die Umgebung der Burg und kletterten anschließend die vielen Steinstufen hinauf, um den herrlichen Ausblick in die Ferne zu genießen. Und während die Jungen ausgelassen von oben herunterspuckten, erklärte Frank ihnen den geschichtlichen Hintergrund der Burganlage. Von der Limonade, die wir später an einem Kiosk tranken, konnte David gar nicht genug bekommen. Als die Dämmerung hereinbrach, machten wir uns rasch auf den Heimweg.

Wir waren noch nicht lange unterwegs, als David dringend zur Toilette musste. Frank hielt an einem Parkplatz, wo Büsche vor ungebetenen Blicken schützten, an. Doch obwohl weit und breit niemand zu sehen war, wollte David nicht aussteigen.

„Ich denke, du musst mal", sagte ich drängend, während er herumdruckste und im Auto sitzen blieb. Ratlos schauten wir uns an, als er mit leiser Stimme bat: „Kann ich den Autoschlüssel haben?"

Frank reagierte intuitiv richtig und drückte David den Schlüssel in die Hand.

Anscheinend beruhigt, stieg er daraufhin aus und stand klein und zerbrechlich am Rande des Parkplatzes, während er sich, den Schlüssel fest umklammernd, erleichterte.

Auf der Weiterfahrt kletterte er plötzlich auf meinen Schoß und drückte sich dicht an mich, bis ich ihn fragte: „Hattest du Angst, wir würden ohne dich wegfahren?" Zu meiner Erschütterung nickte der kleine Junge stumm mit dem Kopf. Und ich dachte: Bei seinen Erfahrungen ist es wohl auch nicht verwunderlich, dass er denkt, wir würden ihn auf einem Parkplatz in der Dunkelheit allein zurücklassen.

Als er abends im Bett lag, umarmte er uns dann der Reihe nach und sagte: „Das war der schönste Tag in meinem Leben!"

Von nun an sagte er das täglich, und es hatte den Anschein, dass er begann, etwas Vertrauen aufzubauen.

Seine Mutter war in der ersten Woche nicht erschienen und kam auch nicht zum zweiten vereinbarten Termin. Ich hatte es zwar nicht anders erwartet, war aber dennoch ziemlich enttäuscht, weil ich begriffen hatte, wie wichtig der Kontakt zur Mutter für Davids weitere Entwicklung war.

Der Junge schien allerdings nicht sonderlich traurig darüber zu sein, man konnte ihm nichts Ungewöhnliches anmerken. Stattdessen wurde er von Tag zu Tag aufgeschlossener, sprang fröhlich im Haus herum und summte dabei ständig vor sich hin.

Als seine Mutter auch zu den weiteren Terminen nicht auftauchte, rief ich kurzerhand bei ihr an und drückte David den Hörer in die Hand. „Ich will hierbleiben", war das Erste, was aus ihm heraussprudelte. Anschließend erzählte er ihr von seinen Erlebnissen, dem Ausflug zur Burg und seiner Aufnahme in die Vorschule.

Als seine Mutter ihm versprach, ihn bald zu besuchen, legte er rasch auf und gab mir keine Gelegenheit, noch einmal mit ihr zu sprechen. Von nun an verging kein Tag mehr, an dem David nicht davon sprach, für immer bei uns bleiben zu wollen.

„Du bist stark, du kannst mich beschützen", sagte er eines Tages zu Frank. Und schlug eifrig vor: „Du musst ein Loch graben und mich, sobald sie kommen und mich holen wollen, darin verstecken!"

Sie kamen! Am nächsten Samstag.

Nicht das Jugendamt, sondern seine Familie aus Bayern. Denn David besaß eine ganz normale Verwandtschaft, von deren Existenz wir bisher nichts gewusst hatten.

Vor unserer Haustür stand neben Davids Mutter seine Großmutter, Paulas Mutter. Eine hübsche, rundliche Blondine, etwa fünfzig Jahre alt, die sich uns als „Oma Täschle" vorstellte, weil sie mit Nachnamen Tasche hieß. Dann Davids Onkel Walter, Paulas Bruder, von Beruf Bäcker, und seine spindeldürre, schmallippige Frau. Außerdem noch Davids kleine Schwester Jennifer, knapp zwei Jahre alt, die ihrem großen Bruder sehr ähnlich sah. Niedlich und hübsch schaute sie aus mit ihren blonden Zöpfen, die von pinkfarbenen Plastikkirschen zusammengehalten wurden.

Ich war wie vor den Kopf gestoßen, während Frank irritiert die Augenbrauen nach oben zog.

Als wir sie hereinbaten, berichtete uns die Großmutter als

Erstes, wie sie sich aufgeregt habe, als sie erfuhr, dass David bei Fremden untergebracht sei. Sie sei entsetzt gewesen, teilte sie uns empört mit und sagte, dass sie nun einmal nachschauen wollten, was wir für Leute seien.

Aufs Äußerste besorgt, übernahm Onkel Walter das Wort und fragte uns nach Alter, Beruf und Herkunft aus. Dabei trieb er es schlimmer als das Jugendamt. Obendrein äußerte er offen, dass er über das Verhalten seiner Schwester ungehalten sei. Im Gegensatz zu Frank war ich von so viel Verantwortungsbewusstsein beeindruckt.

Paula, wie bei ihrem ersten Besuch völlig in sich gekehrt, sprach kein Wort, während David sich demonstrativ auf meinen Schoß setzte. Ich schickte die Kinder in den Garten zum Spielen, wobei mir auffiel, dass Jenny offensichtlich gar nicht begriff, dass ihr Bruder nun in einer anderen Familie lebte.

Um Haltung bemüht, deckte ich den Kaffeetisch, während meine Gedanken in meinem Kopf Karussell fuhren. Sicherlich werden sie ihn jetzt mitnehmen, dachte ich. Diese Leute werden ihr eigen Fleisch und Blut nie und nimmer bei wildfremden Menschen lassen! Der kinderlose Onkel und seine Frau würden sich bestimmt um David reißen. Außerdem war die Großmutter noch jung, und sie alle lebten in gesicherten Verhältnissen.

Mir wurde schwindlig vor Angst und Ungewissheit, während mir die Großmutter hinter vorgehaltener Hand erzählte, dass ihre Tochter im Alter von fünfzehn Jahren versucht habe, sich umzubringen. Sie lamentierte weiter, dass Paula stets ein schwieriges Kind gewesen sei, und betonte: „Früher genauso wie heute!"

Ich erfuhr, dass die Mutter keinen Zugang zu ihrer Tochter finden könne, inzwischen aber resigniert habe und es nun so nehme, wie es komme. Zu ihr nach Bayern wolle Paula auch nicht, sagte sie und zuckte dabei mit den Achseln.

„Ich schicke ihr regelmäßig Geld", murmelte sie und flüsterte: „Mein früherer Mann, der Vater von Paula, hat sich zu Tode getrunken." Laut fügte sie hinzu: „Ich bin zum zweiten Mal verheiratet. Glücklich verheiratet! Ich kann mich schließlich nicht um alles kümmern."

Im Laufe des Nachmittags änderte sich die strenge Haltung der bayerischen Verwandten jedoch, und Onkel Walter lobte plötzlich unsere christliche Nächstenliebe. Wobei er pathetisch sagte: „Das macht nicht jeder, ein fremdes Kind zu sich nehmen." Und er erklärte, dass sein Neffe bei uns doch allem Anschein nach gut aufgehoben sei. Kurz darauf forderte er Mutter, Schwester und Frau zur Heimreise auf. Rasch wurde David umarmt und geküsst, während die Oma beiden Jungen einen Geldschein zusteckte. Dabei weinte sie Krokodilstränen und presste ihren Enkel an ihren mächtigen Busen.

Danach stieg die Familie wieder in ihren großen Wagen, winkte freundlich und fuhr davon.

Von Onkel und Tante haben wir nie wieder etwas gehört, außer dass sie bald eigene Kinder bekommen haben. Die Großmutter schickte David von nun an regelmäßig zum Geburtstag und auch zu Weihnachten eine Glückwunschkarte, in der ein Geldschein lag. Hin und wieder rief sie an und fragte nach dem Wohlergehen ihres Enkels. Doch ich merkte bald, dass ihr Interesse nur geheuchelt war, und nach einiger Zeit ließ sie auch die Anrufe sein. Sie wollte ihren Enkel im Übrigen um keinen Preis der Welt noch einmal sehen.

Jahre später, als es David nicht gut ging, äußerte er einmal die Bitte, Oma Täschle in Bayern besuchen zu dürfen. Sie lehnte es mit der Begründung ab, dass sie ein schweres Leben habe und keinerlei Aufregung vertragen könne. Außerdem sei der Junge für ihren Mann eine Zumutung.

Ich habe sie damals inständig gebeten und ihr erklärt, wie wichtig für David der Kontakt zu seinen Blutsverwandten sei, aber sie ließ sich nicht erweichen. Es blieb bei ihrem kategorischen Nein. Ihr Verhalten ist mir bis heute nach wie vor völlig unbegreiflich.

Aber so langsam verstand ich, warum Paula eine gebrochene Persönlichkeit war, die Ursache dafür lag wohl eindeutig in ihrer Kindheit begraben.

Einige Tage nach dem Besuch der Familie, schon früh am Morgen, rief Frau Lugmann an. Anfangs sprach sie über das Wetter, danach fragte sie nach Davids Befinden und kam schließlich auf den Punkt. Paula habe den Wunsch geäußert, Jennifer zu uns zu geben, denn sie fühle sich auch mit ihrer kleinen Tochter überfordert.

Mir wurde heiß und kalt, denn von einem kleinen Mädchen mit blonden Zöpfen hatte ich immer geträumt. Aber ich wunderte mich über das Ansinnen der Sozialarbeiterin, denn schließlich hatte sie bei ihrer ersten Besichtigung unser Haus mit den Schlafräumen im Souterrain für zwei Kinder als unpassend empfunden.

Und nun sollten wir noch ein drittes Kind aufnehmen. Die häuslichen Gegebenheiten schienen anscheinend inzwischen keine Rolle mehr zu spielen.

Ich war unschlüssig, und die Gedanken überschlugen sich in meinem Kopf. Würde ich der Belastung durch drei Kinder überhaupt gewachsen sein?

Als ich Frank mit dem Vorschlag des Jugendamts konfrontierte, hielt sich seine Begeisterung in Grenzen, und kurz darauf nahm uns Constantin die Entscheidung ab.

„Wenn ihr das macht", brüllte er, „ziehe ich sofort aus!" Und schrie weiter: „Dave will das auch nicht!"

Und so lehnten wir ab.

Torsten und Dora hingegen warteten nur darauf, die kleine Jenny zu sich nehmen zu können, und kamen so zu ihrem zweiten Mädchen, weshalb wir uns von nun an alle irgendwie miteinander verwandt fühlten.

Beim nächsten Pflegeelternkreis platzten die frischgebackenen Eltern beinahe vor Stolz. Doras Augen strahlten, als sie sagte: „Wir haben jetzt zwei Mädchen", und als wir uns später verabschiedeten, hielten sich Dora und Torsten glücklich an den Händen, denn nun war auch ihr größter Wunsch in Erfüllung gegangen.

Der Sommer war fast vorüber, aber es war noch richtig heiß, und darum trafen Dora und ich uns an einem wunderschönen Spätsommertag mit unseren Kindern in einem Waldschwimmbad.

Der blaue Himmel, dazu das türkisfarbene Wasser im Becken und die strahlende Sonne machten uns allen gute Laune. Wir breiteten karierte Decken auf der Wiese aus, stellten unsere Kühltaschen daneben und waren einfach nur zwei glückliche Mütter, die ihren vier Kindern zuschauten.

Jenny und David waren bisher noch nie in einem Schwimmbad gewesen, jedenfalls konnten sie sich nicht daran erinnern.

Während Marie und Constantin beide gute Schwimmer waren, mussten es die beiden anderen erst noch lernen.

Die kleine Jenny wich nicht von Doras Seite, rief andauernd „Mama, Mama!" und kletterte auf ihren Schoß, wobei sie sich eng an ihre neue Mutter schmiegte.

Mein Blick fiel auf David, dem das Verhalten seiner Schwester augenscheinlich unheimlich war. Er schwieg, doch in seiner Haltung spiegelte sich Unverständnis, wenn nicht gar Entsetzen wider. Es war einfach zu viel für ihn.

Wir verstanden, dass der Junge sich in dieser veränderten Situation nicht zurechtfand. Vor Kurzem hatte er mit seiner Schwester noch bei seiner Mutter gelebt. Nun sagte sie zu einer wildfremden Frau „Mama"! Und selbst wenn sie kein schönes Familienleben gehabt hatten, so war es doch ihr Zuhause gewesen. Da waren sie geboren, dort war bisher ihre Welt. Und die war nun zerbrochen.

David nannte Frank und mich bei unseren Vornamen, aber auch von seiner Mutter sprach er nur noch als Paula. Er sagte „Poula", wie die Amerikaner es tun. Als ich ihn einmal nach dem Grund dafür fragte, antwortete er mir: „Die Männer, die bei uns gewohnt haben, sprachen das so aus."

Außer einer Einladung zu einem Jugendherbergswochenende bekamen wir keinerlei Informationen vom Jugendamt. Vom Stand der Verhandlungen mit dem amerikanischen Vater von David oder von der Ankündigung eines Besuchs erfuhren wir nichts. Aber wir schoben die drückenden Gedanken an einen baldigen Abschied von David beiseite und machten uns auf den Weg zur Jugendherberge.

Abends saßen wir frischgebackenen Eltern, Dora, Torsten, Hilde und Frank, zusammen, redeten über unseren Familienzuwachs und fühlten uns dabei wie die glücklichsten Menschen der Welt! Endlich gehörten auch wir zu den privilegierten Pflegeeltern, die ein Kind bekommen hatten.

Unsere Kinder verstanden sich prächtig und tobten, während wir die üblichen Rollenspiele absolvierten, ausgelassen über das Gelände der Jugendherberge.

Am nächsten Morgen kurz vor Beendigung des Seminars kam es zu einem Ereignis, das wir alle nicht deuten konnten. Das auf mich unseriös und ungepflegt wirkende Pflegeelternpaar hatte eine in der Pubertät steckende Pflegetochter.

Die Mutter saß weinend im Stuhlkreis, während der Vater

verstockt unter sich schaute. Das Wort Missbrauch hing im Raum, aber all unseren Fragen wichen die Psychologin und die Jugendamtsbetreuer aus. Unsere Zusammenkunft wurde jäh unterbrochen, und die Damen verschwanden mit den Pflegeeltern und dem verweinten Mädchen in einem anderen Raum und schlossen die Tür.

Als ich später Frau Lugmann fragte, was denn passiert sei, gab sie mir barsch zur Antwort: „Das muss Sie nicht interessieren!"

Am Nachmittag standen unsere beiden Familien kurz vor der Abfahrt auf dem Parkplatz der Jugendherberge und verstauten das Gepäck im Kofferraum. Unsere Kinder sprangen ausgelassen um uns herum und schrien übermütig: „Wir wollen alle zusammen in einem Auto fahren." Schon kletterten David und Jenny in Torstens Wagen, woraufhin Marie und Constantin ihnen rasch folgten.

Frank und ich waren schon lange zu Hause angekommen und begannen uns Sorgen zu machen, als Torsten endlich vor unserem Haus hielt und die beiden Jungen ablieferte.

„Die Autobahn war wegen eines Unfalls gesperrt", erklärte er. „Wir mussten mehrere Umwege fahren." Er nahm mich beiseite und fügte hinzu: „Leider durch Jennys und Davids Heimatstadt, wo ihre Mutter wohnt."

Ein wenig unwohl war mir schon bei dieser Mitteilung, aber ich dachte nicht weiter darüber nach.

In der darauf folgenden Nacht wurde ich von Davids Stöhnen geweckt, der seinen völlig nass geschwitzten Körper unruhig im Bett hin und her wälzte. Seine Stirn glühte vor Fieber.

Das Kopfkissen mit dem Vereinssignet seines Lieblingsfußballclubs war so feucht, als habe es im Regen gelegen. Ich maß seine Temperatur und erschrak heftig, denn das Thermometer zeigte knapp vierzig Grad. Um das Fieber zu senken, begann ich sofort, feuchte Handtücher um Davids Waden zu wickeln. Als die Temperatur jedoch unverändert hoch blieb, rief Frank unseren Hausarzt Dr. Holberg an, der auch sofort kam und David gründlich untersuchte. Aber er konnte keinen Infekt oder etwas anderes finden, das auf eine körperliche Erkrankung hingewiesen hätte.

„Es sind die Nerven, das ist seelisch bedingt", diagnostizierte er ernst und fragte: „Ist in den letzten Tagen irgendetwas Besonderes vorgefallen?"

„Nein", antwortete ich rasch, aber gleichzeitig fiel mir die Rückfahrt von der Jugendherberge ein, die durch Davids Heimatstadt geführt hatte, was vielleicht eine zu große Belastung für den Jungen gewesen war.

Der Arzt spritzte David ein leichtes Beruhigungsmittel, und alsbald ging das Fieber herunter. Der Junge wurde ruhiger und schien sich besser zu fühlen. Nachdem ich sein Bett frisch bezogen hatte, schlief er die restliche Nacht tief und fest, und am nächsten Morgen war ihm von seinem nächtlichen Unwohlsein nichts mehr anzumerken.

Da sich von staatlicher Seite her niemand um uns kümmerte, benahmen wir uns wie ganz normale Eltern und absolvierten in der folgenden Zeit mehrere Zahnarzttermine mit David. Die Sanierung der faulen Zähne war für das Kind eine Tortur. Es verzog jedoch keine Miene, auch nicht, als der Zahnarzt ihm wehtat. Hin und wieder kullerte eine Träne über seine Wangen, aber der Junge bewahrte Haltung.

Daneben übten wir mit Erfolg für die Vorschule, denn David lernte schnell und hatte innerhalb kürzester Zeit sein Wissensdefizit aufgeholt. Schon bald kannte er alle Farben, die Zahlen und die meisten der Begriffe, die ihm gefehlt hatten.

Nach wie vor blieb er das ruhige, höfliche Kind und benahm sich so, als sei er bei Verwandten zu Besuch. Außer bei Constantin. In dessen Gegenwart ging er richtig aus sich heraus, zankte und brüllte und setzte dabei meistens seinen Willen durch. Constantin dagegen nahm ständig Rücksicht auf ihn, sodass wir uns schon fragten, ob er dabei nicht zu kurz käme. Mit Besorgnis schauten Frank und ich dieser Entwicklung zu.

Eines Tages rief mich Dora aufgeregt an und erzählte mir, dass sie einige Tage mit ihren Mädchen verreisen wollten und aus diesem Grund für Jennifer einen Kinderausweis beantragt hätten. Dabei hatte sich herausgestellt, dass Jenny nicht beim Einwohnermeldeamt eingetragen gewesen war. Offiziell gab es sie gar nicht.

„Das müssen die Betreuer vom Jugendamt doch gemerkt haben", sagte ich fassungslos. „So etwas kann doch nicht unentdeckt bleiben."

Auch Dora konnte sich nicht beruhigen. „Das musst du dir vorstellen, keiner der Angehörigen ist zum Standesamt gegangen und hat das Kind als neuen Erdenbürger angemeldet." Es war für uns alle unverständlich.

Nachdem Jenny dann nachträglich bei der Behörde registriert worden war, konnten Dora und Torsten endlich in ihren ersten gemeinsamen Urlaub fahren, während wir zu Hause blieben und uns weiter darüber wunderten, dass sich Daves Mutter nach wie vor nicht bei ihrem Sohn meldete.

Dabei wies uns Frau Lugmann bei einem ihrer seltenen Besuche darauf hin, dass sich David nur dann von seiner Mutter abnabeln könne, wenn er hin und wieder Kontakt zu ihr habe.

„An uns liegt es doch nicht", gab ich ihr zur Antwort. Ich war der Meinung, dass die Zusammenführung von Mutter und Kind eigentlich die Aufgabe der zuständigen Sozialarbeiterin sei. Aber es kümmerte sich niemand darum. Als Paula auch weiterhin nichts von sich hören ließ, blieb uns nichts anderes übrig, als den Kontakt zu ihr von uns aus zu suchen. Frank und ich waren allerdings davon überzeugt, dass sich Davids Mutter nicht noch einmal mit ihrer für sie abgeschlossenen Vergangenheit beschäftigen wollte.

Hartnäckig rief ich immer wieder bei ihr an, aber sie ging nie ans Telefon. So beschlossen wir, einfach zu ihr zu fahren.

An einem Sonntagnachmittag bat ich Dave, sich besonders hübsch anzuziehen, und erklärte ihm, dass wir seiner Mutter einen Besuch abstatten wollten. Während der Fahrt saß David auf der Rückbank des Autos und summte leise vor sich hin, blieb aber im Auto sitzen, als wir angekommen waren, und bequemte sich erst nach einigem Zureden, auszusteigen.

Constantin hingegen rannte gleich zur Haustür und betätigte eifrig die Türklingel. Als niemand öffnete, machte David kehrt und setzte sich scheinbar unbeeindruckt wieder in den Wagen zurück.

Obwohl David es nicht wollte, wiederholten wir am nächsten Sonntag die Prozedur.

Zuvor hatte ich ihn gefragt: „Willst du deiner Mutter nicht eine Kleinigkeit schenken?" Er hatte eine Weile über meinen Vorschlag nachgedacht und sich dann schließlich für ein rotes Herz aus Porzellan entschieden, das ich in Seidenpapier einwickelte. Er hielt das Päckchen während der Fahrt in seiner Hand.

Zu seinem blauen Anorak trug er dunkelgrüne Kordhosen und schaute voller Stolz immer wieder auf seine neue Armbanduhr. Hübsch und gesund sah er aus mit seinen roten Wangen. Die Haare waren ihm mittlerweile nachgewachsen und schienen fast weiß.

Als Frank diesmal den Wagen vor dem Haus parkte, in dem Paula wohnte, fiel mir auf, in welch schlechtem Zustand sich das Gebäude befand. Der heruntergekommene graue Kasten bestand aus mehreren Stockwerken. An den Fenstern hingen anstelle von Gardinen Betttücher, einige Bewohner hatten die Scheiben mit Karton zugeklebt. Eine schmutzige Treppe führte zu einer ramponierten Haustür. Diesmal klingelten wir vorsichtshalber bei einem anderen Namensschild, woraufhin der automatische Türöffner betätigt wurde, wir einige Stockwerke die Treppe hinaufstiegen und an der Tür klopften, die uns David gezeigt hatte.

Niemand öffnete. Erst nach einer Weile, nachdem wir laut Paulas Namen gerufen hatten, wurde die Tür vorsichtig einen Spalt breit geöffnet. Eine kräftige rothaarige Frau schaute heraus und ließ uns, nachdem sie Dave erkannt hatte, herein. Sie führte uns in ein großes Wohnzimmer, in dem sich Paula und noch eine weitere Person aufhielten.

Paula saß teilnahmslos auf einem Plüschsofa, dessen ursprünglich rote Farbe kaum noch zu erkennen war. Vor ihr stand ein niedriger dunkelbrauner Tisch, der von Brandflecken übersät war, darauf ein von Zigarettenstummeln überquellender Aschenbecher. Neben dem Tisch protzte ein mit einem Blumenmuster überzogener schwerer grüner Sessel. Ohne aufzustehen, begrüßte Paula ihren Sohn mit leiser Stimme, sagte „Hi, Davi" und lächelte verlegen.

Neben ihr saß in Uniform ein großer, bildhübscher Farbiger mit breiten Schultern.

„Hi", meinte auch er und zeigte dabei seine schneeweißen Zähne. „My name is Robert, but call me Bob." Er reichte uns freundlich seine Hand. „I'm the friend of her", fuhr er fort und zeigte mit einer Handbewegung in Richtung Paula.

Über den beiden Türen des Wohnzimmers hingen nasse Uniformhosen und Wäsche zum Trocknen.

Neben dem Sofa lag, von einem Betttuch bedeckt, in einer Ecke ein undefinierbarer Haufen. Ich möchte nicht wissen, was alles darunter liegt, dachte ich und schaute mich weiter im Zimmer um.

Die Türen sahen aus, als hätten mehrere Personen Fettiges mit den Fingern gegessen und sich anschließend die Hände daran abgewischt. Das Fernsehgerät lief. Eine dicke Katze mit seltsamen kahlen Stellen im Fell lag zusammengerollt auf dem Sofa.

Paula sah ungesund blass aus und wirkte unsicher, fast ängstlich auf mich.

David stellte sich sofort dicht vor den Fernseher und schaute interessiert das Programm an, so, als sei er eigens deswegen hergekommen. Doch Constantin fasste ihn am Arm und erinnerte ihn an den Grund unseres Besuches: „Das Geschenk, Bruder, das Geschenk für deine Mutter!"

Ich zog den Couchtisch beiseite, um David zu ermöglichen, seiner Mutter das Päckchen zu übergeben, während sie steif auf dem Sofa sitzen blieb und keinerlei Freude zeigte.

Unschlüssig öffnete sie das Papier und nahm das Herz aus der Verpackung, während David laut sagte: „Wir müssen jetzt fahren!"

Es war mir klar, dass all unsere Bemühungen vergeblich und sinnlos waren, aber ich dachte an die eindringlichen Worte von Frau Lugmann, und so fragte ich nach Tellern und Gabeln für den mitgebrachten Kuchen. Es gab keine. Es schien in dieser Wohnung kein Geschirr zu existieren.

Die rothaarige Frau, die sich als Marlene, Paulas beste Freundin, vorgestellt hatte, brachte mir schließlich einen Suppenteller und drei Löffel. Dabei zuckte sie mit den Schultern und murmelte: „Keine Ahnung, wo das Geschirr schon wieder hin ist", während ich mir dachte: Vielleicht liegt es zwischen dem Müll unter der am Boden liegenden Decke.

Genau wie David wäre ich gern auf der Stelle wieder nach Hause zurückgefahren, stattdessen aß ich Apfelkuchen mit einem Suppenlöffel, in der Hoffnung, dass sich zwischen Mutter und Sohn doch noch ein Gespräch entwickeln würde. Aber Paula sprach kein Wort, trank Bier aus der Dose und aß nichts von dem

Kuchen. David stocherte lustlos im Kuchen herum, obwohl er alles Süße sonst immer schnell herunterschlang. Paulas Freundin dagegen nahm sich noch ein zweites Stück, das sie gleich aus der Hand aß.

Frank und Constantin schauten dem Treiben stumm zu. Schließlich nahm ich allen meinen Mut zusammen und sagte zu Paula: „Dein Sohn" – und es fiel mir sehr schwer, DEIN Sohn zu sagen – „hat sich gut bei uns eingelebt und möchte gerne bei uns bleiben." Dabei schaute ich Hilfe suchend zu dem Amerikaner.

Paula verzog jedoch keine Miene und antwortete mir nicht. Am liebsten hätte ich sie geschüttelt, denn ich wollte, dass sie Stellung bezog.

David stand derweil wieder vor dem Fernsehgerät und tat so, als betrachte er das Programm, aber ich war mir sicher, dass er uns genau zuhörte.

Inzwischen hatte Frank Robert in ein Gespräch verwickelt und fragte ihn, wie lange er noch in Deutschland stationiert sei.

„Pretty soon", also bald, gab er Frank zur Antwort, gehe er wieder zurück in die Staaten. Ob er Paula mitnehmen würde, ließ er offen. Er lachte nur laut und zeigte erneut seine traumhaft schönen Zähne.

Danach entstand eine unangenehme Stille, und als niemand mehr ein Wort sagte, bat ich Frank, mit uns nach Hause zu fahren, denn ich begriff, dass wir schon mehr als genug Zeit sinnlos dort verbracht hatten.

Als wir aufstanden, war David schon an der Tür zum Treppenhaus. Ein kurzes „Tschüss" und „Bye". Erleichtert ließen wir die Tür hinter uns ins Schloss fallen.

Während wir die Treppe hinuntergingen, redete Constantin wie ein Wasserfall über die fürchterliche Einrichtung. Dabei legte er den Arm um seinen stummen Bruder und gratulierte ihm, dass er dort nicht mehr leben musste.

Weil Constantin auf der Rückfahrt neben Frank sitzen wollte, setzten David und ich uns nach hinten. Wir waren kaum aus der Stadt heraus, als er sich zu mir herüberbeugte und mir leise ins Ohr flüsterte: „Darf ich dich etwas fragen?"

Noch in Gedanken bei dem gerade Erlebten, nickte ich abwesend. „Erlaubst du mir, ab jetzt Mama und Papa zu euch zu sagen?"

Ich war zutiefst berührt, und die Tränen schossen mir in die Augen. Unfähig zu antworten, drückte ich ihn nur stumm an mich.

„Aber natürlich kannst du zu uns Mama und Papa sagen, sehr gerne sogar", gab ich nach einer Weile laut zur Antwort, sodass auch die beiden vorne im Auto es hören konnten. Constantin rief voller Freude: „Juhu!", während Frank sich mit der Hand über sein nasses Gesicht wischte.

Von diesem Tag an sprach uns David nie mehr mit unseren Vornamen an.

Ich dagegen brauchte eine gewisse Zeit, mich daran zu gewöhnen, und sagte manchmal: „Geh zu Frank, der knöpft dir die Jacke zu."

„Nein", verbesserte David dann sofort, „zu Papa!" Es war, als hätte er uns nie anders genannt.

Dieser Nachmittag war ein einschneidendes Erlebnis für uns alle gewesen, und Dave fügte sich danach mehr und mehr in unsere Familie ein.

Paula rief auch an den darauf folgenden Tagen nicht an, und so schlich sich etwas wie Gewohnheit bei uns ein, und es schien, als seien wir auf wundersame Weise eine ganz alltägliche Familie geworden.

Die Zeit verging, inzwischen lebte David schon über ein Vierteljahr bei uns, aber weder aus Amerika noch vom Jugendamt kam eine entscheidende Nachricht. Und so blieb alles nach wie vor in der Schwebe.

Wir jedenfalls wollten David nicht mehr hergeben, und auch er wollte auf keinen Fall wieder von uns fort.

Eines Nachmittags rief ich nach ihm, weil ich ihn zum Einkaufen mitnehmen wollte, bekam aber keine Antwort und begann ihn im Haus zu suchen. Als ich ihn dort nicht fand, hielt ich auch auf der Straße nach ihm Ausschau. Dann, nachdem ich noch einmal rufend durch den Garten gelaufen war, entdeckte ich ihn schließlich. Zusammengekauert hockte er in der Garage hinter Kartons und spielte mit kleinen Autos.

„Was machst du denn da?", fragte ich erleichtert, froh, ihn gefunden zu haben.

Worauf er antwortete: „Ich verstecke mich, damit mich hier niemand wegholen kann! Ich will nicht nach Amerika!"

„Komm erst mal da raus", bat ich ihn, reichte ihm die Hand und zog ihn hinter den Kartons hervor. Meine Arme tröstend um seine Schultern gelegt, nahm ich ihn mit ins Haus und versprach ihm: „Davi, du musst keine Angst haben, wir werden um dich kämpfen und lassen dich nie wieder gehen."

Wohl war mir jedoch nicht bei diesem Versprechen.

Der Winter kam, Schnee fiel vom Himmel, aber weder Frau Lugmann noch Paula meldeten sich, obwohl Paula nur ein paar Busstationen entfernt von uns wohnte.

Veränderungen begannen sich unübersehbar anzubahnen. Auf Empfehlung eines ehemaligen Arbeitskollegen hin fing Frank an, sich zum Verkäufer in einer Finanzberatung umschulen zu lassen.

Ich bedauerte das, denn mich hatte sein bisheriger Beruf stets sehr beeindruckt. Der Schwerpunkt seiner Ausbildung waren nun Geldanlagen und Versicherungen.

Wir schöpften neuen Mut, bald finanziell besser über die Runden zu kommen, denn unser Geld war inzwischen immer knapper geworden.

Die Jungs bekamen von all dem jedoch nichts mit, sie tobten im Schnee und sprachen sich statt mit Vornamen weiter mit „Bruder" an.

Als Weihnachten dann vor der Tür stand, wussten wir immer noch nicht, ob David bei uns bleiben durfte oder ob er wieder fort musste. Diese Situation belastete uns alle zunehmend und steigerte sich zuletzt fast ins Unerträgliche.

Alle meine Versuche, telefonisch Kontakt zu Paula aufzunehmen, scheiterten an Marlene, die stets den Hörer abnahm und mich abwies.

Als ich schließlich bei einem dieser Telefonate ziemlich heftig wurde, gab sie mir zu meiner Überraschung die Telefonnummer der Großeltern in Amerika.

Frank rief sofort dort an. Am anderen Ende der Leitung meldete sich mit einem freundlichen „Hallo, hier Shirley" Davids Großmutter, die bereitwillig Auskunft gab und Frank erzählte, dass sie zusammen mit ihrem Mann im Bundesstaat Ohio in einer Kleinstadt lebe und dass Lisa, Daves ein Jahr jüngere Schwester, bei ihnen aufwachse.

Ihre Bestürzung war groß, als sie von den Veränderungen im Leben ihrer Enkelkinder erfuhr, denn sie wähnte David und Jennifer beide nach wie vor in der Obhut ihrer Mutter.

Sie erzählte uns, dass Daves Vater irgendwo in den USA an einem unbekannten Ort in einem Wohnwagen lebe.

Shirley bedauerte, dass sie nicht mehr jung genug seien, um auch die beiden anderen Enkel aufzuziehen, aber Lisa gehe es sehr gut.

Davids Großmutter schien eine nette, gebildete Dame zu sein, die über die jetzige Situation äußerst beunruhigt war.

Schließlich versprach sie, uns Bilder von Lisa und Sam zu schicken, und wollte zum Schluss unbedingt mit ihrem Enkel reden. Als Dave den Hörer in der Hand hielt, tat er jedoch so, als habe er noch nie in seinem Leben Englisch gesprochen.

„Ich verstehe die nicht", quengelte er und trat dabei von einem Bein aufs andere, sodass Frank ihm den Hörer wieder aus der Hand nahm, das Gespräch fortführte und sich zuletzt freundlich von Shirley verabschiedete.

Wie versprochen, brachte der Postbote bald darauf einen dicken Umschlag aus Amerika, den Dave zaghaft öffnete. Vor uns ausgebreitet lagen bald viele bunte Fotos aus einer Zeit, in der die Geschwister noch alle vereint gewesen waren und auf denen deutlich wurde, wie ähnlich sie einander sahen. Inmitten von buntem Gummispielzeug planschten sie auf einem der Fotos fröhlich lachend und wohlgenährt in einer großen Badewanne.

Es war ein Schnappschuss aus einer heilen Welt. Ich fragte mich, wie sich wohl Lisa ohne ihre Geschwister in Amerika fühlte.

Auf einer anderen Fotografie standen Samuel und Paula, die David als Baby auf dem Arm hielt, zusammen mit den Großeltern vor einem großen amerikanischen Auto.

Anscheinend war unser Kind schon einmal in den USA gewesen, erinnerte sich aber nicht mehr daran.

Die Großeltern schienen ihrer Kleidung nach zu urteilen gutbürgerliche Leute zu sein.

Lange betrachtete David ein Foto, auf dem ihn sein Vater als Baby auf dem Schoß hielt und mit Brei fütterte. Nach einer Weile legte er das Bild zur Seite und schaute sich das Hochzeitsfoto seiner Eltern an.

Davids lang aufgeschossener, dünner Vater trug darauf die

Uniform amerikanischer Soldaten, an der Hand hielt er eine schüchtern dreinblickende Paula, die mit einer hellen Bluse und einem einfachen weißen, knöchellangen Rock bekleidet war. Ihr Brautstrauß war aus rosa Röschen und Schleierkraut gebunden. Ihre Brille schien viel zu groß für ihr schmales Gesicht.

Auf mich wirkte das Foto, als ob zwei Kinder Hochzeit spielen würden. Als wir schließlich alle Bilder angeschaut hatten, kaufte ich für David ein bunt bedrucktes Fotoalbum und klebte das Hochzeitsfoto seiner Eltern auf die erste Seite. Nachdem er die restlichen Bilder aus Amerika dann selbst im Album untergebracht hatte, bat er mich um Fotos von uns und meinte bestimmt: „Ihr müsst da auch mit rein!"

Nur wenige Tage später rief ich Frau Lugmann an und vereinbarte mit ihr einen Termin im Jugendamt.

Gleich zu Beginn unseres Gesprächs bat ich sie eindringlich um eine Entscheidung, was Davids Verbleib betraf, denn wir wussten ja nun, dass die Großeltern kein weiteres Enkelkind zu sich holen würden.

Zu meinem und Franks Erstaunen interessierte das Frau Lugmann überhaupt nicht, denn sie hatte ihre Vorschriften, und die waren einzuhalten, wie sie uns streng mitteilte. „Außerdem muss ich das schriftlich haben", fügte sie entschieden hinzu.

Nach einem nervenaufreibenden Wortwechsel verließen Frank und ich die Behörde wieder, ohne dass wir ein zufriedenstellendes Ergebnis erreicht hätten. Allerdings hatte uns unsere Sozialarbeiterin beim Verabschieden immerhin noch den aufmunternden Ratschlag gegeben: „Kaufen Sie ruhig Weihnachtsgeschenke für David." Und das taten wir dann auch.

Es wurden wunderschöne Feiertage. Da ich aus einer großen Familie stamme, war für mich das Christfest schon immer etwas ganz Besonderes. In unserem Forsthaus hatten sich meine Eltern an Weihnachten immer die allergrößte Mühe gegeben, die Festtage für uns Kinder so schön wie möglich zu gestalten. Und dieses feierliche Gefühl, das uns erfüllt hatte, wenn wir damals alle zusammen auf die Bescherung gewartet hatten, war noch immer tief in mir verankert.

Auch wir taten nun sehr geheimnisvoll, aber David hatte damit ein großes Problem, denn unsere Geheimniskrämerei machte ihm Angst.

„Keine Geheimnisse bitte", bettelte er immer wieder. „Ich will alles sehen."

Seit seiner Ankunft bei uns wurde von ihm täglich die ganze Wohnung inspiziert und wurden alle Schubladen durchsucht. Kein Winkel war vor ihm sicher. Wenn etwas im Haus verloren gegangen war, wusste er stets, wo sich der gesuchte Gegenstand befand. Seine Neugierde war mir nicht recht, aber ich begriff, dass er sein neues Leben unter Kontrolle haben wollte, denn jegliche Veränderung war ihm eine Qual.

Weil es keine Möglichkeit gab, die Weihnachtsgeschenke im Haus vor ihm zu verstecken, brachte ich sie schließlich zu einer Nachbarin.

Der große Adventskranz, auf dem goldene Kerzen steckten, hing genau wie im Jahr zuvor über dem Tisch im Esszimmer. Oft saß ich mit den Jungen zusammen und bastelte Sterne.

Eines Nachmittags, während wir für die Schule bunte Ketten aus Folie zusammenklebten, erzählte ich David von Bethlehem und dem Jesuskind in der Krippe. Ich erklärte ihm, dass es Menschen gebe, die an Gott glaubten, dass andere hingegen davon überzeugt seien, dass es keinen Gott gibt. David saß mit leicht geöffnetem Mund neben mir und hörte mir staunend zu.

David hatte in seinem bisherigen Leben noch nie etwas über Religion gehört und war auch nicht getauft worden. Aufgeregt sagte er zu mir: „Ich glaube, es gibt ihn, den Gott!" Und fügte noch hinzu: „Ich glaube das, ganz sicher!" Dabei strahlte er über das ganze Gesicht.

Und dann war es endlich so weit: Heiligabend. Frank und ich schmückten den Tannenbaum und legten die Geschenke darunter, während sich unsere Söhne im Kinderzimmer die Zeit vertrieben. Für Constantin war es nicht leicht, seinen Bruder abzulenken, denn die abgeschlossene Wohnzimmertür bereitete Dave großes Unbehagen.

Doch schließlich läutete ich mit der kleinen arabischen Porzellanglocke, und beide stürmten ins Wohnzimmer.

David bekam große Augen, als er die Kerzen am festlich geschmückten Weihnachtsbaum brennen sah. Während ich die Weihnachtslieder auf der Gitarre begleitete, schaute er immer wieder zu den bunt eingepackten Sachen, die unter dem Baum lagen, aber er sang laut und inbrünstig mit: „Gnadenbringende Weihnachtszeit."

Anschließend las ich die Weihnachtsgeschichte vor, und danach durften die Kinder endlich ihre Geschenke auspacken. Am meisten freuten sie sich über die Spielekonsole, aber auch das Rennauto und die anderen Dinge fanden große Zustimmung bei unseren Söhnen.

„Danke, Mama, danke, Papa!", jubelten sie laut und küssten und umarmten uns beide.

Nachdem sämtliche Geschenke ausgepackt waren, aßen wir den traditionellen Gänsebraten. Plötzlich stand Constantin auf, erhob sein Glas mit Limonade, prostete uns zu und sagte feierlich: „Ich trinke auf diese glückliche Familie!"

Ein paar Schneeflocken trieben durch die Luft, als wir später in die Kirche zur Christmette gingen.

Wir vergaßen, dass David nicht unser leibliches Kind war, und auch, dass er womöglich wieder fortmusste.

Das Jahr neigte sich seinem Ende zu. Am Silvesterabend hatte David viel Spaß an dem fröhlichen Knallen mit Böllern und Raketen. Doch sosehr er sich auch über das Hier und Jetzt freute, war ihm bei seinem meist sehr kontrollierten Verhalten die Anspannung über seine ungewisse Zukunft anzumerken. Oft hatte ich den Eindruck, als dächte er: Wenn ich mich danebenbenehme, schicken die mich wieder weg.

Dann aber bat uns Frau Lugmann im Januar völlig überraschend in ihr Büro und hielt Frank und mir einen langen Vortrag über das Leben mit angenommenen Kindern. Und da sie in ihrer Laufbahn als Sozialarbeiterin viel erlebt habe, wie sie betonte, erzählte sie uns zunächst ausschließlich von anderen Pflegefamilien und ihren Problemen. Wir schauten uns nur fragend an, denn wir hatten keine Ahnung, worauf sie hinauswollte.

Am Ende ihrer Ausführungen teilte sie uns plötzlich mit, dass es nun amtlich sei: Davids Vater sei nicht zu ermitteln, und so stehe der Adoption des Kindes nichts mehr im Wege. Allerdings befürwortete sie zuerst einmal eine Dauerpflegschaft und riet uns deshalb, nicht sofort einen Adoptionsantrag zu stellen. „Der amerikanische Vater ist abgetaucht, und für eine Adoption brauchten wir sowieso noch seine Einwilligung. Sie können daher in aller Ruhe noch warten, bis Dave sich besser zurechtfindet. Ich spreche aus Erfahrung, also überstürzen Sie nichts! Außerdem bin ich mir ganz sicher, dass das Pflegegeld bei Ihnen ausschließlich dem Kind zugute kommt."

Einerseits war ihre Nachricht eine große Freude für uns, doch andererseits waren wir enttäuscht, weil die Adoption immer noch nicht möglich war.

„Und wie handhaben wir das jetzt?", fragte ich unsicher. „Gehen wir nach Hause und erzählen dem Kind: ‚Hurra, du darfst bei uns bleiben!'?"

„Nein", antwortete Frau Lugmann. „Ich mache der Mutter zur Auflage, es David selbst zu sagen."

„Da bin ich aber gespannt, wie Sie das bewerkstelligen wollen", erwiderte ich skeptisch.

„Wir kümmern uns darum", war ihre knappe Antwort.

„Machen Sie sich keine Gedanken, das regelt das Amt."

Und wirklich, zu unserer großen Überraschung erschien bald darauf Frau Lugmann bei uns zu Hause und brachte Paula mit.

David tat so, als betrete eine ihm völlig fremde Frau unser Haus, und sagte nur flüchtig „Hallo" im Vorübergehen, während ich die Frauen ins Wohnzimmer bat, wo sich Paula auf die vordere Kante des Sessels setzte.

Trotz der kalten Witterung trug sie über ihrer schlichten Kleidung keinen Mantel. Wie bei unserer ersten Begegnung wirkte sie zart und schutzbedürftig auf mich. Das Thema David berührten wir anfangs nicht, stattdessen redeten wir über Alltägliches, wobei Paula zunehmend lockerer wurde. Anscheinend hatte ich einen Draht zu ihr.

Darum wagte ich es auch, als Frau Lugmann auf der Toilette verschwand, Paula auf ihren Suizidversuch als junges Mädchen anzusprechen. Erstaunt blickte sie mich an, dann schüttelte sie den Kopf.

„Das, was damals geschehen ist, habe ich in eine Kammer meines Kopfes eingeschlossen", erklärte sie erstaunlich bestimmt. „Ich habe es weggesperrt, und niemand wird je erfahren, was wirklich geschehen ist. Niemand", fügte sie entschieden hinzu. „Auch du nicht", fuhr sie fort, und es klang, als bedauere sie das. Sie schaute nachdenklich vor sich hin. Aber plötzlich sprudelten die Worte nur so aus ihr heraus, als ob eine große Last von ihren Schultern genommen worden sei.

Sie erzählte mir, dass sie David damals die Haare abrasiert habe, weil sie ihm lang und ungepflegt bis auf die Schultern gehangen hätten. Um bei uns einen ordentlichen Eindruck zu erwecken, habe sie sie dann einfach mit Bobs Rasierapparat entfernt, denn Geld für einen Friseur habe sie nicht gehabt. „Ich bin froh, dass mein Kind jetzt bei euch lebt", sagte sie. „Ihr seid so locker und nicht die typische deutsche Spießerfamilie. Ich muss mir nun keine Sorgen mehr um David machen." Sie lächelte ein wenig, als sie weitersprach. „Ich weiß, dass es ihm gut bei euch geht!"

Statt Kaffee hatte ich ihr bei ihrer Ankunft ein Bier angeboten, das sie nun in großen Schlucken direkt aus der Flasche trank. Augenscheinlich fühlte sie sich in meiner Gegenwart wohl. Inzwischen saß sie bequem im Sessel und aß sogar eines der angerichteten kleinen Brote, die vor ihr auf dem Tisch standen.

Schließlich rief ich David, der allein in seinem Zimmer spielte, zu uns herein. Aber ich musste mehrmals rufen, bis er sich endlich zu kommen bequemte.

Unruhig von einem Bein auf das andere tretend, ließ er die Worte seiner Mutter über sich ergehen.

„Davi, du kannst jetzt für immer hierbleiben", sagte sie liebevoll. Und fügte hinzu: „Dein ganzes Leben lang. Niemand wird kommen und dich hier wieder wegholen." Während sie sprach, spielte der Junge mit seinen Händen. „Ich bin froh, dass du ein so schönes Zuhause gefunden hast", sprach sie weiter und schaute ihm dabei voller Liebe in die Augen. Und tatsächlich bin ich mir bis heute sicher, dass sie ihren Sohn geliebt hat.

David verzog keine Miene, aber es sammelten sich wieder winzige Schweißperlen auf seiner Stirn.

Ich hatte keine Ahnung, was in diesem Augenblick in ihm vorging, ob er erleichtert oder traurig war. Was seine Familie betraf, ließ er sich nach außen niemals auch nur die geringste Gefühlsregung anmerken.

Gefasst hörte er seiner Mutter zu, aber kaum hatte sie ihre Ausführungen beendet, wollte er auch schon wieder weg. „Kann ich jetzt gehen?", fragte er mehrmals hintereinander. Und als Paula schwieg, drehte er sich auf dem Absatz um und verließ den Raum.

Kurz darauf drängte Frau Lugmann zum Aufbruch, während David aus der sicheren Entfernung seines Zimmers laut und deutlich „Tschüss" rief.

Dieser Tag war ein großer Einschnitt in unserem Leben. Wir mussten uns nun völlig neu orientieren.

Und so stolperten wir, ohne es zu ahnen, in eine Zeit, die nur Chaos mit sich bringen sollte.

Kapitel 3
Licht und Schatten

Kaum hatte Paula die Tür hinter sich geschlossen, fielen Frank und ich uns jubelnd in die Arme. Es erschien uns wie ein Wunder, dass David nun endgültig zu unserer Familie gehörte. David selbst zeigte über das „FÜR IMMER" allerdings keine besondere Freude. Vielmehr erweckte er den Eindruck, als sei es für ihn selbstverständlich, dass er bei uns bleiben durfte.

Zur Feier des Tages versprach Frank, auf dem Rückweg von einem Geschäftstermin Pizza mitzubringen. Ich kochte in der Zwischenzeit Schokoladenpudding und wurde dabei von Dave tatkräftig unterstützt. Geschickt hielt er das elektrische Rührgerät und durfte zur Belohnung den Topf auslecken.

Das Essen schmeckte sehr gut, doch als ich den Nachtisch holen wollte, war er zu meiner Überraschung verschwunden. Auch die Schale mit der Schlagsahne stand nicht mehr im Kühlschrank.

Constantin regte sich über den Verlust seines Desserts so auf, dass er bitterlich zu weinen anfing. „Wo ist mein Pudding?", schluchzte er.

Schließlich fragte ich David, ob er wisse, wo der Pudding geblieben sein könnte. Doch der meinte nur ungerührt: „Ich hatte großen Hunger."

„Das ist doch nicht zu fassen", schimpfte ich. „David, hast du allein den Pudding für vier Personen und obendrein auch noch die Sahne aufgegessen? Einen so großen Appetit kannst du doch gar nicht mehr gehabt haben bei dem, was du heute schon alles verputzt hast."

Ohne das kleinste bisschen Reue schürzte er seine Unterlippe und schaute mich so durchdringend an, dass ich mich augenblicklich schuldig fühlte. Sein Gesichtsausdruck gab mir das Gefühl, als gönne ich ihm grundsätzlich sein Essen nicht. Doch ich ließ mich nicht irritieren und gab ihm unmissverständlich zu verstehen, dass er das nächste Mal keinen Pudding zum Nachtisch bekommen werde.

Kaum hatte ich den Satz zu Ende gesprochen, sprang David so abrupt auf, dass sein Stuhl umkippte und krachend auf den Boden fiel. Schnell wie der Blitz rannte er aus dem Zimmer und knallte die Tür hinter sich zu.

Als ich ihm nachlaufen wollte, hielt Frank mich zurück und sagte: „Lass ihn mal, bleib besser hier."

Darauf fragte ich wütend: „Was soll das? Er tyrannisiert uns doch, willst du das einfach so hinnehmen?"

Mein Mann schüttelte den Kopf, aber er gab mir mit seinem Blick zu verstehen, dass er es in dieser Situation klüger fand, nichts zu sagen.

Als ich später nach David schaute, lag er vollständig bekleidet in seinem Bett und schlief. Die leeren Schüsseln entdeckte ich abends beim Gutenachtsagen im Bettkasten von Constantins Stockbett.

Ich fand Davids Verhalten beunruhigend, und schon einige Tage später geschah wieder etwas Seltsames.

Es war, als hätte man bei unserem Pflegesohn einen Schalter umgelegt, denn der bisher so liebe und höfliche Junge entwickelte sich zu einem regelrechten kleinen Monster. Sein Ton wurde ausnehmend frech und unverschämt, und er begann wegen jeder Kleinigkeit, mit Constantin zu streiten und auf ihn einzuprügeln.

Außerdem aß er mit Vorliebe Obst und Süßigkeiten auf, ohne

etwas davon übrig zu lassen. Egal, wo ich meine dunkle Lieblingsschokolade versteckte – David fand sie. In kürzester Zeit nahm er darum kräftig an Gewicht zu.

Außerdem betrachtete er plötzlich unsere Katze als sein Eigentum. „Die gehört mir", sagte er aufsässig, sobald jemand in ihre Nähe kam.

Sicherlich hatte er von Anbeginn ein inniges Verhältnis zu ihr und durfte, wann immer er wollte, mit ihr spielen. Doch sobald er jetzt sah, dass das Tier auf meinem Schoß lag, schlich er um mich herum, streichelte sein Fell, um es anschließend auf seinem Arm rasch aus dem Zimmer zu tragen. Meinen Einwand: „Lass sie doch hier liegen, sie schnurrt gerade so schön", ignorierte er.

Beim nächsten Mal widersprach ich deutlich: „Die Katze bleibt jetzt hier liegen!"

Vorwurfsvoll schaute er mich an, um gleich darauf sämtliche in Reichweite befindlichen Schubladen zu öffnen. Als ich ihn fragte: „Was suchst du denn?", verließ er wortlos den Raum.

Von Davids Gewohnheit, tagtäglich auch den Inhalt aller Jacken- und Manteltaschen an der Garderobe zu kontrollieren, fühlte ich mich äußerst irritiert. Ich war in den vergangenen Seminaren über das Verhalten von Pflegekindern ausführlich aufgeklärt worden, aber die Realität brachte mich doch erheblich aus der Fassung. Ich musste mir eingestehen, dass die Eingliederung unseres neuen Familienmitglieds schwerer werden würde, als ich anfangs angenommen hatte.

Ständig stöberte der Junge durchs Haus und wühlte in den Schränken. Nachdem er auch meine Nachttischschublade gründlich in Augenschein genommen hatte, redete ich mit meinem Mann darüber.

„So geht das nicht mehr weiter, er respektiert unsere Intimsphäre in keiner Weise." Aber mein Mann winkte ab und meinte: „Er kontrolliert uns aus Angst, es könnte sich etwas verändern."

Doch David legte es förmlich darauf an, mich ständig herauszufordern. Ob er den Inhalt des Kühlschranks in sich hineinstopfte oder Constantins Spielsachen kaputt machte oder versteckte, es fiel ihm ständig etwas ein, um auf sich aufmerksam zu machen.

Während Frank und ich darüber hinwegsahen, kam Constantin mit dem Verhalten seines Bruders überhaupt nicht mehr zurecht.

„Warum macht er das? Er muss doch froh sein, dass wir ihn aufgenommen haben", sagte er eines Tages wütend, nachdem David mit einer Schere Löcher in seinen neuen Anorak geschnitten hatte.

„Das ist er auch", antwortete ich ihm. Und ich versuchte meinen Ältesten zu besänftigen, indem ich ihm erklärte: „Du musst dir das wie eine Prüfung vorstellen. Schließlich wurde er von seiner eigenen Mutter zu völlig fremden Menschen gegeben, und er fragt sich bestimmt, warum ausgerechnet diese Leute ihn bei sich behalten sollten. Und weil er sich obendrein sicher ist", fuhr ich fort, „dass auch wir ihn wieder weggeben werden, benimmt er sich so fürchterlich, damit ihn seine Angst nicht erdrückt."

„Das verstehe ich, Mama", beteuerte mein verständnisvoller Sohn und nickte einsichtig. Und er ging in den folgenden Wochen noch rücksichtsvoller mit seinem Bruder um als zuvor.

Doch für meinen Mann und mich gab es, sobald die Jungen im Bett lagen, nur noch ein Thema: David.

Das nervenaufreibende Verhalten unseres Pflegekinds veränderte sich auch in den kommenden Wochen nicht, bis zu dem Tag, als der Junge wie aus heiterem Himmel plötzlich eine andere Seite zeigte. Anhänglich und äußerst liebebedürftig forderte er nun regelrecht unsere Zuneigung. Andauernd kletterte er auf meinen Schoß und schmiegte sich an mich.

Reihum wurden wir mehrmals am Tag geküsst und umarmt. Und weil Constantin, seit er zur Schule ging, Liebkosungen nur noch widerwillig über sich ergehen ließ, genoss ich die „Liebesattacken" von David besonders.

Die Wandlung hielt jedoch nicht lange an, und er verhielt sich wieder unausstehlich. Es war wie bei Dr. Jekyll und Mister Hyde.

Darum freute ich mich auch jedes Mal auf die Pflegeelterntreffen im Jugendamt. Sobald ich im Stuhlkreis zwischen den Frauen saß, wurde ich gelassen, denn sie bestätigten mir unermüdlich, dass Davids Verhalten für seine neue Lebenssituation völlig normal sei.

Als ich eines Abends erschöpft sagte: „Es kostet mich so viel Kraft" und dabei in die Runde schaute, erwiderte eine rundliche Pflegemutter mit gütigem Blick tröstend: „Wenn man sich auf ein fremdes Kind eingelassen hat, braucht man in den ersten Jahren ein unglaubliches Durchhaltevermögen."

„Manchmal liegen meine Nerven völlig blank, und ich weiß beim besten Willen nicht, wie ich mich verhalten soll", beklagte ich mich bei den Anwesenden.

„Das gibt sich mit der Zeit", tröstete mich eine hagere Frau, deren Pflegetochter inzwischen seit mehreren Jahren in der Familie lebte.

Beim Verabschieden nahm sie mich in den Arm und meinte: „Kopf hoch, das bekommen Sie schon hin."

„Anscheinend hat die Frau Recht", dachte ich ein paar Tage später, denn David hatte wieder seine anhängliche Phase. Außerdem schwitzte er während der Nacht nicht mehr. Trotzdem fand ich immer seltener Schlaf, denn ich war ständig auf der Hut und fragte mich, was wohl als Nächstes geschehen würde.

Eines Abends erzählte mir Frank gerade, wie unzufrieden er mit seiner jetzigen Arbeit sei, als mit einem Schlag die Tür zum

Esszimmer aufgerissen wurde. David stürmte mit angstverzerrtem Gesicht herein und schrie wie ein Tier, das in eine Falle geraten war. Sein Schlafanzug klebte ihm am Körper, und er zitterte wie Espenlaub, während seine Zähne klappernd aufeinanderschlugen.

Ein Schauer lief über meinen Rücken. Was war geschehen? Hatte er sich im Schlaf verletzt? Frank schaute mich erschreckt und zugleich verständnislos an. Aber in diesem Moment drehte sich der Junge auch schon wieder herum, rannte aus dem Zimmer und jagte wie getrieben durch den Flur, wo er mit einem Mal abrupt stehen blieb. Er starrte auf eine imaginäre Stelle vor sich, und als habe er das Grauen nun erkannt, schlug er die Hände vors Gesicht und schrie laut auf, während sein Körper vor Entsetzen bebte. Danach ging seine Flucht durchs Haus weiter.

Wir hasteten dem völlig verängstigten Jungen hinterher und versuchten ihn einzufangen. Aber das Kind schoss in seiner Panik schnell wie ein Blitz durch den Flur, rannte ins leere Schwimmbad und gab dabei hohe, jammervolle Töne von sich. David war so schnell, dass es uns unmöglich war, ihn einzuholen. Als Frank den Jungen endlich zu fassen bekam, hörte er nicht auf zu schreien und gebärdete sich wie ein Irrsinniger. Immer wieder schlug er wild um sich und entwickelte dabei geradezu übermenschliche Kräfte. Doch Frank ließ ihn nicht los und hielt ihn wie in einem Schraubstock fest an seine Brust gepresst.

Schließlich wurde das Schreien leiser, und der erschöpfte Junge schlief in Franks Armen ein. Erleichtert, dass Constantin durch dieses Horrorszenario nicht geweckt worden war, atmete ich tief durch.

Nachdem ich David ins Bett zurückgebracht hatte, redeten Frank und ich noch lange darüber, ob unser Pflegekind nun damit begann, seine Vergangenheit in seinen Träumen zu verarbeiten.

Davids Auftritt erschien mir wie ein Spuk gewesen zu sein, als uns der nächste Morgen mit einer weißen Schneedecke belohnte und die Sonne die Eiskristalle in allen Regenbogenfarben zum Schimmern brachte.

Mit gemischten Gefühlen schaute ich dem Jungen nach, der mit einer bunten Strickmütze auf dem Kopf zaghaft winkend in den Schulbus stieg. Als er mittags von der Schule heimkehrte, fragte ich ihn danach, was er in der Nacht geträumt habe.

„Weiß ich nicht mehr, ich habe gut geschlafen", war seine Antwort.

Mir fiel ein Stein vom Herzen, denn anscheinend erinnerte sich David nicht mehr an seine Panikattacken in der Nacht.

Doch kaum hatten Frank und ich es uns an diesem Abend vor dem Fernseher gemütlich gemacht, als die Tür genau wie am Abend zuvor plötzlich aufgerissen wurde. Mit einem Gesicht weiß wie ein Bettlaken stürmte David ins Zimmer, riss die Kissen vom Sofa, drehte sich herum und rannte, ehe wir es richtig begriffen, wieder in den Flur zurück. Ich hatte das Gefühl, als befände ich mich in einem Horrorfilm, nur dass Davids Grauen Realität war.

Dieser Anfall war weitaus schlimmer als der vorige. Wieder gebärdete der Junge sich so, als seien alle Ungeheuer der Welt in seinem Kopf versammelt. Er beruhigte sich auch nicht und hörte nicht auf zu schreien, als wir ihn schon längst eingefangen hatten.

Schließlich keuchte Frank: „Mach die Badezimmertür auf!" Als ich nicht sofort reagierte, schrie er: „Verdammt, mach doch die Tür auf!"

Ich öffnete die Tür, obwohl ich keine Ahnung hatte, was er vorhatte, und sah entsetzt mit an, wie mein Mann den um sich schlagenden schreienden Jungen in die Badewanne zerrte.

Inzwischen war auch Constantin von dem Lärm aufgewacht

und stand mit weit aufgerissenen Augen im Flur. „Geh ins Bett", rief ich ihm zu, „dein Bruder hat nur einen Albtraum."

Trotzdem blieb Constantin wie angewurzelt stehen und rührte sich nicht vom Fleck.

„Die Dusche, dreh den Hahn auf, los, los, beeil dich!", kommandierte Frank und drückte David in die leere Badewanne. Als ich zögernd die Brause in der Hand hielt, riss Frank sie mir aus der Hand, und kurz darauf ergoss sich ein Schwall kaltes Wasser über Davids Körper.

Augenblicklich hörte er auf zu schreien und kam sofort zu sich.

Seltsamerweise erinnerte sich das Kind auch dieses Mal nicht an seine nächtlichen Schrecken, denn es fragte mich am nächsten Morgen: „Mama, warum habe ich einen anderen Schlafanzug an als gestern?"

„Weil du heute Nacht so geschwitzt hast", redete ich mich heraus.

Am dritten Abend begann das Grauen erneut. Nachdem David durch das ganze Haus gerannt war, urinierte er, ehe einer von uns reagieren konnte, auf den Teppich. Wie angewachsen stand ich da und kam nicht auf die Idee, schnell einen Eimer zu holen, um den Strahl aufzufangen.

Dazu kam noch, dass Constantin wieder aufgewacht war und dem seltsamen Treiben seines Bruders entsetzt zuschaute.

Von nun an ließ sich Constantin von David alles gefallen, was dieser seinerseits gehörig ausnutzte.

Auch meine Erklärung, dass Davids Träume sich wie bei einem Gewitter mit lautem Donner entlüden, verringerte nicht das abgrundtiefe Mitleid, das er für seinen Bruder empfand.

Während ich mir nun auch ernsthafte Sorgen um Constantins Seelenleben machte, begannen Davids Albträume mich auch tagsüber zu verfolgen. Hinzu kam, dass Constantin ständig darüber reden wollte und ihm sein Unbehagen vor dem Einschlafen deutlich anzumerken war.

Der nächtliche Spuk hielt an. Ganz gleich, ob ich David heiße Milch zu trinken gab oder ihm Baldriantropfen auf ein Stück Zucker träufelte, Abend für Abend, mit nur wenigen Ausnahmen, bekam das Kind seine Angstzustände, und Constantin wachte dabei jedes Mal auf. Noch heute spricht er davon, wie sehr ihn Davids Ängste damals erschreckt haben. An Entspannung nach einem arbeitsreichen Tag oder an partnerschaftliche Gespräche war nicht mehr zu denken.

In meiner Not rief ich schließlich bei Frau Lugmann an und schilderte ihr in kurzen Sätzen die Situation.

„Das ist doch völlig normal", versuchte sie mich zu beruhigen und fügte seufzend hinzu: „Was meinen Sie, was ich hier tagtäglich erlebe."

Aber mich interessierten die anderen Fälle von Frau Lugmann nicht. Ich war verzweifelt und bat sie inständig, etwas zu unternehmen. Als ich nicht lockerließ, versprach sie, in den nächsten Tagen bei uns vorbeizukommen.

Wie versprochen tauchte sie bald darauf mit einer großen Kiste unter dem Arm bei uns auf und erklärte mir auf meinen fragenden Blick hin: „Das ist ein Szenokasten, der Spielsachen enthält." In dem Kasten befanden sich unzählige kleine biegsame Püppchen, aber auch Tiere, Pflanzen und sogar Möbel.

„Im Spiel mit diesen Puppen spiegelt das Kind seine Erlebnisse wider", erläuterte mir die Sozialarbeiterin und forderte David auf, sich den Inhalt der Kiste genau anzusehen.

Während er neugierig begann, die Figuren aus dem Kasten zu nehmen, verließ ich leise das Zimmer.

Es dauerte lange, bis mich Frau Lugmann rief. Als ich an den

Tisch herantrat, sah ich, dass David aus unzähligen Bäumchen einen Wald gebildet hatte. Die Bäume standen so dicht beieinander, dass ich erst beim genauen Hinsehen entdeckte, dass in der Mitte des Waldes ein kleiner Junge saß, um den herum sich ein Rudel Wölfe tummelte.

In der Mitte des Tisches hatte David mit Bauklötzen eine niedrige Mauer gebaut, hinter der in einem Liegestuhl eine Frau lag, um die sich die unterschiedlichsten Männer gruppierten.

Am anderen Ende des großen Tisches saßen ein Mann, eine Frau, ein Junge und eine Katze auf einem Sofa.

Nachdem Frau Lugmann David zum Spielen hinausgeschickt hatte, erklärte sie mir die Szenerie, die ich aber auch ohne ihre Worte verstand.

„Er hat seine Mutter bewusst in einen bequemen Stuhl platziert, denn anscheinend fühlte sie sich, im Gegensatz zu ihm, in ihrem Leben wohl", erläuterte sie.

„Und wie verhalten wir uns jetzt weiter?", fragte ich unsicher.

„Wenn Sie es schaffen, Ihrem Pflegekind das Gefühl von absoluter Normalität zu geben, wird ihm das sehr helfen, und er kann dadurch seine Vergangenheit aufarbeiten", appellierte sie eindringlich an mich.

„Meinen Sie nicht, das Kind braucht dringend psychologische Hilfe?", war meine nächste Frage.

„Ich halte nichts von Therapeuten", entgegnete Frau Lugmann forsch. „Wissen Sie, in einer intakten Familie kann ein Kind viel besser seine Ängste verarbeiten, als wenn es von Psychologen in die Mangel genommen wird."

Dabei nickte sie mir aufmunternd zu, räumte die Figuren wieder in den Kasten zurück und verabschiedete sich.

Wir fühlten uns absolut alleingelassen, und als die nächsten Albträume auftraten, war ich kurz davor, zu verzweifeln. Aber es war niemand da, den wir um Rat hätten fragen können.

Mit der Zeit wurden Davids Albträume zum Glück seltener und verschwanden auf wundersame Weise schließlich ganz.

Als der April sich seinem Ende zuneigte und der Mandelbaum, das einzige Gewächs in unserem Vorgarten, in seiner Blütenpracht wie rosa Schaum aussah, war es endlich so weit: David hatte Geburtstag!

Gleich nach dem Aufwachen rannte er ins Wohnzimmer und staunte über den bunt geschmückten Geburtstagstisch, auf dem ein mächtiger Schokoladenkuchen mit sieben brennenden Kerzen stand.

„Du musst sie auspusten", ermunterte Constantin das Geburtstagskind, „und dir dabei etwas ganz Besonderes wünschen."

„Warum?", fragte David erstaunt.

„Weil dein Wunsch dann in Erfüllung geht", erklärte Constantin ernst.

Ohne zu überlegen, pustete David die Kerzen aus. Er erzählte mir später einmal, dass er sich gewünscht hatte, nie wieder von uns fortgehen zu müssen.

Nachdem er erst die Kerzen gezählt hatte, öffnete er voller Neugier die Päckchen mit seinen – dank des Geldes vom Staat – äußerst großzügig ausgefallenen Geschenken und stieß einen Freudenschrei nach dem anderen aus, als nach und nach Spielzeug, Hosen und Sweatshirts aus dem bunt bedruckten Geschenkpapier zum Vorschein kamen.

Und als Frank zu guter Letzt sein neues Fahrrad ins Zimmer schob, geriet David schier außer Rand und Band, und wir konnten uns an seiner Freude nicht sattsehen.

Ich erinnere mich noch, dass er an diesem Tag ununterbrochen Danke gesagt hat.

Am Nachmittag trudelten dann nach und nach die Geburtstagsgäste ein. Davids Freund Basti erschien viel zu früh, und alle seine Schulkameraden aus der Vorschule kamen, um zu gratulieren, auch Jenny und ihre Schwester Marie zusammen mit Dora und Torsten.

Der Nachmittag verging rasch, und immer wieder schaute David stolz auf die große Anzahl seiner Gäste. Nur Jenny, die er schon bei ihrer Ankunft ignoriert hatte, beachtete er nicht.

Als sie sich einmal vor ihn stellte und mit heller Stimme „Davi, mein Bruder Davi" krähte, drehte er ihr einfach den Rücken zu. Und als ich ihn bat, doch einmal mit ihr zu spielen und sich wenigstens bei ihr für ihr Geschenk zu bedanken, streckte er ihr nur verdrossen die Hand entgegen und murmelte mürrisch: „Danke."

Aber der schöne Geburtstag war kaum vorüber, schon folgte das nächste unangenehme Ereignis.

An einem verregneten Sonntagnachmittag, als ich strickend auf dem Sofa saß und der Musik lauschte, die mein Mann von einem Recorder abspielte, vergnügte sich Constantin vor dem Fernsehgerät mit seiner Spielekonsole, während David im Kinderzimmer für unsere Katze aus mehreren Wolldecken ein Haus baute.

Als ich gerade die Maschen des Pullovers zählte, sprang unser Pflegesohn plötzlich splitternackt ins Zimmer.

Irritiert schaute ich zu Frank, denn der Junge stellte sich breitbeinig vor uns hin, wackelte provokant mit dem Hintern und fasste sich an sein Glied.

Weil sein Benehmen so gar nichts Kindliches hatte, fragte ich ungehalten: „Was soll das jetzt, David?", während Frank in strengem Ton befahl: „Zieh dich sofort wieder an!"

Doch David war sein Auftritt augenscheinlich überhaupt nicht peinlich, denn er lachte aufreizend und streckte uns erneut Glied und Po entgegen, erst dann verließ er feixend das Zimmer.

Kopfschüttelnd widmeten wir uns weiter unserer sonntäglichen Beschäftigung.

Doch es dauerte nicht lange, bis sich David wieder nackt und herausfordernd vor uns präsentierte. Sein exhibitionistisches Verhalten wirkte auf mich abstoßend, denn es erinnerte so gar nicht an das ungezogene Spiel eines kleinen Jungen, der sich nur einen Spaß machen will.

Als er auch in den nächsten Tagen nicht damit aufhörte, uns nackt zu provozieren, rief ich Frau Lugmann an.

Kaum hatte ich zu Ende gesprochen, meinte diese: „Da schrillen bei mir alle Alarmglocken." Das Wort Missbrauch fiel, und mir stockte der Atem.

Des Weiteren erklärte Frau Lugmann mir, dass Kinder in Davids Alter Erwachsenen gegenüber eine normale Scham entwickelt haben müssten.

„Das ist allgemein bekannt", unterbrach ich sie ungehalten. „Aus diesem Grund habe ich Sie doch angerufen."

Doch sie ließ sich nicht aus der Ruhe bringen und dozierte unbeeindruckt: „Verhalten sich Kinder", sie zögerte einen Moment und fuhr dann fort, „in gewisser Weise schamlos, so stimmt etwas nicht! Und darum bin ich fest davon überzeugt, dass Ihr Pflegesohn sexuell missbraucht worden ist." So etwas könne überall, in der Schule oder beim Sport, aber auch in der eigenen Familie passieren.

Am liebsten hätte ich mir die Ohren zugehalten, ich wollte das alles nicht hören. Der Gedanke an missbrauchte Kinder war für mich von jeher unerträglich, außerdem konnte ich mir beim besten Willen nicht vorstellen, dass David so etwas Grauenvolles passiert sein sollte.

Doch während ich noch darüber nachdachte, wie man einem Kind so etwas antun konnte, forderte die Sozialarbeiterin mich auch schon auf: „Sie haben doch eine besonders innige Beziehung zu dem Jungen, versuchen Sie bitte, etwas herauszufinden."

Es war mir absolut unerklärlich, warum vom Jugendamt kein entsprechend ausgebildeter Psychologe eingeschaltet wurde. Aber weil die Behörde uns untersagt hatte, ohne ihre Erlaubnis irgendeine das Pflegekind betreffende Initiative zu ergreifen, und die Vormundschaft ausschließlich beim Jugendamt lag, wagten wir es nicht, einen Arzt aufzusuchen.

Hilflos fragte ich „Wie soll ich das denn machen?"

„Reden Sie mit ihm", sagte sie eindringlich, beendete das Gespräch und ließ uns mit unseren Sorgen allein.

Am Tag darauf fasste ich mir tatsächlich ein Herz und fragte David, als wir beide allein zu Hause waren, vorsichtig, ob ihm in letzter Zeit irgendjemand zu nahe gekommen sei. Daraufhin brach der Junge in Tränen aus und beteuerte: „Nein, Mama, nein, nein, es war gar nichts!"

Mir lief es eiskalt den Rücken hinunter, denn ich spürte deutlich, dass Frau Lugmanns Verdacht nicht unbegründet war. „Lieber Gott", betete ich im Stillen, „hilf mir", und ich stellte mir dabei vor, was David wohl an Widerwärtigkeiten hatte ertragen müssen. Gleichzeitig begann ich im Geiste, die ganze Welt zu verdächtigen.

Und so drängte ich den Jungen in liebevollem Ton, sich doch bei mir auszusprechen. Aber außer dass eine Träne nach der anderen über sein Gesicht kullerte, reagierte er nicht. Schließlich nahm ich ihn in die Arme und sagte leise: „Egal, was du mir erzählst, Davi, wir halten zu dir." Ich weiß nicht mehr, wie lange ich ihn auf meinem Schoß hielt, während seine Tränen auf meine Hände tropften.

Aber auf einmal begann er zu reden.

„Ein Junge", stammelte er. „Ein großer Junge, der wohnt nicht hier." Nun etwas gefasster, sprach er weiter: „Mama, ich habe am Waldrand gespielt, da kam er und hat mich da unten angefasst."

Obwohl er nur Bruchstücke von sich gab, wurde es für mich nach und nach zur bitteren Gewissheit, dass sich jemand an dem Kind vergriffen hatte.

Sofort erstattete Frank bei der Polizei Anzeige gegen Unbekannt.

Bald darauf erschien eine erfahrene Kriminalbeamtin, die David ausführlich befragte. Anhand seiner Angaben ließ sie ein Phantombild erstellen, und kurz darauf prangte überall in der Umgebung an Bäumen und Litfaßsäulen ein Bild des unbekannten jungen Mannes.

Auch im hiesigen Tagesblatt wurde nach dem Täter gefahndet. Doch trotz der weiträumigen Suchaktion gingen keine brauchbaren Hinweise bei der Polizei ein, niemand kannte den Täter oder hatte ihn jemals gesehen.

„Besteht die Möglichkeit, dass es diesen Mann nur in der Fantasie meines Sohnes gibt?", fragte ich die Kriminalbeamtin bei unserem nächsten Zusammentreffen.

„Nein, auf gar keinen Fall", versicherte sie bestimmt. „Nach der Befragung Ihres Sohnes bin ich überzeugt, dass ein sexueller Übergriff stattgefunden hat." Sie zog die Stirn kraus und grübelte: „Es ist mir rätselhaft, warum wir den Täter nicht ausfindig machen können."

Nachdem die Ermittlungen auf Eis gelegt worden waren, fragte David eines Tages beim Abendessen mit gesenktem Kopf: „Ist das schlimm?"

„Was ist schlimm?", fragten wir alle wie aus einem Munde.

Schließlich gestand der Junge uns leise, dass er sich die Sache mit dem Mann nur ausgedacht hatte.

Auf meine Frage „Warum?" schüttelte er nur den Kopf und murmelte verlegen: „Das weiß ich nicht."

Nach Davids Geständnis zogen wir die Anzeige zurück und führten ein abschließendes Gespräch mit der Polizistin.

„Ich bin mir nach wie vor sicher, dass Ihr Sohn nicht gelogen hat", sagte sie bestimmt.

Aber auch sie kam nicht auf die Idee, dass unser Kind auf einen dunklen Punkt in seiner Vergangenheit hinweisen wollte. Leider haben wir erst Jahre später erfahren, dass David in seiner früheren Familie missbraucht worden war.

Wir wussten doch so wenig von seinem Vorleben, und es gab niemanden, der uns etwas darüber hätte erzählen können.

Dora ging es genauso, auch sie hatte keine Ahnung, was Jenny in ihrer Herkunftsfamilie widerfahren war.

Und wir hatten beide den Eindruck, dass mit der Vermittlung unserer Kinder für das Jugendamt die Arbeit erledigt war.

Zudem wollte David seine Mutter um keinen Preis der Welt wiedersehen. Und weil er, als ich ihm vorschlug, sie doch noch einmal zu besuchen, sofort laut zu schreien begann, beließ ich es dabei.

Mit Beginn des Sommers stand die Ferienzeit bevor. Constantin fuhr mit seiner Klasse eine Woche in eine Jugendherberge nach Bayern, bevor wir dann gemeinsam zu Franks Mutter nach Spanien fahren wollten.

Aufgeregt und mit Vorfreude packte Constantin am Tag vor der Abreise seine Reisetasche und füllte, wie ich fand, seinen Rucksack mit allerlei überflüssigem Zeug. Schließlich stand sein Gepäck griffbereit im Kinderzimmer, denn es sollte am nächsten Morgen schon sehr früh losgehen. Für uns die normalste Sache der Welt, aber anscheinend nicht für David.

Nach dem Abendessen kam Constantin weinend zu mir gelaufen und jammerte verzweifelt: „Mama, meine Sachen sind weg!"

Schließlich fand ich seine Kleidung ordentlich eingeräumt in seinem Schrank. Reisetasche und Rucksack lagen leer in einer Ecke des Zimmers.

Verwundert schaute ich David an, der wie eine Katze guckte, die der Henne das Küken gefressen hat, und trotzig sagte:

„Ich will nicht, dass Consti fortgeht", und im Befehlston hinzufügte: „Er soll hierbleiben!" Augenscheinlich war die gepackte Tasche für den Jungen das Sinnbild für einen Abschied ohne Wiederkehr.

Weil uns die Erfahrung gezeigt hatte, dass es mit ein paar tröstenden Worten nicht getan war, um Davids tief greifende Furcht abzuwenden, nahmen wir drei den unglücklichen Jungen in unsere Mitte, legten unsere Arme um ihn und hielten ihn wortlos fest. Das beruhigte ihn und half für den Augenblick.

Doch am nächsten Morgen weigerte er sich, seinen Bruder zum Bus zu begleiten, und wollte sich auch nicht von ihm verabschieden. Tränen rannen über sein Gesicht, er weinte verzweifelt um den vermeintlichen Verlust des geliebten Bruders.

Schließlich überredete Constantin ihn, doch zur Haltestelle mitzukommen. Verschüchtert drückte sich David unter all den lachenden Schülern und ihren winkenden Eltern an mich.

Als wir wieder zu Hause waren, blieb er während des ganzen Tages in der Nähe des Telefons und schickte alle Kinder, die ihn zum Spielen abholen wollten, wieder weg.

Doch es tröstete ihn ein wenig, als Constantin gegen Abend anrief und von seinem Heimweh erzählte.

In der ersten Nacht nach Constantins Abreise erlaubten wir David, bei uns im Bett zu schlafen. Zufrieden lag das Kind zwischen uns und lauschte einer Geschichte, die Frank ihm vorlas.

Er genoss diese Sonderbehandlung sichtlich, denn bald darauf schlief er friedlich ein.

Während der Abwesenheit seines Bruders gaben wir uns auch in der restlichen Woche viel Mühe, dem verunsicherten Jungen unsere gesamte Aufmerksamkeit zu schenken.

Endlich waren die acht Tage herum, und wir holten Constantin vom Bus ab.

David strahlte über das ganze Gesicht, der geliebte Bruder war wieder da und seine Sicherheit auf einen Schlag zurückgekehrt. Wir hatten unser Versprechen gehalten und ihn nicht belogen!

Sein hinzugewonnenes Vertrauen zeigte sich deutlich in seiner weiteren Entwicklung, denn er wurde zusehends ausgeglichener, und seine extremen Gefühlsschwankungen traten immer seltener auf.

Bald darauf begannen wir mit den Reisevorbereitungen für den Spanienurlaub.

Je näher der Tag unserer Abreise rückte, desto mehr spürte ich Davids große Unsicherheit. Schließlich lag eine lange Strecke vor uns, denn nach Alicante waren zweitausend Kilometer Fahrt zu bewältigen.

Am Morgen unserer Abreise stand ich in der Küche und bereitete den Proviant für die Fahrt zu. Während ich Brote schmierte, Eier kochte und Paprika in Streifen schnitt, kam David herein, schaute mich wehleidig an und sagte: „Mir geht's nicht gut, ich kann leider nicht mitfahren."

„Was hast du denn?", fragte ich ihn und fasste an seine Stirn, um zu prüfen, ob er erhöhte Temperatur hatte. „Wo tut es dir weh?"

„Mir ist so komisch schwindlig", erwiderte er schließlich.

Ich nahm ihn in meine Arme und erzählte ihm zum wiederholten Male, wie schön es in Spanien sei. Ich beschrieb ihm den großen Pool und das leckere spanische Essen, eben alles, was mir gerade so einfiel.

Eine Weile hörte er mir aufmerksam zu, befreite sich aber kurz darauf abrupt aus meinen Armen und lief aus der Küche, um sich in der Toilette einzuschließen. Ich lief ihm nach und klopfte leise an die Badezimmertür.

„Mach auf, Dave", bettelte ich. Als er auf mein Rufen nicht reagierte, holte ich Frank und Constantin, die gerade die Koffer im Auto verstauten. Aber erst auf Constantins Bitte öffnete der Junge schließlich zaghaft die Tür.

Wir nahmen ihn in unsere Mitte, sodass er wie in einem kleinen Haus in der Geborgenheit unserer Körper stand.

Inzwischen war dieses „Halten" schon zu einem Ritual in unserer Familie geworden.

Danach fühlte er sich sichtlich wohler, und wir konnten das restliche Gepäck im Auto unterbringen.

Ungemein erleichtert war ich, als wir endlich losfuhren. Die Jungs hatten Walkman, Spiele und Karten zur Unterhaltung eingepackt, um sich während der langen Autofahrt die Zeit damit zu vertreiben.

Je länger unsere Fahrt andauerte, desto unbefangener wurde David, und er alberte mit seinem Bruder auf den Rücksitzen herum, ohne auch nur das geringste Zeichen von Übelkeit zu zeigen. Was für eine Erleichterung!

Diese Ferien blieben lange in meinem Gedächtnis haften als einer der schönsten Urlaube meines Lebens. An jedem Tag strahlte die Sonne vom Himmel, und der frische Wind, der vom Meer herüberwehte, kühlte unsere heiße Haut. Wir lagen am Pool oder liefen die steilen Steinstufen hinunter zu einer kleinen Bucht mit feinem Sandstrand am kristallklaren Meer.

Anfangs sprang Dave noch mit Schwimmflügeln ins Wasser, aber schon bald konnte er ohne jegliche Hilfe schwimmen. Er entwickelte sich zu einer richtigen Wasserratte und bettelte ständig, dass wir ihm zuschauen sollten, um seine Schwimmkünste zu bewundern.

Abends saßen wir auf Omas Terrasse oder gingen zum Paellaessen in eine kleine Bodega. Die Jungs trugen knielange bunte Hosen und wurden rasch braun wie Haselnüsse, ihre Haare glichen durch die Wirkung der spanischen Sonne schon nach kurzer Zeit dem hellen Weizen auf den Feldern der Umgebung.

Doch der Urlaub ging rasch vorüber, und bald waren wir auf dem Heimweg nach Deutschland.

Die Fahrt wurde jedoch zu einem wahren Desaster, denn durch einen Streik waren die Autobahnen in Frankreich gesperrt. David übergab sich mehrmals und weinte ununterbrochen, weil er große Angst hatte, wir würden nie wieder nach Hause zurückfinden.

Kaum angekommen, mussten wir Cleo einschläfern lassen, weil sie eine bösartige Krankheit bekommen hatte. David verkraftete den Abschied von ihr am schwersten von uns allen und lag oft tagsüber mit seinen Kleidern im Bett und schlief erschöpft vor Kummer.

Darum war ich froh, als mit dem Ende der Sommerferien seine Einschulung in die erste Klasse der Grundschule näher rückte und er durch die Vorbereitungen abgelenkt wurde.

Aus Angst, zu spät zu kommen, stand er am Morgen seines ersten Schultages früh auf. Am meisten freute er sich, dass er ab jetzt dieselbe Schule wie sein großer Bruder besuchen durfte.

Ich hatte David mit seinen blauen Augen im gebräunten Gesicht zu seinem Ehrentag Constantins taubenblaue Matrosenbluse angezogen, die dieser schon in Libyen zu seiner Einschulung getragen hatte.

David unterschied sich durch eine gewisse Eleganz von den anderen Kindern, die ab jetzt mit ihm dieselbe Klasse besuchen würden. Als die Lehrerin die Kinder an ihre Plätze führte, winkte uns das stolze Schulkind fröhlich zu, und als wir uns später gemeinsam auf den Heimweg machten, hielt Dave stolz seine Schultüte im Arm und packte sie zu Hause gleich aus.

„Weißt du, Mama", sagte er, während er den süßen Kram in sich hineinstopfte, „Paula hat mir früher immer alles weggegessen!"

Abends im Bett schlang er die Arme um meinen Hals und flüsterte mir ins Ohr: „Ich bin ein glückliches Kind."

Den Schulranzen schon auf dem Rücken, war David am nächsten Morgen der Erste, der sich an den Frühstückstisch setzte. Und so, wie er die Schule begeistert besuchte, entwickelten sich später auch seine Leistungen. David wurde wie sein Bruder ein guter Schüler.

Nichts deutete mehr auf seine Vergangenheit hin, es gab keinen Abstand zu den Klassenkameraden. Im Gegenteil. Mit seiner unglaublichen Wissbegier stach David die anderen Kinder oft aus.

Da sich in unserer Familie nun alles zum Guten gewendet hatte, begannen Frank und ich optimistisch in die Zukunft zu schauen.

Kapitel 4
Kummer

Nachdem einige Zeit ohne dramatische Ereignisse verstrichen war, hatte ich zum ersten Mal, seit David zu uns gekommen war, das Gefühl, dass wir eine normale Familie geworden waren.

Unser Leben verlief seit gewisser Zeit in geordneten Bahnen. Das Jugendamt interessierte sich nicht mehr für uns, und es schien so, als wäre David schon immer unser Kind gewesen.

Unsere Söhne hatten die gleichen Interessen und verbrachten trotz unzähliger Freunde viel Zeit gemeinsam.

Egal, ob sie Schach, Fußball oder Baseball spielten, Constantin und sein Bruder David bildeten eine Einheit.

Während Constantin, der Lebhafte, nach verlorenen Spielen ungenießbar war, nahm David Niederlagen äußerst gelassen hin.

Als die sportlichen Aktivitäten unserer Kinder den größten Teil ihrer Freizeit einnahmen, war Frank, nachdem er bei seinem leiblichen Sohn damit gescheitert war, sehr daran interessiert, David zum Lesen von guter Jugendliteratur zu bringen.

Er ermahnte ihn häufig mit den Worten: „Lesen bildet!"

Und weil die Regale in unserem Haus mit vielen Büchern gefüllt waren, nahm Frank „Die Abenteuer des Tom Sawyer" von Mark Twain heraus und sagte enthusiastisch: „Dieses Buch musst du unbedingt lesen, es handelt von einem Waisenkind, das viele Abenteuer bestehen muss."

„Was ist ein Waisenkind?", fragte David neugierig.

„Das ist ein Kind, dessen Eltern nicht mehr leben", erklärte Frank.

Worauf der Junge stolz erklärte: „Ich bin kein Waisenkind."

„Nein, im Gegenteil", bestätigte Frank, „du bist etwas ganz Besonderes."

Doch auch David war am Lesen nicht sonderlich interessiert, gab aber nicht eher Ruhe, bis Frank sich erweichen ließ und ihm nach und nach unsere sämtlichen Abenteuerromane vorlas.

Durch unsere Kinder war aus der Bekanntschaft mit Jennys Pflegeltern inzwischen eine enge Freundschaft entstanden. Wir telefonierten oft, wobei sich Dora stets über das Desinteresse des Jugendamts bei mir beklagte. Während ich froh war, dass Frau Lugmann nicht ständig Hausbesuche bei uns unternahm, wünschte sich Dora die Unterstützung des Amtes sehnlichst.

Weil die Kinder in unserem großen Garten viel Platz zum Spielen hatten, kam sie mit ihren Töchtern regelmäßig zu Besuch. Allerdings änderte David zu unserem Leidwesen trotz der häufigen Treffen seine abweisende Haltung gegenüber seiner leiblichen Schwester nicht. Sobald sie in seine Nähe kam, war es, als stünde das Wort „Ablehnung" auf seiner Stirn geschrieben.

Eines Nachmittags fragte Dora: „Hörst du gar nichts mehr von Frau Lugmann?"

„Doch", gab ich ihr zur Antwort. „Vor einiger Zeit war sie noch einmal mit ihrem Szenokasten hier. Stell dir vor", berichtete ich, „diesmal lag Dave im Liegestuhl, dafür hat er seine Mutter zu den Wölfen in den Wald gesteckt."

Dora machte große Augen.

„Und es war geradezu klassisch, wie aus dem Lehrbuch", erklärte ich. „Die Mauer war nun so hoch, dass das Kind den Wald nicht mehr sehen konnte."

„Was für ein Erfolg", lobte Dora beeindruckt. Denn Jenny hatte, obwohl sie schon mit zwei Jahren weggegeben wurde, erheblich mehr Defizite als ihr Bruder und lag in ihrer Entwicklung dementsprechend weit zurück.

Die Zeit verging, ohne dass es Probleme gab. Es kam mir vor, als sei David schon immer unser Kind gewesen.

Die tiefe Zuneigung zwischen den beiden Brüdern erinnerte mich manchmal an Zwillinge, die als Babys getrennt worden waren und sich nun nach langer Zeit endlich wiedergefunden hatten.

Sie verstanden sich ohne Worte und schliefen oft im selben Zimmer, obwohl sie inzwischen separate Räume im Souterrain bezogen hatten.

Nachdem wir den durch den Umbau des Schwimmbads neu gewonnenen Wohnraum eingeräumt hatten, äußerte Constantin den Wunsch, Klavierunterricht zu nehmen. David gefiel es überhaupt nicht, dass sein Bruder von nun an viel Zeit am Klavier verbrachte. Und obwohl er kein Interesse am Musizieren hatte und sich nicht einmal beim Flötenspiel in der Schule Mühe gab, war er auf Constantins neues Hobby sehr eifersüchtig. Sobald der Klavierlehrer mit dem Unterricht begonnen hatte, kam er ständig ins Zimmer oder veranstaltete draußen vorm Fenster irgendwelchen Lärm.

Überhaupt hatte er ein großes Problem damit, wenn unsere Aufmerksamkeit nicht ihm allein gehörte.

Aber mit der Zeit verlor sich das. David entwickelte sich für uns zu einem geradezu vorbildlichen Jungen.

Die Jahre flogen nur so dahin.

Constantin besuchte inzwischen die Realschule und fuhr jeden Morgen mit dem Bus in die Stadt, während David in die nächste Klasse versetzt wurde und nach wie vor gute Noten mit nach Hause brachte.

Frank verließ die Finanzberatung und begann, als Verkäufer für einen Wirtschaftsverlag in Süddeutschland zu arbeiten. Von nun an war er, sehr zum Leidwesen von David, ständig unterwegs.

Aber wenn er am Wochenende nach Hause kam, war die Freude groß.

Egal, womit David sich gerade beschäftigte, er ließ stets sofort alles stehen und liegen, um seinem Vater stürmisch um den Hals zu fallen.

Weil das Geld immer noch knapp war, begann ich, für ein in Hotels ausliegendes Hochglanzmagazin Anzeigen zu verkaufen, und bekam zur Belohnung für gute Arbeit bald ein Wochenende mit der ganzen Familie in einem Fünfsternehotel in Berlin geschenkt.

Gleich nach unserer Ankunft stopfte David sämtliche Süßigkeiten aus der Minibar in sich hinein.

Nachdem wir am nächsten Tag einen Rundgang durch das Ägyptische Museum gemacht hatten, schlenderten wir zum Brandenburger Tor.

Dort boten Händler die unterschiedlichsten Sachen an. Während David sich eine russische Militärkappe aus rotem Filz, auf der ein pompöser goldfarbener Stern prangte, kaufte und gleich aufsetzte, war Constantin sein Geld für die ausgelegten Waren zu schade.

Als ich mir ein buntes Stückchen der zwischen Ost- und Westdeutschland gefallenen Mauer kaufen wollte, geriet Frank völlig außer sich, und um des lieben Friedens willen ließ ich es enttäuscht sein.

„Mama, hier gefällt es mir", sagte David, als wir auf dem Rückweg an der Gedächtniskirche Jugendlichen auf Rollerblades zuschauten.

Als wir abends im Hotel zum Essen nach unten gingen, schob mir David heimlich ein kleines Päckchen in die Hand, aus dem ein buntes Stückchen Mauerwerk zum Vorschein kam, das von nun an mein Talisman wurde.

Am nächsten Morgen machten wir uns gleich nach dem Frühstück auf die Heimreise, und schon bald darauf holte uns der Alltag wieder ein.

Kurz vor Weihnachten las ich in der Tageszeitung einen Bericht über die Einsamkeit fern der Heimat lebender amerikanischer Soldaten. Da in unserer Umgebung viele Amerikaner stationiert waren, wurden deutsche Familien gebeten, einige dieser jungen Männer zum Weihnachtsfest einzuladen.

„Was haltet ihr davon?", fragte ich meine Familie und schaute sie über den Zeitungsrand hinweg fragend an. „Wollen wir einen Soldaten zu uns einladen?"

Aber meine gute Idee erwies sich als Reinfall. Außer dass dicke Schneeflocken vom Himmel fielen, als wir am zweiten Adventssonntag vor der Kaserne ankamen, und wir eine lustige Schneeballschlacht veranstalteten, passierte nichts Besonderes. Der schlecht geheizte große Raum ohne Weihnachtsschmuck erinnerte an einen Bahnhofswartesaal, und der zum Kaffee servierte typisch amerikanische Bananenkuchen schmeckte scheußlich. Zudem erwies sich „unser" Soldat als äußerst schweigsam, auch als er den Heiligabend bei uns verbrachte. So meinte David weise, kaum dass der Soldat wieder gegangen war: „Das hätten wir uns wirklich ersparen können."

Weihnachten und Neujahr waren schnell vorüber, und in der darauf folgenden Zeit gab es nichts, das uns von einer anderen Familie unterschieden hätte.

David kontrollierte nur noch sporadisch die Wohnung und schaffte es auch, seinen ungemeinen Hunger nach Süßigkeiten in den Griff zu bekommen.

Seine Albträume kehrten nicht zurück, und man merkte dem Kind an, wie wohl es sich bei uns fühlte.

Seine liebe, ruhige Art wirkte stets ausgleichend zu Constantins unruhigem Temperament.

Wie in jedem Jahr besuchten wir die Großmutter in Spanien, und ich konnte es gar nicht glauben, dass David nun schon länger als drei Jahre bei uns lebte.

Längst hatten wir vergessen, dass der Junge nicht unser Fleisch und Blut war.

Nachdem wir im April Davids zehnten Geburtstag gefeiert hatten, begannen bald darauf die Vorbereitungen für die Konfirmation unseres ältesten Sohnes. David, der auch unbedingt konfirmiert werden wollte, veranstaltete ein riesiges Theater, weil er nicht einsehen wollte, dass er für die Einsegnung noch nicht alt genug war.

Auf Constantins Einwand: „Du bist doch nicht getauft", schrie er laut: „Dann will ich getauft werden, ich will getauft werden!"

Weil er nicht lockerließ, rief ich die Pastorin in unserer Gemeinde an und vereinbarte mit ihr einen Termin.

Bei unserem Besuch legte die Pastorin David ein Buch mit Taufsprüchen vor, aus dem er sich einen aussuchen durfte. Eifrig blätterte er darin. Während er konzentriert einen Spruch nach dem anderen las und dabei stumm seine Lippen bewegte, wurde sein Gesicht puterrot, und kleine Schweißperlen sammelten sich über seiner Lippe.

Gerade als ich anfing, ungeduldig zu werden, zeigte er stolz mit dem Finger auf einen Text und sagte: „Den will ich haben."

Nachdem wir uns geeinigt hatten, dass Davids Taufe im Anschluss an Constantins Konfirmation stattfinden sollte, machte ich mich mit dem höchst zufriedenen Jungen wieder auf den Heimweg.

Eigentlich war es an dem von den beiden so sehnlichst erwarteten Konfirmationssonntag viel zu warm für die Jahreszeit. Obwohl erst Ende Mai, strahlte die Sonne wie im Hochsommer vom Himmel.

Zum Ehrentag unserer Kinder wählte Frank einen dunkelblauen Anzug, während ich wie meistens bei festlichen Anlässen mein rotes seidenes Kleid anzog.

Constantin trug eine schwarze Hose, dazu ein weißes Hemd mit kleinem Kragen. Anstelle einer Krawatte band ich ihm eine schwarze Fliege um, über deren überdimensionale Größe er sich heute noch aufregt, denn seine Mitkonfirmanden hatten ihn, wie er später erzählte, mit den Worten „Pass auf, dass du nicht abhebst" während des Gottesdienstes gehänselt.

David hingegen lehnte festliche Kleidung ab. Er suchte sich eine normale Hose aus, dazu ein Poloshirt und eine grüne Weste und wies alle Vorschläge kategorisch zurück, wie sein Bruder etwas Dunkles oder wenigstens ein weißes Hemd anzuziehen.

Kurz bevor der Gottesdienst begann, trudelten nach und nach Freunde und Verwandte bei uns ein. Marie und Jenny sahen in den gleichen schwarzen Samtröcken mit passenden Lackschuhen entzückend aus.

Beim Eintreffen berichtete Dora, dass Torsten von seiner Firma nach Berlin versetzt worden sei, und erzählte anschließend ausführlich von einem Besuch mit Jenny bei ihrer Mutter Paula.

„Nachdem sie von Samuel geschieden ist, hat sie wieder geheiratet", erklärte sie mir lapidar, während ich erstaunt die Stirn krauszog.

„Wieso kann sie geschieden werden, wenn ihr Mann verschwunden und nicht auffindbar ist?", fragte ich und hakte nach: „Warum hat die Lugmann mich nicht informiert?"

Aber Dora hörte gar nicht hin und berichtete, dass das kleine Mädchen als Erstes in den Kühlschrank geschaut habe, um zu kontrollieren, ob seine Mutter auch genügend Lebensmittel im Haus hatte.

Weil es Zeit wurde, zur Kirche zu gehen, vertagten wir die Fortführung unseres Gesprächs auf später. Kurz darauf saßen Familie und Freunde, aufmerksam der Predigt lauschend, auf den dunkelbraunen Bänken des Gotteshauses.

Nachdem unser Ältester und seine Mitkonfirmanden eingesegnet waren, legten wir einander die Arme um die Schultern und bildeten einen Kreis, in dessen Mitte die Pastorin mit David anschließend die Taufe zelebrierte.

Während sie vorsichtig das Wasser über seinen Kopf goss, verlas sie den Taufspruch:

„Denn der Herr hat seinen Engeln befohlen, dass sie dich behüten auf allen deinen Wegen, dass sie dich auf den Händen tragen und du deinen Fuß nicht an einen Stein stoßest." (Psalm 91,11-12)

Und obwohl der Junge noch immer ein Problem mit seiner Haltung hatte, stand er mit geraden Schultern und stolz erhobenem Kopf in der Kirche und sagte laut, sodass alle es hören konnten: „Amen."

Nachdem sich alle Gäste am Abend verabschiedet hatten, flüsterte er mir ins Ohr: „Jetzt bin ich auch ein Kind von Gott." Gerührt erwiderte ich: „Das warst du schon immer und wirst es auch immer bleiben."

Am nächsten Tag legten wir auf der Bank wie zuvor für Constantin ein Sparbuch auf seinen Namen an und zahlten sein Taufgeld darauf ein.

Als wir die Bank verließen, hielt Dave sein Sparbuch wie einen Schatz in seinen Händen und konnte kaum glauben, dass es ihm allein gehörte. Am liebsten wäre er den ganzen Tag damit herumspaziert, aber Frank legte es in seine Schreibtischschublade und sagte zu ihm: „Hier ist es gut aufgehoben. Sieh zu, dass das

Geld sich vermehrt, und später kannst du dir davon etwas Schönes kaufen."

Es dauerte nicht lange, bis David sich ständig darüber beklagte, dass er nicht denselben Nachnamen wie wir hatte.

Als ich Dora davon erzählte, sagte sie: „Die Namensänderung ist eine Kleinigkeit, die haben wir gerade beantragt."

Erstaunt erwiderte ich: „Ich war davon überzeugt, dass wir bis zur Adoption warten müssten."

Aber da sie nachdrücklich antwortete: „Wir wollen Jenny nicht adoptieren!", fragte ich nicht weiter nach.

Wie Dora gesagt hatte, waren die Formalitäten der Namensänderung rasch erledigt. Während an Jennys Namen der von Schillings angehängt wurde, bestand David darauf, nur unseren Namen zu haben. Geradezu ehrfürchtig schrieb er bald darauf „David Kuhn" in sämtliche Schulbücher und kritzelte seinen neu erworbenen Nachnamen überall hin, wo er ein Stück Papier fand.

Als unser Sohn mit dem Namenswechsel sein Gestern wie ein Paar alter Schuhe abgelegt hatte, schienen sich die dunklen Schatten der Vergangenheit endgültig in Luft aufzulösen.

Während Constantins Stimme tiefer wurde und David sich seinem Bruder in der Größe immer mehr annäherte, reifte in uns der Gedanke, vom Land in die Nähe der Großstadt zu ziehen. Denn Franks Fahrten kosteten viel Zeit und Kraft.

David war von der Idee hellauf begeistert, doch sein Bruder erklärte sich erst, nachdem wir einige handfeste Argumente ins Feld geführt hatten, einverstanden.

Meine Befürchtungen, dass der bevorstehende Ortswechsel David belasten würde, erfüllten sich nicht. Im Gegenteil, er war es, der seinen Bruder tröstete.

Nachdem wir unser Haus verkauft hatten und als der Tag unserer Abreise bevorstand, besuchte uns Frau Lugmann, um sich von uns zu verabschieden. Denn durch den Ortswechsel war das hiesige Jugendamt nicht mehr für David zuständig. Bei der Gelegenheit fragte ich sie wieder einmal nach der Adoption.

Zu meiner großen Überraschung erklärte sie: „Einer Adoption steht nichts mehr im Wege. Ihr Pflegekind kann, da sein Vater verschollen ist, inzwischen auch ohne dessen Zustimmung adoptiert werden."

Während ich sie ungläubig anschaute, plauderte sie weiter: „Ich habe meinen Kollegen bereits über Ihre Situation informiert und Davids Unterlagen an ihn weitergeleitet."

Als ich ihr daraufhin freudestrahlend berichtete, wie fürsorglich David sich um seinen älteren Bruder kümmerte und versuchte, ihn über den Umzug hinwegzutrösten, meinte sie zufrieden: „Da können Sie sehen, welches Vertrauen er in den vergangenen Jahren zu Ihnen aufgebaut hat."

Als am Tag darauf der große Möbelwagen unsere Straße verließ, saßen Constantin und David neben dem Fahrer und winkten ihren Freunden zum Abschied fröhlich zu.

In einem Vorort von Frankfurt, in einer ruhigen Gegend, hatten wir zuvor eine Doppelhaushälfte mit vielen hellen Sprossenfenstern gemietet, in der eine offene Treppe durch alle Stockwerke führte.

Während der inzwischen fünfzehnjährige Constantin sich im ausgebauten Dachboden einrichtete, bezog David ein großes Zimmer im ersten Stock und hängte, nachdem er seine persönlichen Sachen untergebracht hatte, seinen Baseballhandschuh zufrieden neben dem Bett an die Wand.

Constantin besuchte die Realschule und David die Förderstufe, und unsere Söhne lebten sich rasch ein.

Gleich am ersten Schultag brachte David einen Jungen mit nach Hause. „Das ist Charly", erklärte er lachend und erzählte, dass sein neuer Freund seinen Vornamen dem berühmten Komiker Chaplin verdanke.

Ein paar Tage darauf kam Herr Fritz Müller, ein kleiner, drahtiger Mann, den ich auf Anfang fünfzig schätzte, und stellte sich Frank und mir als Davids Betreuer vom Jugendamt vor.

Herr Müller strahlte die gleiche Machtvollkommenheit und Überheblichkeit aus, die ich bei sämtlichen Mitarbeitern von Jugendämtern bisher kennen gelernt hatte. Es schien für ihn keine Rolle zu spielen, dass wir inzwischen viele Erfahrungen mit unserem Pflegesohn gemacht und natürlich auch daraus gelernt hatten. Und obwohl dieser Mann keinerlei Kenntnisse über unsere häusliche Situation hatte, gab er mir gleich zur Begrüßung das Gefühl, dass ich keine Ahnung hatte von dem, was ich seit Jahren tat, nämlich von der Erziehung meines angenommenen Sohnes.

Und dabei hatte ich in den vielen Jahren, die David nun schon bei uns lebte, eigentlich ganz vergessen, dass unser Sohn nach wie vor unter der Obhut des Jugendamts stand. Entscheidungen, die David betrafen, hatten wir einfach allein getroffen.

Es passte mir gar nicht, diesen Mann bei uns empfangen zu müssen, und David ging es anscheinend genauso. Er ließ sich erst nach mehrfacher Aufforderung herab, Herrn Müller zu begrüßen. Schließlich stand er mürrisch vor dem Sozialarbeiter und zeigte ihm höchst ungern sein Zimmer. Und er verließ sichtlich erleichtert den Raum, nachdem Herr Müller ein paar Worte mit ihm gewechselt hatte.

„Offensichtlich will der Junge um keinen Preis an sein früheres Leben erinnert werden", meinte der Mann, nachdem David die Tür hinter sich geschlossen hatte.

Dann erklärte er uns, welche Schritte er für die geplante Adoption unternehmen wollte.

Aber als er sagte: „Wir werden erst einmal den Vater in Amerika anschreiben", erwiderte ich ungehalten: „Das ist aber doch schon früher gemacht worden, es weiß ja niemand, wo der Vater lebt."

Herr Müller war sich seiner Macht bewusst und ließ sich nicht beeindrucken. Streng entgegnete er: „Lassen Sie das mal meine Aufgabe sein, Sie hören von mir." Und er mahnte, bevor er sich verabschiedete: „Sprechen Sie vorerst nicht mit dem Kind darüber!"

Noch ehe Frank oder ich etwas entgegnen konnte, war er mit raschen Schritten zur Tür hinaus.

Seufzend sagte ich zu Frank: „Was für eine Anmaßung! Ich bin froh, wenn wir das Jugendamt endlich los sind."

Der Sommer ging wie der Herbst rasch vorüber, doch an Constantins Geburtstag Ende November warteten wir noch immer auf Nachricht von Herrn Müller. Der Mann ließ sich Zeit. Aber da Frank und ich uns inzwischen wegen jeder Kleinigkeit stritten und er mir vorwarf, ständig alles regeln zu wollen, rief ich beim Jugendamt nicht an.

Kurz vor Weihnachten saßen mein Mann und ich im Fernsehzimmer und stritten, wer von uns die Fernbedienung benutzen durfte. Während ein Wort das andere gab, stand David plötzlich im Zimmer. Obwohl er uns vorwurfsvoll ansah, nahmen wir keine Rücksicht auf ihn, sondern führten unseren Streit lautstark fort.

„Geh in dein Zimmer", befahl Frank in harschem Ton, und als der Junge nicht gleich darauf reagierte, brüllte er: „Marsch!"

Nach kurzem Zögern drehte sich David wortlos um, und ich hörte, wie er hastig zu seinem Bruder nach oben ins Dachgeschoss stürzte.

Am nächsten Morgen fragte Constantin mich ernst: „Wollt ihr euch scheiden lassen, Papa und du?"

„Aber nein", wehrte ich lachend ab. „Macht euch keine Sorgen, wir haben uns längst wieder vertragen."

„Das hörte sich gestern Abend aber anders an", meinte David, der Constantins Frage mitbekommen hatte, traurig.

Doch ich ging über die Bemerkungen meiner Söhne einfach hinweg.

Schließlich stand Weihnachten vor der Tür, und ich hatte alle Hände voll zu tun.

Am Heiligen Abend brannten wie jedes Jahr am goldgeschmückten Tannenbaum unzählige Kerzen. Aber die Gans war zäh, wir gingen nicht in die Kirche, und Frank saß nach der Bescherung barfuß in kurzen Hosen missmutig in einer Ecke und las.

Silvester feierten unsere Söhne mit ihren Freunden, während mein Mann und ich uns vor dem Fernseher langweilten.

Ich war froh, als die Feiertage herum waren und die Kinder wieder zur Schule gingen.

Kurz darauf gab es Zeugnisse. Davids Noten waren, im Gegensatz zu denen von Constantin, der in der Schule nur das Nötigste machte, ausgezeichnet. Darum sprach ich am darauf folgenden Elternabend mit Davids Klassenlehrer über seinen weiteren schulischen Werdegang.

Nach einem ausführlichen Gespräch waren wir beide der Meinung, dass es aufgrund seiner bisherigen Leistungen das Beste für den Jungen wäre, nach den Sommerferien in den gymnasialen Zweig der Schule zu wechseln.

Aber David wollte um keinen Preis der Welt auf das Gymnasium und quittierte unseren Vorschlag mit den Worten: „Da gehe ich nicht hin!"

Auf meine Frage nach dem Warum antwortete er frech: „Ich will einfach nicht!"

„Du musst uns doch einen Grund nennen können", drängte Frank, der über die Reaktion des Jungen genauso verärgert war wie ich.

Aber während wir mit Engelszungen auf ihn einredeten, kam von David stets ein stures „Nein". Nach einem erneuten Gespräch in der Schule beschlossen Frank und ich, ihn gegen seinen Willen auf das Gymnasium zu schicken.

Kurz darauf kam zu unserer großen Überraschung mit der Post ein dicker Brief vom Jugendamt mit der Aufforderung, die beiliegenden Adoptionsunterlagen sorgfältig auszufüllen. Nun hätte alles gut werden können, aber stattdessen begann eine schreckliche Zeit.

Der Umgangston in unserer Familie veränderte sich und wurde laut und grob. Während die Jungs selten unterschiedlicher Meinung waren, nahmen sie sich mir gegenüber jede Frechheit heraus und behandelten mich ohne jeglichen Respekt. Das hatte zur Folge, dass Frank ständig brüllte und ich vor Überforderung und Hilflosigkeit schrie.

Umso mehr freute ich mich auf den heranrückenden Sommerurlaub bei Franks Mutter in Spanien.

Constantin wollte gerne allein zu Hause bleiben, und Frank war der Meinung, das könne seine Selbständigkeit nur fördern. David stieß einen Freudenschrei aus und erzählte jedem stolz: „Ich fahre allein mit Mama und Papa in den Urlaub!" Als er bei der Abreise neben Frank vorn im Auto sitzen durfte, winkte er seinem Bruder zum Abschied wie ein kleiner König zu.

Während der Ferien genoss David sichtlich das Alleinsein mit uns, und ich nahm mir fest vor, zu Hause die Adoption mit aller Macht voranzutreiben. Darum rief ich gleich nach unserer Rückkehr Herrn Müller an und erfuhr, dass er schon seit längerer Zeit krank sei.

Unsere Nachbarn in der anderen Haushälfte, ein kinderloses berufstätiges Ehepaar, beschwerten sich über den fürchterlichen Lärm, den Constantin während unserer Abwesenheit veranstaltet hatte. Meine Erholung hatte nicht lange Bestand, denn das Chaos hielt erneut Einkehr in unser Leben. Frank und ich stritten unausgesetzt, was unsere Söhne ermutigte, in die gleiche Kerbe zu hauen.

So blieb unsere familiäre Harmonie nun endgültig auf der Strecke.

David ging nach den Sommerferien in seine neue Schulklasse, antwortete auf Fragen zum Unterricht jedoch stets ausweichend.

Die unangenehme Stimmung in unserer Familie hielt bis auf wenige Ausnahmen über Wochen hinweg an.

Bald war auch dieses Jahr vorüber. Es wurde Dezember, Weihnachten stand vor der Tür, und weil Frank und ich uns fest vorgenommen hatten, das Fest friedlich zu gestalten, kauften wir die Weihnachtsgeschenke für die Kinder gemeinsam ein.

Der Wunschzettel von David führte eine lange Liste an Bekleidungsstücken auf, bei denen er den größten Wert auf die Marke legte. Während Constantin sich nicht dafür interessierte, was er anzog, entschied sich David seit geraumer Zeit erst nach langen Überlegungen für ein Hemd oder die passende Hose. Ständig stand er vor dem Spiegel, gelte sein Haar und blockierte ausdauernd das Badezimmer.

Am Weihnachtsabend packte er mit kritischem Blick seine Geschenke aus. Aber weil wir anscheinend genau seinen Geschmack getroffen hatten, bedankte er sich überschwänglich bei uns.

Auch Constantin war hocherfreut über den heiß ersehnten Computer, und mein Mann und ich gaben uns weiterhin alle Mühe, die Feiertage ohne Streit zu verbringen.

Gleich zu Beginn des Jahres fuhr Frank auf eine Tagung seiner Firma nach Süddeutschland.

Nach seiner Rückkehr beerdigten wir meine Mutter, die nach langer Krankheit gestorben war. Es war ein trauriger Tag, und David, der meine Mutter sehr gern gehabt hatte, ließ meine Hand den ganzen Tag kaum los.

Ich betäubte meine Trauer in der folgenden Zeit mit viel Arbeit.

Es wurde Frühling, David, inzwischen dreizehn Jahre alt, trug seit geraumer Zeit eine Brille, weil der Augenarzt eine leichte Sehschwäche bei ihm festgestellt hatte. Durch die Elternsprechtage waren wir über seine schlechten Leistungen in der Schule informiert und wunderten uns nicht über den Vermerk „Versetzung gefährdet!" in seinem Halbjahreszeugnis. Die besten Noten hatte er in Geschichte, Religion und Sport, der Rest waren Vieren und Fünfen. Also engagierte ich für beide Jungen eine junge Studentin, die ihnen von nun an Nachhilfeunterricht gab.

Aber es waren nicht nur die mäßigen Noten meiner beiden Söhne, die mich beunruhigten: Seit geraumer Zeit fiel mir auf, dass aus meinem Portemonnaie Geld fehlte. Ganz sicher war ich mir nie, denn es handelte sich stets um kleinere Beträge, von denen ich nicht genau wusste, ob ich sie nicht selbst ausgegeben hatte. Doch nachdem ich begonnen hatte, mein Geld zu zählen, bemerkte ich, dass sich in der Tat jemand aus meiner Geldbörse bediente.

Frank war, als er davon erfuhr, äußerst verwundert, und Constantin entrüstete sich über meine Nachfrage lautstark mit dem Satz: „Ich stehle nicht!" Seine Antwort war glaubhaft, denn bisher hatte er noch nie etwas genommen, ohne uns vorher zu fragen.

David schüttelte auf meine Frage nur den Kopf.

Im Gegensatz zu mir besaß Frank keine Geldbörse, sondern hatte die Angewohnheit, sein Geld lose in der Hosentasche zu tragen. Die Scheine steckte er zusammengefaltet in seine Westentasche und hängte die Jacke abends an die Garderobe im Flur.

Als ihm eines Tages zwanzig Mark fehlten und er alle seine in letzter Zeit getragenen Kleidungsstücke vergeblich durchsucht hatte, widmete er sich mit besonderer Akribie Davids Zimmer und häufte kurz darauf wütend Batterien, Süßigkeiten, Kugelschreiber und CDs aufeinander.

Doch David erfand alle möglichen Ausreden, wie er zu den Sachen gekommen sei. Erst nach langem Hin und Her gab er den Diebstahl des Geldes zu und flüsterte so leise, dass wir ihn kaum verstehen konnten: „Ich verspreche, nichts mehr zu nehmen."

Frank erzählte mir anschließend, dass er in Davids Alter seiner Mutter regelmäßig Geld gestohlen und sich davon Comics gekauft hatte. Als sie dahintergekommen war, hatte seine Mutter ihn zur Strafe auf Salz knien lassen. Er seufzte: „Ich habe ihr danach nie wieder Geld weggenommen!"

„Was willst du mir damit sagen?", fragte ich. „Sollen wir David mit drastischen Maßnahmen vom Stehlen abhalten?" „Nein, auf gar keinen Fall", erwiderte Frank, denn genau wie ich war er davon überzeugt, unseren Sohn viel besser mit Liebe und Argumenten zur Einsicht bringen zu können.

Darum führten wir mit David am Abend ein langes Gespräch über „Mein und Dein" und erklärten ihm, dass Vertrauen eine der wichtigsten Grundlagen einer Familie sei.

Als kurz darauf aus Franks Jacke fünfzig Mark fehlten, war er außer sich. „Du Dieb", beschimpfte er David und drohte: „Wenn du mich weiter bestiehlst, bringe ich dich weg." Obwohl ich meinen Mann eindringlich bat, sich in seinen Äußerungen zu mäßigen, war er in seiner Wut nicht zu beschwichtigen. Rasend vor Zorn schrie er den Jungen, auf dessen Gesicht sich große Angst spiegelte, weiter an. Schließlich beruhigte er sich und untersagte David für eine Woche jeglichen Kontakt zu Charly, denn er wusste genau, dass es für ihn die größte Strafe war, nicht mit seinem besten Freund zusammen sein zu können.

Während der auferlegten Strafmaßnahme benahm sich David vorbildlich, und als seine Kontaktpause aufgehoben war, fuhr ich beruhigt nach Paris, wohin ich beruflich zu einer Modenschau eingeladen worden war.

Als ich zwei Tage später zurückkehrte, berichtete mir der Junge aufgeregt: „Papa war nie zu Hause", und fügte besorgt hinzu, „und wenn er da war, hat er immerzu telefoniert."

„Das muss Papa doch, um Geld zu verdienen", versuchte ich ihn zu beschwichtigen.

Aber David erklärte altklug: „Aber nicht abends. Und wenn ich ins Zimmer kam, hat er aufgelegt."

Mein Mann blieb immer häufiger über Nacht von zu Hause fort, und ich stellte mit Erschrecken fest, dass mir immer öfter Geld fehlte. Doch als ich mit Frank darüber reden wollte, reagierte er abweisend. Ich hatte den Eindruck, dass seine Haltung gegenüber David in den letzten Wochen in eine mir unerklärliche Gleichgültigkeit umgeschlagen war.

Mit Davids Erziehung alleingelassen, versuchte ich alles Mögliche, um den Jungen wieder auf den richtigen Pfad zu bringen. Aber auch ein Vortrag von Constantin, der kurz darauf mit seiner Klasse auf Reisen ging, fruchtete bei David nichts. Schließlich wusste ich mir keinen anderen Rat mehr, rief den inzwischen genesenen Herrn Müller an und schilderte ihm ausführlich Davids Verhalten.

„Ich komme, sobald ich kann", erwiderte er.

Als er ein paar Tage später bei uns eintraf, hielt er dem teilnahmslos wirkenden David eine Strafpredigt wie ein Kommandeur auf dem Kasernenhof und herrschte ihn zu meinem Entsetzen an: „David, wenn du dich jetzt nicht zusammenreißt, werde ich dich aus der Familie herausnehmen!"

„Dafür hätte der Mann nicht herkommen müssen", dachte ich trostlos. „Anschnauzen können wir das Kind auch alleine."

Herr Müller schien in seinem Element, aber wahrscheinlich fiel ihm auch nichts Besseres ein. Mit erhobenem Zeigefinger schaute er den leichenblassen Jungen böse an und drohte: „Dann kannst du mit anderen Kindern in einem Heim leben." Und mit einem bösen Seitenhieb fügte er hinzu: „Denn anscheinend sind deine Pflegeeltern nicht in der Lage, dich zur Räson zu bringen."

David stand mit steinerner Miene mitten im Zimmer und sagte kein Wort. Als Herr Müller schließlich aufhörte zu reden und ihn eindringlich anschaute, reichte David ihm unterwürfig die Hand und versprach reumütig, sich zu bessern.

„Ich lasse mich überraschen", meinte der Sozialarbeiter und entließ ihn mit den Worten: „Du kannst gehen, ich möchte mit deinen Eltern jetzt allein sprechen."

Noch völlig erschüttert von der schonungslosen Ansprache des Herrn Müller versuchte ich einzulenken: „Aber Kinder in diesem Alter stehlen doch alle einmal."

„Einmal!", konterte Herr Müller barsch. „Aber nicht ununterbrochen."

In diesem Moment sagte Frank, der die ganze Zeit schweigend danebengesessen hatte: „Letztendlich wird es darauf hinauslaufen, dass wir uns von dem Jungen trennen müssen."

Fassungslos schaute ich ihn an. Ich konnte nicht glauben, was er gerade gesagt hatte.

Doch Frank redete unbeeindruckt weiter und erklärte, während Herr Müller zustimmend nickte: „Eine Adoption halte ich zum jetzigen Zeitpunkt für nicht gerechtfertigt!"

Am liebsten wäre ich in Tränen ausgebrochen, aber ich nahm mich zusammen.

Als sich der Sozialarbeiter mit dem für mich bedrohlichen Versprechen, bald wiederzukommen und nach dem Rechten zu schauen, verabschiedet hatte, stritten Frank und ich bis in die tiefe Nacht hinein.

Weil mein Mann auch am nächsten Tag nicht von seinem Standpunkt abwich, dass David für die Familie eine unerträgliche Belastung geworden sei, rief ich in meiner Not Frau Lugmann an. Nachdem sie mir aufmerksam zugehört hatte, erzählte sie mir von einer Begebenheit in einer anderen Pflegefamilie, in der das zehnjährige Pflegekind, sobald das Ehepaar zu streiten begonnen hatte, von zu Hause fortgelaufen war.

Den Eltern, die schon über eine Scheidung nachgedacht hatten, war nichts anderes übrig geblieben, als gemeinsam nach ihrem vermissten Kind zu suchen. „Sie können sich sicherlich vorstellen, warum das Kind sich so verhielt?", fragte mich Frau Lugmann sanft.

„Natürlich", erwiderte ich. „Es wollte die Eltern wieder zusammenbringen, denn es sah seine Zukunft in Gefahr." „Wissen Sie", klärte sie mich auf, „diese weggegebenen Kinder haben einen besonderen Sensor für Unstimmigkeiten. Sie spüren sofort, wenn etwas nicht in Ordnung ist. Ähnlich wie im Tierreich, da verkriechen sich die Tiere, lange bevor das Unwetter über sie hereinbricht." Schließlich fragte sie: „Was ist los bei Ihnen?"

Ich erwiderte unsicher: „Im Grunde ist alles in Ordnung", denn es war mir peinlich, Vermutungen auszusprechen, die sich vielleicht später nicht bewahrheiten würden.

„Suchen Sie nach der Ursache", bat sie mich am Ende des Telefonats.

In diesem Moment ging die Tür auf, und Constantin kehrte fröhlich von seiner Italienreise zurück. Mein älterer Sohn milderte meinen Kummer, denn ich konnte inzwischen mit ihm über alles reden.

„Wir geben Dave nie wieder her", sagte er, nachdem ich ihm von den unerfreulichen Ereignissen während seiner Abwesenheit berichtet hatte.

Als aber Davids Klassenlehrer kurz darauf anrief und mich davon unterrichtete, dass mein Sohn seit geraumer Zeit nur noch unregelmäßig am Unterricht teilnehme und oftmals sogar unentschuldigt mehrere Tage hintereinander fehle, platzte Frank der Kragen. Er wurde laut, und während ich versuchte, ihn zu besänftigen, und bat, Davids Verhalten als altersbedingt anzusehen, gab er dem nicht mit der Wimper zuckenden Jungen eine schallende Ohrfeige.

„Die Schule schwänzen doch alle Kinder einmal", versuchte ich zu beschwichtigen.

Doch Frank ließ sich nicht beruhigen, und ich fürchtete, dass er unser Pflegekind unbedingt loswerden wolle. Sein Verhalten war mir völlig unbegreiflich, denn ich wusste, dass Frank den Jungen wie seinen eigenen Sohn immer abgöttisch geliebt hatte. Ich ahnte damals nicht, dass mein Mann schon seit einiger Zeit plante, sich der gesamten Familie zu entledigen.

Während sich Constantin immer mehr zurückzog, verfiel sein Bruder in den kommenden Wochen in alte Verhaltensmuster und kontrollierte täglich Schränke und Bekleidung. Ständig schien er auf der Hut zu sein. Eines Tages zeigte er mir Franks Telefonkarte, die eine unverständlich hohe Summe an Gesprächseinheiten aufwies, obwohl mein Mann sämtliche Kundentermine von zu Hause aus vereinbarte. Als ich dem keine Beachtung schenkte, verfolgte David seinen Vater und überraschte ihn dabei, als er an einem Sonntagmorgen in einer Telefonzelle am Ende unserer Straße telefonierte.

Inzwischen äußerst beunruhigt, gab ich, als Frank zu einer Tagung unterwegs war, Davids Drängen nach und rief in Franks Hotel an. Schließlich erfuhr ich, dass mein Mann seit geraumer Zeit eine Beziehung mit einer ebenfalls verheirateten Kollegin hatte.

Als ich meinen Söhnen die traurige Wahrheit mitteilte, sagte David mit kalkweißem Gesicht: „Das habe ich mir gedacht", verließ abrupt das Zimmer und betäubte seinen Kummer mit Schlaf, während mich Constantin eindringlich bat, seinem Vater zu verzeihen.

Die Leichtigkeit unseres Lebens war dahin. David wurde wie erwartet nicht versetzt, und als die Ferien begannen, fuhren wir diesmal nicht nach Spanien, sondern blieben in der Schwüle des Sommers zu Hause. Wir klammerten uns an die Hoffnung, dass Frank sich wieder auf seine Familie besinnen würde.

Als David schließlich begriff, dass wir gemeinsam nichts ausrichten konnten, änderte sich seine Einstellung zu seinem Vater grundlegend. Während er bisher Verständnis gezeigt hatte, wurde er nun schroff und ironisch und verzog, sobald sein Vater den Raum betrat, angewidert das Gesicht.

Der heiße, drückende Sommer ging zu Ende, und als Frank Anfang September unser Haus verließ und in eine kleine Wohnung umzog, waren meine Söhne nicht bereit, sich von ihm zu verabschieden.

Kapitel 5
Allein

Mit einem Mal war ich eine alleinerziehende Mutter von zwei Söhnen.

Der dunkelhaarige Constantin war mittlerweile einen Meter und achtzig groß, wurde jedoch von seinem Bruder um gut fünf Zentimeter überragt. David wiederholte, seit die Schule wieder begonnen hatte, die Gymnasialklasse. Während es in Constantins Dachwohnung zuging wie in einem Taubenschlag, war David ständig mit seinem Freund Charly unterwegs. Die beiden waren ein Herz und eine Seele, und da sein Freund aus einer soliden, gutbürgerlichen Familie kam, wusste ich meinen Sohn gut aufgehoben.

Seit Frank das Haus verlassen hatte, benahmen sich die Jungs vorbildlich. Von ihrem Vater im Stich gelassen, gaben sie sich alle Mühe, mir zu zeigen, dass ich nicht allein war.

Das Jugendamt informierte ich nicht über die veränderte Situation, denn ich war mir sicher, dass Herr Müller rigoros und ohne Verständnis handeln würde.

Ohnehin vergriff David sich nicht mehr an meinem Portemonnaie und war auch sonst besonders liebevoll und aufmerksam zu mir. Mindestens einmal am Tag fragte er mich: „Wie geht's dir, Mama?"

Trotz meiner Befürchtungen kamen wir drei in den folgenden Wochen gut zurecht.

Allerdings war das Verhältnis meiner Söhne zu ihrem Vater verständlicherweise nicht mehr wie früher. Während Constantin sich hin und wieder lautstark negativ über seinen Vater äußerte, erwähnte David ihn so gut wie überhaupt nicht mehr.

Als Frank eines Abends kam und sich bei mir über seine komplizierte neue Beziehung beklagte, merkte ich nicht, dass David bei offener Tür zugehört hatte. Mit einem Mal stand er im Zimmer und fragte aufgebracht: „Soll Mama jetzt auch noch dein Seelentröster sein?"

Frank erwiderte nichts darauf und verabschiedete sich rasch. Kaum dass die Tür ins Schloss gefallen war, sagte David abfällig: „Der interessiert sich doch nur noch für seine eigenen Probleme."

Meinen Versuch, dem Jungen klarzumachen, dass es nichts Ungewöhnliches sei, wenn Ehepartner sich trennten, quittierte er mit einem Achselzucken.

Am nächsten Tag ärgerte ich mich, als ich vom Einkaufen nach Hause kam, dass ich die schweren Lebensmittel und Getränkekisten allein ins Haus tragen musste. Constantin war nicht da, und als ich Davids Zimmertür öffnete, schlug mir heftiger Alkoholgeruch entgegen. Da die Rollläden heruntergelassen waren, dauerte es einen Moment, bis sich meine Augen an die Dunkelheit gewöhnt hatten. Schließlich entdeckte ich den Jungen, der laut schnarchend und sichtlich betrunken angezogen im Bett lag.

Aufgeregt hastete ich zum Telefon und flehte Frank an, auf der Stelle zu kommen. Doch zu meiner großen Bestürzung wimmelte er mich ab: „Ich habe selbst etwas getrunken und kann jetzt nicht Auto fahren."

Nach einem heftigen Wortwechsel knallte ich mitten im Satz wütend den Hörer auf und versuchte dann, David zu wecken, indem ich ihm mit einem nassen Waschlappen über das Gesicht wischte.

Als er nach einer Weile die Augen öffnete, schaute er mich verwirrt an, denn anscheinend wusste er nicht, wo er sich gerade befand. Ich wiederholte die Prozedur, und als er schließlich zu sich kam, zerrte ich ihn aus dem Bett und steckte ihn laut schimpfend in die Badewanne mit kaltem Wasser.

Nachdem er einigermaßen klar im Kopf war, hielt ich ihm eine heftige Ansprache und erteilte eine Woche Hausarrest.

Bei meinen Nachforschungen erfuhr ich später, dass mein Sohn mit einer Clique Jugendlicher durch ein geöffnetes Kellerfenster in ein Wohnhaus eingestiegen war und sich dort zusammen mit den anderen Jungen an den vorgefundenen alkoholischen Getränken ausgiebig bedient hatte.

Meine Gelassenheit nahm deutlich ab, als ich kurz darauf in seinem Zimmer Zigarettenstummel fand. Denn als ich ihm zu erklären versuchte, wie ungesund das Rauchen, zumal in seinem Alter, war, erwiderte er ironisch: „Du rauchst doch auch!" Ich hatte während der Trennung tatsächlich damit begonnen, meine innere Anspannung mit blauem Dunst zu betäuben.

Meine Zuversicht schwand endgültig dahin, als er ein paar Tage später in einem Supermarkt beim Stehlen erwischt wurde. Als ich ihn laut anschrie und er mich auslachte, geriet ich so in Rage, dass ich ihm in meiner Hilflosigkeit mit aller Kraft ins Gesicht schlug.

Ich verabscheue Menschen, die sich nicht im Griff haben, und bereute meine Impulsivität sofort. David verzog keine Miene, sondern schaute mich nur durchdringend an. Es war unbeschreiblich, wie schäbig ich mich fühlte, und ich nahm mir fest vor, von nun an, egal, wie auch immer er sich aufführte, nicht mehr die Kontrolle über mich zu verlieren.

Zudem hatte ich inzwischen begriffen, dass Strafe und viele Worte nichts nützten, darum überlegte ich mir eine andere Strategie und bat den Jungen ein paar Tage später, mich beim Einkaufen von Farben zu begleiten, denn seit Franks Auszug hatte ich wieder mit dem Malen angefangen.

Bereitwillig kam David mit.

Nachdem er mir beim Aussuchen der Leinwand fachmännisch zur Seite gestanden hatte, verstaute er anschließend meine Einkäufe hilfsbereit im Auto und hielt mir beim Einsteigen höflich die Fahrertür auf. Auf der Heimfahrt war er äußerst redselig und trug die Malutensilien dann zuvorkommend ins Haus, wobei er meine Hilfe entschieden ablehnte.

Als wir Pinsel und Farben vor uns auf dem Tisch sortiert hatten, fragte David, ob er auch eine Leinwand bemalen dürfe. Ich nickte freudig, denn genau das hatte ich bezweckt. Er begann, ein Schiff zu malen. Das Besondere war, dass er die Segel wie ein riesiges Mosaik in allen Farben anlegte.

Als er damit fertig war, stellte er sein Bild ein Stück von sich entfernt auf und begutachtete es skeptisch.

„Gefällt es dir?", fragte er unsicher.

„Ich bin begeistert", lobte ich, „du hast Talent."

Wenig später klingelte es an der Haustür, und David ließ Franziska herein, meine ehemalige Vorgesetzte aus der Kindertagesstätte, in der ich Jahre zuvor als Kindergärtnerin gearbeitet hatte. Als David zu seinem Bruder ins Dachgeschoss geklettert war, um ihm sein Werk zu zeigen, begann ich, Franziska von meinen Sorgen zu erzählen.

Mit ernster Miene sagte sie: „Du weißt doch, dass Adoptivkinder mit ihren nicht leiblichen Eltern so viel gemeinsam haben wie mit jedem x-beliebigen Passanten auf der Straße." Als ich zustimmte, erklärte sie: „Bei der Entwicklung eines Menschen gibt es eine Faustformel: Zur Hälfte ist seine Persönlichkeit genetisch bestimmt, die andere Hälfte wird von der Umwelt geprägt."

„Das weiß ich doch alles", erwiderte ich ungehalten und fügte aufsässig hinzu: „Außerdem lässt mich das hoffen!"

Aber als Franziska mir vorhielt: „Vergiss Davids Vorgeschichte nicht, denn zusammen mit seiner genetischen Veranlagung ist das ein abenteuerlicher Mix", entgegnete ich bestimmt: „Liebe kann Berge versetzen."

„Dein großes Herz wird dir nicht viel nützen", versuchte sie meinen Enthusiasmus zu dämpfen.

„Wie du weißt", sagte ich, „bin ich in einer Familie mit sechs Geschwistern aufgewachsen. Meine Eltern waren nicht streng, sondern haben viel mit uns geredet und uns erklärt, dass sie uns vor Fehlern nicht bewahren könnten – und genauso handhabe ich das auch. Meine Söhne sind eigenständige Menschen und sollen sich frei entfalten!"

Vom Reden erschöpft, schaute ich auf meine farbverschmierten Hände und fügte kleinlaut hinzu: „David ist in der Pubertät, und die Trennung von zwei Vätern hat Spuren hinterlassen. Im Grunde genommen ist er ein guter Junge."

Und weil ich mich verletzt und wehrlos fühlte, war ich froh, als sie sich endlich verabschiedete.

Meine Idee, David an meinem Hobby teilhaben zu lassen, fiel auf fruchtbaren Boden, denn wir saßen von nun an oft zusammen und malten. Der Junge schien wie ausgewechselt, und es gab nichts, über das ich mich hätte beklagen können.

Als ich bei meinen Stichproben in seinem Zimmer keine Zigaretten mehr entdeckte, war ich davon überzeugt, dass das Rauchen nur eine pubertäre Marotte gewesen war.

Allerdings war das Verhältnis zu seinem Vater nach wie vor äußerst distanziert. Während Constantin sich genau wie ich im Laufe der Zeit mit unserer Trennung arrangiert hatte, reagierte David anders. Er verschwand, sobald Frank das Haus betrat, in seinem Zimmer und lehnte sogar eine Einladung zum Billardspielen ab. Obwohl Frank sich alle Mühe gab, den Jungen zu versöhnen, stieß er auf entschiedene Ablehnung.

„Der verzeiht mir wohl nie", sagte er betrübt, als er wieder einmal zu Besuch war und David sofort das Haus verließ.

Die konsequente Zurückweisung hielt an, doch gerade, als ich die Hoffnung schon aufgegeben hatte, geschah ein kleines Wunder:

Eines Abends Ende November, als es draußen heftig schneite, stand Frank zitternd vor der Haustür und beklagte sich über Schüttelfrost und Übelkeit. Während ich noch überlegte, wie ich ihm am besten helfen könnte, ließ David zu meiner großen Überraschung heißes Wasser in die Badewanne laufen. Und als Frank in der Wanne saß, holte er sein Bettzeug und legte es auf das Sofa im Fernsehzimmer.

Als Frank nach einer Weile aus dem Bad kam, hob David die Bettdecke an und sagte fürsorglich: „Komm, Papa, kuschel dich hier rein."

Frank war darüber so gerührt, dass er David in den Arm nahm und ihn zärtlich an sich drückte. Und als Frank sagte: „Ich danke dir für deine Hilfe, mein Sohn", war das Eis gebrochen. Von diesem Abend an benahm sich David wieder so, als sei nichts geschehen, und wenn Frank zu Besuch kam, begrüßte er ihn herzlich.

Auch die Weihnachtsfeiertage, die Frank gemeinsam mit uns verbrachte, verliefen fast so harmonisch wie früher, als die Kinder klein und wir noch eine heile Familie waren.

Das neue Jahr begann mit anderen Sorgen, denn mein Einkommen reichte nicht für unseren Lebensunterhalt. Darum versuchte ich, ein Zimmer in unserem Haus zu vermieten. Ende März zog die Stewardess Tina als Mitbewohnerin bei uns ein.

Meine Söhne waren von der hübschen Blondine mit den langen Haaren angetan, und Dave trug ihr am Tag ihrer Ankunft äußerst zuvorkommend die Koffer und unzählige Plastiktüten ins Haus. Anschließend schleppte er das Gepäck nach unten in unser ehemaliges Schlafzimmer, das von nun an Tinas Reich sein sollte. Zuvor hatte ich meine Büromöbel eine Treppe höher in das große Wohnzimmer geräumt und das ehemalige Büro für mich als Schlafzimmer eingerichtet.

Am Abend, nachdem Tina ihre Sachen untergebracht hatte, amüsierten wir uns beim Essen über ihre witzigen Geschichten, wobei uns ihre lustige Art zu erzählen sehr zum Lachen brachte.

Mit Tinas Einzug veränderte sich die Stimmung in unserem Haus schlagartig. David blühte regelrecht auf und meinte lächelnd: „Jetzt sind wir wieder eine Familie, nur ohne Vater."

Tinas heitere Art und ihr liebes Wesen verzauberten uns, und im Gegensatz zu früher verbrachten wir viel mehr Zeit gemeinsam. Bisher hatten sich die Jungen meist in ihre Zimmer zurückgezogen, nun saßen sie oft mit uns im Esszimmer und unterhielten sich angeregt mit unserem neuen Familienmitglied.

Und obwohl Tina mit ihrer Unordnung das Haus auf den Kopf stellte, wenn sie von einem Flug zurückkehrte, konnte ihr niemand böse sein, weil sie stets einen lustigen Spruch auf den Lippen hatte. Als sie eines Tages ihre gesamte weiße Wäsche versehentlich grün gefärbt hatte, erklärte sie lachend: „Ich liebe diese Farbe, sie hat so etwas Natürliches!"

Für David war das eine Lebenseinstellung, die er bisher noch nicht kennen gelernt hatte. Und wenn ich mich über ihr heilloses Durcheinander aufregte, war er der Erste, der sie in Schutz nahm und bat: „Ach, Mama, lass sie, sie kann's doch nicht besser."

Schon bald war es April, und David lud zu seinem vierzehnten Geburtstag Freunde und Klassenkameraden ins Kino ein.

Als Tina ihm aus Venedig eine kitschige bunte Gondel mitbrachte, machte ich eine ironische Bemerkung über das meiner Meinung nach für einen Jungen unpassende Geschenk. Aber David stellte sie stolz auf seinen Nachttisch und hatte seine Freude daran, wenn die unzähligen kleinen Lämpchen im Dunklen leuchteten.

Im Mai bestand Constantin, der im Sommer die Realschule beenden würde, die Aufnahmeprüfung für eine Fachoberschule in Frankfurt.

Davids Noten hingegen hatten sich trotz zahlreicher Nachhilfestunden nicht gebessert. Immer öfter klagte er über Übelkeit und Bauchschmerzen. Der enorme Appetit, den er früher hatte, war verschwunden. Oft stocherte er lustlos in seinem Essen herum, um schließlich den Teller mit der Bemerkung „Ich habe keinen Hunger" wegzuschieben.

Doch als ich ihn von unserer Hausärztin gründlich untersuchen ließ, konnte sie nichts Auffallendes feststellen.

David war mein Sohn. Ich wollte die Verantwortung für ihn selbst tragen, und ich war sehr froh darüber, dass Herr Müller uns in Ruhe ließ. Wir hatten in all den Jahren keine allzu große Unterstützung vom Amt erhalten, und so meinte ich, auch jetzt keine Hilfe zu brauchen.

Auch als David wieder zu alten Verhaltensweisen zurückkehrte, verschlossen war und Tina plötzlich Geld fehlte, versuchte ich mit Gelassenheit die Dinge selbst zu regeln.

Auf meine Frage, ob er etwas über den Verbleib des Geldes wisse, antwortete er lapidar: „Weiß ich doch nicht!"

„Wenn du Tina bestiehlst, wird sie ausziehen", erklärte ich ihm streng und sagte: „Ich brauche doch die Miete, die sie bezahlt!" Doch David beteuerte, dass er ihr nichts weggenommen habe.

Als wir am Nachmittag zusammen im Esszimmer saßen, zeigte er auf einen unter dem Tisch liegenden Geldschein und fragte: „Wem gehört der?", und sagte vorwurfsvoll zu Tina: „Du bist unordentlich, du musst in Zukunft besser auf deine Sachen aufpassen." Aber uns allen war klar, dass David das Geld unter den Tisch gelegt hatte.

In den nächsten Wochen beobachtete ich ihn misstrauisch, doch der Diebstahl schien nur ein Ausrutscher gewesen zu sein, denn von nun an fehlte kein Geld mehr. David war so hilfsbereit und lieb wie lange nicht mehr, und ich war glücklich darüber, dass ich mit dieser heiklen Situation so gut fertig geworden war.

„Es geht auch ohne einen Betreuer vom Jugendamt", tröstete ich mich. „Man muss nur lange genug durchhalten, dann erntet man auch die Früchte!"

Im Augenblick waren Davids übertriebene Wünsche das Einzige, was mir auf die Nerven ging. Egal, ob es Kleidung, CDs oder Kinobesuche waren, ihm fiel immer etwas ein, was er dringend haben musste. Darum schlug ich ihm vor, nachdem er mich mehrere Tage wegen teurer Markenjeans angebettelt hatte, Zeitungen auszutragen. „Damit kannst du dein Taschengeld aufbessern und dir Sonderwünsche selbst erfüllen."

Zu meiner Überraschung häuften sich bald darauf in der Garage Werbeprospekte, die David in den folgenden Tagen regelmäßig in die Briefkästen der Umgebung verteilte. Als er mir nach einer Weile stolz sein erstes selbst verdientes Geld zeigte, klopfte ich ihm auf die Schulter und lobte: „Ich bin stolz auf dich." Und ich nahm zufrieden zur Kenntnis, dass er auch in den nächsten Wochen seinen Nebenjob gewissenhaft ausübte.

Gleich nachdem Constantin seinen Realschulabschluss erreicht hatte und die Sommerferien begannen, fuhr Frank mit den beiden Jungen zu seiner Mutter nach Spanien in den Urlaub. Seine

Bitte, ich solle auch mitfahren, hatte ich abgelehnt, obwohl ich inzwischen wusste, dass seine Affäre beendet war.

In meinem Entschluss hatte mich Constantin, aber besonders auch David, unterstützt. Er hatte eindringlich an mich appelliert: „Mama, komm bitte nicht mit, ihr streitet euch doch sowieso nur." Und dann sagte er etwas, worüber ich noch lange nachgedacht habe: „Irgendwann muss man begreifen, dass etwas zu Ende ist, auch wenn es einem noch so schwerfällt."

Als meine Söhne nach drei Wochen wohlbehalten und braungebrannt wieder zurückkehrten, schloss ich sie glücklich in die Arme.

Der Aufenthalt am Meer hatte den beiden sichtlich gutgetan, und sie berichteten ausführlich, was sie erlebt hatten. Während Constantin sich über Miriam lustig machte, die Frank im Urlaub kennen gelernt hatte, und an ihr alles Mögliche auszusetzen hatte, sagte David bestimmt: „Ich finde sie nett, und hübsch ist sie auch."

Einige Tage, nachdem die Jungen wieder zu Hause waren, rief meine Schwiegermutter an. Sie zögerte nicht lange und fragte mich geradeheraus: „Sag mal, hat David dir schon einmal Geld weggenommen?"

Erschrocken über ihre Frage, log ich: „Nein, natürlich nicht!"

„Ich möchte wetten", schimpfte sie aufgebracht, „dass er mich bestohlen hat."

Ohne mir meine Anspannung anmerken zu lassen, gelang es mir schließlich, sie zu besänftigen.

Ich konnte David nachträglich sowieso nichts mehr nachweisen, darum war es zwecklos, ihn jetzt noch danach zu fragen. So verdrängte ich den unangenehmen Gedanken, zählte jedoch, um jegliche Versuchung von ihm fernzuhalten, von nun an in seiner Gegenwart das Geld in meinem Portemonnaie.

Um seine heimliche Raucherei zu unterbinden, mit der er zu meinem Kummer wieder angefangen hatte, durchsuchte ich regelmäßig sein Zimmer nach Zigaretten. Bei einer dieser Kontrollen fand ich einen Stapel Werbeprospekte unter seinem Bett und wusste gleich, dass ihm seine Lust zu arbeiten schon wieder vergangen war. Mürrisch meinte er: „Hab keinen Bock, für die paar Pfennige in der Gegend herumzulaufen."

Das wunderte mich nicht, denn am liebsten zog er mit Freunden umher, und außer, dass er hin und wieder Fußball spielte, hatte er keine anderen Interessen. So blieben seine Leistungen in der Schule, obwohl er inzwischen die Klasse wiederholte, auch dürftig wie zuvor.

Während ich mir um Constantin keine Sorgen mehr machen musste, gab mir David immer wieder Anlass dazu. So kam er eines Tages mit glasigen Augen und einer Alkoholfahne nach Hause. „Bin gleich wieder weg", murmelte er im Vorübergehen mit belegter Stimme, „will noch zu Charly!"

„Das glaube ich kaum", erwiderte ich streng. „Du riechst nach Alkohol!" Und obwohl er entschieden leugnete, auch nur einen Tropfen getrunken zu haben, schickte ich ihn in sein Zimmer.

„Ist ja gut", maulte er. „Ich habe bei Alex ein Glas Bier getrunken. Und das", er schaute mich frech an, „ist ja wohl nicht schlimm!"

Ich hatte keine Ahnung, wer Alex war. Doch als ich mich auf eine Diskussion nicht einließ, verschwand David ohne ein weiteres Wort in seinem Zimmer.

Noch am selben Abend heftete ich ein Blatt Papier mit Regeln an seine Zimmertür und achtete darauf, dass sie auch eingehalten wurden.

Doch das musste ich gar nicht, denn David kam in den darauf folgenden Wochen pünktlich nach Hause, rauchte nicht mehr und hatte ausschließlich Umgang mit Jungen, die ich kannte.

Am ersten Weihnachtsfeiertag kam Frank zu uns, während wir am zweiten meinen Bruder Johannes, seine Frau Isabell und deren drei Kinder, die im gleichen Alter wie Constantin und David waren, besuchten.

Tina und ich waren Silvester bei Freunden eingeladen, und die Jungs verbrachten den Abend mit ihrem Vater und Miriam in einem kleinen Lokal bei uns um die Ecke.

Um Mitternacht trafen wir uns alle auf der Straße, um auf das neue Jahr anzustoßen.

Nachdem ich zu Beginn des Jahres gleich mehrere Male geschäftlich nach Berlin hatte reisen müssen und David jedes Mal sehr bedauert hatte, dass er nicht mitfahren konnte, sagte Tina eines Abends: „Warum ziehst du nicht nach Berlin, die viele Fahrerei ist doch schrecklich anstrengend."

„Als wenn das so einfach wäre", entgegnete ich.

„Musst du nicht in Zukunft ständig diese langen Fahrten unternehmen?", fragte sie.

Während ich zustimmend nickte, meinte Constantin, der mit uns am Tisch saß: „Das ist eine gute Idee, dann könnte ich bei Papa wohnen." Überrascht schaute ich ihn an, aber er erklärte: „Ich bin so oft in meinem Leben umgezogen, dass ich jetzt gern hier in meiner vertrauten Umgebung bleiben möchte."

„Und David?", fragte ich unsicher. „Was wird David davon halten?"

Ehrlich gesagt, war ich von Tinas Vorschlag mehr als angetan. Frank war in letzter Zeit ständig zu Besuch und gab mir deutlich zu verstehen, dass er einer Neuauflage unserer Ehe nicht abgeneigt war. Aber der Kampf um ihn sowie sein oberflächliches Verhalten hatten meine Liebe zu ihm nach und nach erstickt.

Während ich meinen Gedanken nachhing, holte Constantin David zu uns ins Zimmer und erklärte ihm in kurzen Worten unsere Pläne. Fragend schaute ich den Jungen an. Zu meiner großen Überraschung sagte er: „Ich will hier weg, Mama! Es ist stinklangweilig hier." Und ehe ich noch etwas darauf erwidern konnte, fragte er aufgeregt: „Darf Charly mich in Berlin besuchen?"

„Sooft du willst", erwiderte ich, verwundert über seine rasche Einwilligung, und fügte hinzu: „Lasst uns aber erst ein paar Tage darüber nachdenken."

„Nein, das ist jetzt beschlossene Sache", rief Constantin euphorisch und eilte zum Telefon, um Frank anzurufen.

„Geht das alles nicht ein wenig schnell?" Ratlos schaute ich meine Freundin an.

„Nein", erwiderte Tina, „man muss das Eisen schmieden, solange es heiß ist."

„Dann müssen wir beide bald auf Wohnungssuche gehen, Dave", sagte ich, während Constantin seinem Vater am Telefon die frohe Kunde mitteilte. „Und wenn du magst, kann Charly uns dabei begleiten."

„Yeah", jauchzte David, „ich rufe ihn gleich an!"

Dass David im Grunde genommen vor sich selbst davonlief, ahnte ich damals noch nicht; denn ich wusste nicht, dass seine schlechte körperliche Verfassung die Folge von inzwischen regelmäßigem Haschischkonsum war.

Ein neuer Wohnort, die Trennung von falschen Freunden, das erschien ihm als seine Rettung. Jedenfalls hat er mir das Jahre später so beschrieben.

Von nun an war der Junge wie umgewandelt, sogar seine Noten besserten sich etwas. Eifrig besuchte er den Konfirmandenunterricht und schilderte mir anschließend den Verlauf der Stunde. Von dem modernen jungen Pfarrer war er geradezu begeistert und hatte bald den Inhalt des gesamten Katechismus für die Prüfung im Gottesdienst auswendig gelernt. Im Gegensatz zu Constantin war er felsenfest davon überzeugt, dass es einen Gott gibt.

Da ich Herrn Müller vom Jugendamt während der drei Jahre, die wir hier wohnten, nur zweimal gesehen hatte, fasste ich mir schließlich ein Herz und rief ihn an, um ihn von der veränderten Situation und meinen Umzugsplänen zu unterrichten. Entgegen meinen Befürchtungen, er könnte irgendwelche Einwände haben, verlief das Gespräch für mich sehr positiv.

„Teilen Sie mir bitte, sobald Sie eine Wohnung gefunden haben, die neue Adresse mit", meinte er sachlich und fügte hinzu: „Ich werde die Akte ihres Pflegesohnes dann umgehend an das zuständige Jugendamt schicken."

Nach einem knappen „Alles Gute" war das Telefonat beendet.

Mitte April, kurz nach Ostern, es war noch recht kühl für die Jahreszeit, machten David, Charly und ich uns auf den Weg nach Berlin, um nach einer geeigneten Wohnung Ausschau zu halten. Die beiden hatten unzählige CDs eingepackt und zuckten während der Fahrt rhythmisch mit Armen und Beinen zu der Hip-Hop-Musik, die mit voller Lautstärke aus dem Gerät drang. Ihre gute Laune war ansteckend, und ich sang schließlich laut mit.

Ich war überrascht, wie schnell wir Berlin erreicht hatten. Wie immer wohnten wir bei Doris und Wolle, die uns mit lautem Hallo begrüßten.

Nachdem ich mir aus der Zeitung verschiedene Mietangebote herausgesucht hatte, machten wir uns am nächsten Morgen zeitig auf den Weg. Während David die Straßenkarte auf dem

Schoß hielt, dirigierte mich Charly durch den dichten Verkehr. Dabei war Davids ausgezeichneter Orientierungssinn eine große Hilfe.

Doch die meisten Wohnungen hatten entweder zu wenig Zimmer oder waren viel zu groß, und so verging der erste Tag, ohne dass wir etwas Geeignetes gefunden hatten.

Am nächsten Morgen fuhren wir dank der Vermittlung meiner Freundin direkt zu einer Adresse in Charlottenburg.

Als wir die vielen Stufen in den vierten Stock gestiegen waren, überraschte uns eine wunderschöne Wohnung, die wie für uns gemacht schien. Während uns der Vormieter durch alle Räume führte, schaute David Charly fragend an: „Wie gefällt sie dir?" Als dieser zustimmend nickte, waren wir drei uns einig und beschlossen, die Wohnung zu mieten.

Nachdem ich mit dem Vormieter die Modalitäten für die Übergabe der Wohnung geklärt hatte, kramte David in meiner Handtasche und meinte: „Wir müssen noch etwas von uns hierlassen, damit wir bestimmt wieder zurückkommen."

Er hielt mir fragend das grüne Gummipferdchen vor die Nase, das Frank in Saudi-Arabien zu Constantins Geburt vom Chef der Küstenwache geschenkt bekommen hatte. Constantin und später auch David hatten als Kinder damit gespielt.

Da der Vormieter nichts dagegen hatte, stellte David das Spielzeug zufrieden auf das Fensterbrett in seinem zukünftigen Zimmer.

Den restlichen Tag verbrachten wir mit einem Stadtbummel, wobei mich die Jungs in alle möglichen Szeneläden bugsierten und mir etwas anderes zum Anziehen verordneten.

David war übereifrig beim Aussuchen und hatte umwerfend gute Laune. Ich konnte mich nicht daran erinnern, wann ich ihn je so lustig erlebt hatte, und war überzeugt, dass der Ortswechsel eine gute Entscheidung für uns beide war.

Am nächsten Tag meldete ich meinen Sohn in einer Realschule in der Nähe unserer neuen Wohnung an, und kurz darauf machten wir uns auf den Heimweg.

Zu Hause angekommen, begann ich sofort Kartons zu sammeln, wobei mich David tatkräftig unterstützte. Sobald er von der Schule nach Hause kam, marschierte er los, um in den Geschäften der Umgebung nach geeignetem Verpackungsmaterial Ausschau zu halten, und kam jedes Mal freudestrahlend mit diversen Kartons bepackt zurück, die er sorgfältig in der Garage übereinanderstapelte.

Es war wieder so ein heißer Frühsommer, genau wie vor drei Jahren, als wir hierhergezogen waren. Und als wir bald nach unserer Berlinfahrt unterwegs waren, um Davids Konfirmationsanzug zu kaufen, machte uns die große Hitze regelrecht zu schaffen.

Noch dazu war David äußerst wählerisch, und erst nachdem wir durch mehrere Geschäfte gelaufen waren und der Junge die unterschiedlichsten Bekleidungsstücke anprobiert hatte, erklärte er sich mit einem dunkelblauen Zweireiher einverstanden, der mit feinen Nadelstreifen gezeichnet war. Wie immer hatte er Geschmack bewiesen, er sah umwerfend darin aus. Als am Tag der Konfirmation Miriam bewundernd sagte: „Dave, du siehst ja aus wie Lord Fauntleroy", strahlte er über das ganze Gesicht.

Schließlich saßen wir, eine bunte Mischung aus Verwandten und Freunden, dicht gedrängt in der Kirche. Der Gottesdienst verlief nicht so traditionell wie üblich, und ich konnte die Begeisterung meines Sohnes für den Pfarrer gut nachvollziehen. Nachdem die Konfirmanden ohne die Unterstützung des Geistlichen ihre Einsegnung selbst zelebriert hatten, standen sie mit brennenden

Kerzen in einem Halbkreis um den Altar, während der Pfarrer von der Kanzel predigte:

„Jeder Mensch auf dieser Welt hat eine Bestimmung. Jedoch muss er selbst herausfinden, welche Aufgabe das Leben an ihn stellt."

Am Ende der Feierlichkeiten sang ein Gospelchor so mitreißend, dass es Dora und Torsten, die mit ihren Töchtern aus Berlin angereist waren, nicht mehr auf ihren Sitzen hielt. Spontan standen sie auf, sangen laut mit und klatschten zum Rhythmus der Musik in die Hände. Geradezu euphorisch verließen alle nach dem Gottesdienst die Kirche.

David, der sichtlich guter Laune war und bei der Begrüßung sogar ein paar Worte mit Jenny gewechselt hatte, schaute beim Mittagessen zu Hause zufrieden in die Runde und bedankte sich am Abend, nachdem die Gäste sich verabschiedet hatten, glücklich bei mir.

Ernst sagte er: „Dann will ich mal herausfinden, was meine Aufgabe auf dieser Welt ist."

Dora und ihre Familie wollten sich erst am nächsten Tag auf die lange Heimreise nach Berlin machen und übernachteten deshalb bei uns. Spät am Abend, unsere Kinder hatten sich zurückgezogen, erzählte Dora mir, welchen Ärger sie in Berlin mit dem Jugendamt hatte.

Sie wollte mit ihrer kleinen Heilpraktikerpraxis gerne näher an die Innenstadt ziehen, aber das hatte ihr die Betreuerin vom Jugendamt strikt untersagt. „Sie hat mir regelrecht gedroht", meinte Dora, „und gesagt, dass sie mir Jenny sofort wegnehmen werde, sobald ich meinen Plan in die Tat umsetzen würde."

„Das verstehe ich überhaupt nicht", erwiderte ich.

„Sie verlangen von mir", erklärte Dora, „dass ich, weil Jenny vom Jugendamt als heilpädagogisches Pflegekind eingestuft ist, nicht berufstätig bin. Meine Praxis, die ich jetzt im Haus habe, dulden sie gerade noch, aber mehr nicht."

„Wieso ist Jenny so eingestuft worden?", fragte ich.

„Weil sie erhebliche Probleme in der körperlichen und seelischen Entwicklung hat. Und weil", fügte Dora niedergeschlagen hinzu, „kein Pädagoge ihr helfen kann, da wir ja nichts, aber auch gar nichts über ihre Vergangenheit wissen."

„Da hast du Recht", bestätigte ich. „Es wäre doch unbedingt die Aufgabe des Jugendamts gewesen, etwas Licht ins Dunkel der Vergangenheit unserer Kinder zu bringen."

„Es ist schon seltsam", meinte Dora, bevor sie ins Bett ging, „das Vorleben von David und Jenny ist ein einziges großes Geheimnis."

Nachdem Tina und Constantin aus unserem Haus ausgezogen waren, blieb ich noch ein paar Tage mit David allein. Wir hatten vereinbart, dass Frank auch in diesem Jahr unsere Söhne mit in den Spanienurlaub nehmen sollte. Da er Miriam in Wuppertal abholen wollte, sollte die Fahrt etwas später als geplant losgehen.

David hatte mich gefragt, ob er nach seiner Rückkehr aus den Ferien noch ein paar Tage bei Charly bleiben könne, und weil ich in dieser Zeit in Ruhe die Berliner Wohnung einrichten konnte, hatte ich nichts dagegen.

Es war beängstigend still geworden im Haus. Überall standen bereits gepackte Kartons, und da Frank einen Großteil der Möbel abgeholt hatte, herrschte gähnende Leere.

In der ersten Nacht, die wir allein im Haus verbrachten, kam David auf Zehenspitzen ins Schlafzimmer geschlichen und kroch zu mir ins Bett. Er hatte das, seit er zehn Jahre alt war, nicht mehr getan. Auch in den darauf folgenden Nächten wurde ich, kaum eingeschlafen, davon geweckt, dass er sich leise zu mir legte. Allerdings hatte er morgens, wenn ich aufwachte, das Schlafzimmer schon wieder verlassen.

Als Frank David schließlich abholte, umarmte der Junge mich so fest, dass ich kaum Luft bekam, und sagte: „Tschüss, Mama, ich bin bald wieder bei dir." Und als er mit seinem Rucksack zum Auto ging, rief er: „Vergiss mich nicht, ich hab dich lieb."

Ehe ich mich versah, waren die vier unterwegs in die Ferien, während es für mich jede Menge zu tun gab. Glücklicherweise kam Charly jeden Tag und half mir dabei, die restlichen Sachen einzupacken. Er stellte sich dabei äußerst geschickt an. Sogar die Lampen montierte er ab.

Als er Daves Kleiderschrank abbaute, kamen dahinter etliche Hefte zum Vorschein. Ich ahnte nichts Gutes. Schon seit Längerem hatte ich Davids Sparbuch vermisst. Als ich vor einiger Zeit aufgeregt im ganzen Haus danach gesucht hatte, war der Junge merkwürdigerweise relativ gelassen geblieben und hatte sich an der Suche nicht beteiligt.

Während Charly die Schrankteile nach unten trug, um den Möbelpackern die Arbeit zu erleichtern, fand ich unter dem Papierkram auch das vermisste Sparbuch. Zu meinem Entsetzen stellte ich fest, dass von den angesparten tausend Mark nur noch ein paar Pfennige übrig geblieben waren, und starrte erschüttert auf die regelmäßigen Geldabhebungen.

Am liebsten wäre ich sofort ans Telefon gestürzt und hätte Frank angerufen, aber weil ich ihm den Urlaub nicht verderben wollte, ließ ich es bleiben.

Als am Tag darauf per Einschreiben Davids Zeugnis kam, war meine gute Laune endgültig dahin. Am meisten ärgerte ich mich über die Sechs in Englisch, denn der Junge beherrschte seine Muttersprache fließend.

Doch als der beladene Möbelwagen unsere Straße verließ, atmete ich tief durch und kehrte der Vergangenheit den Rücken.

Mit dem festen Vorsatz, in Berlin alles besser zu machen, stieg ich in mein kleines Auto und folgte dem Transporter Richtung Autobahn.

Kapitel 6
Berlin

Kaum in Berlin angekommen, fühlte ich mich in meiner neuen Umgebung wie zu Hause.

Während Inge die Wohnung einzuräumen half, brachte Dora, wie es Brauch ist, Brot, Salz und ein Geldstück, damit diese im Hause niemals ausgehen mögen.

Dora hatte inzwischen eine zusätzliche Ausbildung zur Schamanin absolviert. Aus Sorge um Jenny hatte sie dem Druck des Jugendamts nachgegeben und übte ihren Beruf als Heilpraktikerin nach wie vor zu Hause aus.

Als in der Wohnung bald alles an seinem vorgesehenen Platz stand, begann ich mit Flora, meiner kleinen weißen Malteserhündin, die Umgebung zu erkunden, und schon nach zwei Wochen kam es mir vor, als hätte ich mein ganzes Leben hier verbracht. Den Kummer der Vergangenheit hatte ich weit hinter mir gelassen und schaute optimistisch in die Zukunft. Aber je länger ich allein war, umso mehr fehlten mir meine Kinder, und ich begann die Tage bis zu Davids Eintreffen zu zählen.

Endlich war der Urlaub vorbei, und meine Söhne waren wieder wohlbehalten zurück in Deutschland.

Nachdem David ein paar Tage bei Charly verbracht hatte, rief er mich eines Abends an und berichtete mir kleinlaut, dass er und sein Freund von der Polizei erwischt worden seien.

„Wir wollten uns das Fahrrad doch nur ausleihen", unterbrach er meine Vorhaltungen und jammerte: „Aber weil wir Werkzeug dabeihatten, macht die Polizei eine geplante Straftat daraus und hat den Vorfall nach Berlin weitergeleitet."

Besorgt telefonierte ich mit Charlys Mutter, die sich über die Missetat ihres Sohnes jedoch nicht aufregte. Sie meinte, Kinder, insbesondere Jungen, müssten alles einmal ausprobieren. Auch Frank machte kein Hehl daraus, dass er die Sache nicht tragisch nahm, und so vergaß ich meinen Unmut.

Ein paar Tage später, als David im Zug nach Berlin unterwegs war, konnte ich seine Ankunft kaum erwarten.

Der Bahnhof Zoo war zu Fuß nur ein paar Minuten von unserer Wohnung entfernt. Nachdem ich Flora eine rote Schleife um den Hals gebunden hatte, machte ich mich auf den Weg.

Kurz darauf fiel mir David, der braungebrannt mit strohblondem Haar aus dem Zug stieg, um den Hals. „Hi, Mom", sagte er und wischte eine Träne weg, die über meine Wange kullerte. „Nicht weinen, ich bin ja jetzt da." Dann begrüßte er Flora, die sich vor Freude wie wild im Kreis drehte.

Kaum waren wir aus dem Bahnhof heraus, als ein älterer Mann zu mir sagte: „Det is ja niedlich, mit die Schleife am Hundchen haste deinen Sohn am Bahnhof abjeholt."

David schaute mich erstaunt an und fragte: „Kennst du den Mann?"

Lächelnd schüttelte ich den Kopf und erklärte: „Daran musst du dich jetzt gewöhnen, die Berliner sind sehr aufgeschlossen."

„Det jefällt mir!", meinte David grinsend.

Als wir kurz darauf die Treppe zu unserer Wohnung hochstiegen, keuchte er: „Daran muss ich mich auch erst einmal gewöhnen, ich wusste gar nicht mehr, dass es so viele Stufen sind."

Von der Gemütlichkeit der Wohnung, aber besonders von der Einrichtung seines Zimmers, war er hellauf begeistert. Ich hatte ihm als Überraschung anstelle seines alten Bettes ein bequemes Schlafsofa gekauft. „Sogar meine alten Baseballhandschuhe hast du aufgehängt, Mom", sagte er glücklich.

Wir gingen durch alle Räume, wobei David auch in die Schränke schaute und bemerkte: „Ich muss ja in Zukunft wissen, wo alles ist."

Danach schlug ich vor: „Wollen wir zur Feier des Tages etwas essen gehen?"

Kurz darauf saßen wir in Antonios Tapasbar auf der gegenüberliegenden Straßenseite. Während wir an einem einfachen Holztisch draußen unter Bäumen eine Platte mit leckeren spanischen Vorspeisen aßen, beschrieb David in allen Einzelheiten den Urlaub.

Es war ein wunderschöner Abend, ich konnte mich nicht erinnern, wann ich zuletzt mit einem meiner Söhne so entspannt zusammengesessen hatte.

Am nächsten Morgen stand David früh auf, und während ich für uns beide das Frühstück zubereitete, holte er Brötchen und führte Flora um den Block. Als wir anschließend in unserer geräumigen Küche saßen, fragte er mich, ob es möglich sei, für ihn einen Computer anzuschaffen.

„Das ist eine gute Idee, du hast ja gespart und kannst das Geld dafür von deinem Sparbuch nehmen", sagte ich ernst.

Betreten senkte er den Blick.

„Ich weiß inzwischen, dass du dein Geld ausgegeben hast", sagte ich traurig. „Ich bin darüber maßlos enttäuscht, und ich frage mich, was du mit dem Geld gemacht hast. Wenn wir beide hier in Berlin zurechtkommen wollen, müssen wir offen miteinander sein. Ab jetzt keine Heimlichkeiten mehr, Dave. Kein Lügen und schon gar nicht Stehlen! Gerade du", sagte ich eindringlich, „magst es doch überhaupt nicht, wenn man etwas hinter deinem Rücken tut."

Ich versprach ihm, dass er in Zukunft alles, und sei es auch noch so schlimm, mit mir besprechen könne.

Als er mit gesenktem Kopf still vor mir saß und nichts erwiderte, fragte ich: „Wirst du dich daran halten?"

Er hob den Kopf, schaute mich aufrichtig an und sagte: „Ich verspreche es dir, Mom. Ich versprech's dir hoch und heilig", und hielt dabei wie zum Schwur die Finger in die Höhe. Als er mir die Hand entgegenstreckte, drückte ich sie nur allzu bereitwillig.

„Den Computer", versprach ich, „werde ich, weil du ihn für die Schule brauchst, kaufen, aber dann müssen wir das Geld zusammenhalten, denn ich weiß nicht, wie viel ich in der nächsten Zeit verdienen werde und welche Ausgaben hier auf mich zukommen."

Als wir am nächsten Tag um den großen See spazierten, der nicht weit von unserer Wohnung entfernt lag, und dabei eine rege Unterhaltung führten, war ich davon überzeugt, dass wir miteinander auf einem guten Weg waren.

Bald waren die Sommerferien vorüber, die Schule begann.

Leider wurde David aufgrund seines schlechten Zeugnisses nur in die siebte Klasse aufgenommen.

David erzählte mir, dass nur wenige Mitschüler seiner Klasse in einer intakten Familie lebten. „Die meisten sind wie du alleinerziehend."

Gleich nach dem ersten Schultag brachte er Hamit, einen türkischen Mitschüler, mit nach Hause. Einen extrovertierten Jungen, der sein langes dunkles Haar zu einem Pferdeschwanz zusammengebunden hatte und sich mit einem Rap-Song vorstellte: „Hejo, ich bin ein Türke aus Berlin, hejo, ich hab fünf Schwestern ..."

Um von nun an nichts zu versäumen und weil die beiden Jungen sich immer öfter trafen, legte ich großen Wert darauf, Hamits Eltern kennen zu lernen. Er lebte mit seinen Schwestern bei seiner Mutter, die mit ihrer hellen Haut und blonden Haaren völlig untypisch für eine Türkin aussah. Sie betrieb einen florierenden Friseursalon in unserem Stadtteil. Genau wie ich war sie sehr darauf bedacht zu wissen, mit wem ihr Sohn befreundet war.

David lebte sich schnell ein und blühte in der folgenden Zeit regelrecht auf. Bald nannte er wie ein echter Berliner die Brötchen „Schrippen". Es war ihm deutlich anzumerken, wie wohl er sich in seiner neuen Umgebung fühlte.

Täglich aßen wir gemeinsam zu Mittag, und ich freute mich über seinen enormen Appetit. Es dauerte nicht lange, und er hatte ordentlich an Gewicht zugelegt. Seine Haut war nicht mehr so blass, und er sah mit seinen fünfzehn Jahren wie ein gesunder Junge aus.

Seine Hausaufgaben machte er meistens nach dem Essen, und wenn er sich nachmittags in der Stadt, die er bald wie seine Westentasche kannte, mit anderen Jugendlichen traf, war er jedes Mal pünktlich wie vereinbart zurück.

Bald wurde auch der Computer geliefert. Als Probleme bei der Installation auftraten, rief ich einen alten Freund von uns an.

Wir hatten Ben damals in Libyen kennen gelernt. Nachdem er jahrelang in China und Moskau für deutsche Firmen unterwegs gewesen war, arbeitete er seit einiger Zeit für ein internationales Unternehmen in Berlin. Ich hatte ihn kurz nach meiner Ankunft hier durch Zufall auf dem Ku'damm getroffen. Überrascht waren wir uns mit den Worten „Die Welt ist klein" in die Arme gefallen. Ben pendelte an den Wochenenden zwischen Berlin und Dänemark, wo seine Frau eine Schafzucht betrieb, hin und her. Er kam noch am selben Abend zu uns.

David, der Ben von unseren früheren Auslandstreffen kannte, mochte den schlanken Mann mit dem buschigen Schnurrbart und lachte, als er sich, kaum zur Tür hereingekommen, meine Gitarre schnappte und zu singen anfing. Doch dann schaute Dave ungeduldig auf die Uhr, und Ben kümmerte sich um die Vernetzung des Rechners, wobei ihm David tatkräftig zur Hand ging.

Ich war froh, dass Ben da war. Er hatte vier Kinder, kannte sich mit jungen Leuten also aus, und seine unkomplizierte Art tat David gut.

In den nächsten Tagen erklärte mir David, wie man mit einem PC arbeitet, denn obwohl ich einen Computerkurs besucht hatte, war die Umsetzung für mich hin und wieder kompliziert. Geduldig erklärte er mir immer wieder die einzelnen Schritte und führte mich so geschickt in die Welt des Internets ein.

Bald darauf kamen Dora und ihre Mädchen, um David in Berlin willkommen zu heißen. Als Begrüßungsgeschenk brachte Jenny ihrem Bruder einen kleinen gläsernen Berliner Bären mit. Und Dora gab ihm die E-Mail-Adresse seiner Schwester Lisa aus Amerika.

„Wo hast du die her?", fragte ich erstaunt.

„Ach, Torsten hat einfach mal wieder in Ohio angerufen, denn Jenny wollte gerne mit ihrer Schwester reden, und da hat er die Adresse bekommen", erklärte sie mir.

Doch David steckte den Zettel achtlos in seine Hosentasche und ging mit der Bemerkung, er müsse unbedingt noch etwas für die Schule erledigen, aus der Küche.

„Wie kommst du mit dem Jugendamt zurecht?", fragte Dora mich.

„Eine Frau ist für Dave zuständig", erklärte ich. „Sie wirkte sehr überarbeitet. Einmal war sie bisher hier, um nach dem Rechten zu sehen. Aber", sagte ich zufrieden, „sie fand alles wunderbar, und seitdem habe ich sie nicht mehr gesehen."

„Ich habe nach wie vor erhebliche Probleme", meinte Dora.

„Jenny ist ein zutiefst gestörtes Kind, doch das will keine der Behörden wahrhaben. Im Grunde genommen werde ich nur belächelt, die halten mich wahrscheinlich für hysterisch."

Nachdem die drei gegangen waren, meinte David: „Meinetwegen müssen die gar nicht mehr kommen." Doch ich hoffte, dass sich das Verhältnis zu seiner Schwester mit der Zeit bessern würde, und ließ ihn erst einmal in Ruhe.

Ich hatte keinen Grund zu klagen, denn er brachte gute Noten mit nach Hause, war zuverlässig und ging liebevoll und fürsorglich mit mir um.

Obwohl er sich in Berlin inzwischen gut eingelebt hatte, vergaß er nicht, fast täglich seinen Bruder anzurufen. Als Constantin sich eines Abends bei David heftig über Frank beschwerte, hörte ich, wie er zu ihm sagte: „He, Alter, lass dich bloß nicht unterkriegen." Und er munterte Constantin mit den Worten auf: „Sind doch bald Herbstferien, dann kommst du her."

Der Sommer ging vorüber. Es wurde kühler, ein heftiger Wind strich oft durch den Innenhof und riss die bunten Blätter von den Bäumen.

Während wir die Tage bis zu Constantins Ankunft zählten, stellte ich mit Unbehagen fest, dass es bei mir beruflich nicht so gut lief, wie ich gehofft hatte. Darum erklärte ich David, dass wir sparsam mit unserem Geld umgehen müssten.

In den folgenden Wochen beobachtete ich, wie bescheiden er sein konnte. Im Gegensatz zu früher äußerte er keine Wünsche mehr. Außerdem war er darauf bedacht, dass die Computer nicht unnötig liefen und dass keine Lampe in einem Zimmer brannte, in dem wir uns gerade nicht aufhielten.

„Mom", sagte er, „du musst mir im Moment kein Taschengeld geben. Wenn ich etwas dringend brauche, melde ich mich."

Aber ich winkte ab und sagte: „So schlimm ist es nun auch wieder nicht."

Als wir Constantin vom Bahnhof abgeholt hatten, ging es sofort lebhaft und fröhlich in unserer Wohnung zu. Kaum war er die vier Stockwerke nach oben gestiegen, inspizierte Constantin interessiert die Zimmer, während David ihm nicht von der Seite wich. Und als kurz darauf das laute Gelächter meiner Söhne bis zu mir in die Küche schallte, bereitete ich summend das Abendessen zu.

Nachdem wir gegessen hatten, begann Constantin über das schlechte Verhältnis zu seinem Vater zu lamentieren. Schließlich unterbrach ihn David ungehalten: „Du kannst doch etwas Rücksicht auf Papa nehmen, er hat es auch nicht leicht mit dir!"

Constantin wurde sofort laut und brüllte: „Ich kann es nicht mehr hören! Rücksicht, Rücksicht, wer nimmt denn auf mich Rücksicht?"

David zog die Stirn kraus und meinte: „Na komm, du bist auch nicht immer einfach. Gerade gehst du wieder an die Decke." Und er fügte besänftigend hinzu: „Komm mal runter, Consti."

Das half, denn Constantin wurde augenblicklich friedlich und lächelte seinen Bruder verlegen an. Nach dem Essen gingen die beiden Jungen in die Stadt und kamen später in bester Stimmung zurück.

Die nächsten Tage verliefen harmonisch. Wir besichtigten gemeinsam verschiedene Sehenswürdigkeiten, und als eines Abends Tina uns besuchen kam und allerlei Anekdoten zum Besten gab, war es genauso lustig wie früher.

Die Zeit mit Constantin ging viel zu schnell vorüber, und als sich die beiden Jungen beim Verabschieden umarmten, bemerkte ich, wie schwer es ihnen fiel, sich voneinander zu trennen. Besonders David wollte seinen Bruder gar nicht mehr loslassen.

Da der Scheidungstermin mit Frank anstand und ich außerdem in Frankfurt einen Geschäftstermin hatte, brachte ich Constantin mit dem Auto zurück.

Meine Bedenken, David allein in der Wohnung zu lassen, erwiesen sich als unbegründet, denn als ich zurückkehrte, war alles in bester Ordnung. Mein Sohn hatte sogar eingekauft und die Küche geputzt. Selig schloss er seinen Freund Charly, den ich als Überraschung mitgebracht hatte, in die Arme.

Während Charlys Aufenthalt bei uns küsste und umarmte David mich ständig und sagte mehrmals am Tag: „Hab dich lieb, Mom."

Der Besuch von Constantin und Charly hatte David gutgetan, denn er begriff, dass ihm, obwohl er jetzt in Berlin lebte, weder Bruder noch Freund verloren gehen würden.

Als ich Ende Oktober Freunde zu meinem Geburtstag eingeladen hatte und darüber nachdachte, was ich meinen Gästen anbieten könnte, schlug David mir Kartoffelpuffer vor und meinte: „Die kosten nicht viel."

Am Samstagmorgen überraschte er mich mit einem gedeckten Frühstückstisch, auf dem ein Muffin mit einer brennenden Kerze stand. Daneben lag ein Buch, das ich mir schon seit Langem hatte kaufen wollen, und in einer Vase steckte ein kleiner Strauß bunter Herbstblätter. Den ganzen Tag über gab David mir durch seine zuvorkommende Art das Gefühl, für ihn etwas ganz Besonderes zu sein.

Als die Gäste eintrudelten, verschwand er nicht wie früher in seinem Zimmer, sondern unterhielt sich angeregt und erzählte begeistert, was er in der Zwischenzeit erlebt hatte und wie gut es ihm in Berlin gefalle. Es war nicht zu übersehen, wie wohl sich der Junge unter all meinen Freunden fühlte, die nun auch ein Teil seines Lebens geworden waren.

Nachdem sich der letzte Gast verabschiedet hatte, half David mir aufzuräumen und sagte, als er in sein Zimmer ging: „Nacht, Mom, war ein echt schöner Abend."

Als der Winter Einzug hielt, wehte ein eisiger Wind, und wir mussten uns erst einmal daran gewöhnen, Handschuhe und Mützen zu tragen. Im Gegensatz zu Hessen herrschte in Berlin ein raues Klima.

An einem Sonntagmorgen weckte mich David fröhlich und rief: „Schau nur, wie die Bank im Hof aussieht!"

Offenbar hatte es die ganze Nacht hindurch geschneit. Die großen Bäume trugen dicke Schneehauben, und die schmiedeeiserne Bank an dem kleinen Teich, den die Hausmeisterin angelegt hatte, sah aus wie ein mächtiges Ungetüm.

Als er mit Flora vom anschließenden Spaziergang nach Hause kam und sie dicke Schneeklumpen an den Pfoten hatte, steckte David sie kurzerhand in die Badewanne. Es war eine Freude, mit anzusehen, wie der Junge sich entwickelte, und die alten Wunden begannen zu verheilen.

Außer Hamit, der inzwischen Davids bester Freund geworden war, brachte mein Sohn auch andere Jungen mit nach Hause. Sobald sie die Wohnung betraten, stellte er die Neuankömmlinge vor und erklärte mir deren Familienverhältnisse. Es war nicht zu übersehen, wie sehr er darauf bedacht war, dass ich genau wusste, mit wem er befreundet war.

Doch er nahm auch Anteil an meinem Leben und unterstützte mich in vielen alltäglichen Dingen. Unsere Einkäufe erledigten wir immer gemeinsam. Sobald wir einen Supermarkt betraten, prüfte er die Sonderangebote und achtete darauf, dass ich nicht zu viel Geld ausgab.

Anschließend schleppte er die Einkäufe die vielen Stufen hinauf und lehnte es entschieden ab, wenn ich ihm dabei helfen wollte.

Als wir eines Nachmittags zusammen am Computer saßen und er mir das Korrespondieren mit anderen Menschen über das Internet erklärte, zeigte er mir zu meiner großen Überraschung mehrere E-Mails von seiner Schwester Lisa, mit der er sich inzwischen regelmäßig schrieb. Anscheinend hatte er, anders als mit Jenny, bei Lisa keine Berührungsängste.

Ich verstand, dass David dieses neue Leben allein mit mir dringend gebraucht hatte, und war nachträglich doppelt froh über meinen Entschluss, den Wohnort zu wechseln. Ich dachte auch wieder darüber nach, David endlich zu adoptieren. Aber ich nahm mir vor, noch ein paar Monate vergehen zu lassen.

Obwohl David sich sichtlich wohlfühlte, fragte ich ihn von Zeit zu Zeit ob ihm irgendetwas fehle. Nachdem er stets mit „Alles okay, es geht mir prima" geantwortet hatte, erwiderte er eines Tages auf meine Frage, ohne zu zögern: „Papa fehlt mir sehr."

So schlug ich ihm vor, seinen Vater in den Winterferien zu besuchen, und er eilte schnurstracks zum Telefon. Nachdem er mit Frank einen Termin vereinbart hatte, beendete er strahlend das Telefonat und sagte: „Papa freut sich, aber ich erst!"

Ich war sehr glücklich darüber, dass es trotz unserer Scheidung nicht zu einem Bruch zwischen Vater und Sohn gekommen war. Auch Frank war inzwischen davon überzeugt, dass David ihn für seine weitere Entwicklung dringend brauchte. Darum empfing er seinen Sohn, sooft es ging, mit offenen Armen.

Als wir fast ein halbes Jahr in Berlin wohnten und Weihnachten vor der Tür stand, wartete David voller Ungeduld auf Constantin, der das erste Weihnachtsfest in der neuen Wohnung mit uns zusammen verbringen wollte.

Nachdem David eine kleine Tanne in den vierten Stock geschleppt und mit mir die Weihnachtseinkäufe erledigt hatte, holten wir Constantin am dreiundzwanzigsten Dezember vom Bahnhof ab.

Während ich den Baum schmückte und das Festessen vorbereitete, steckten die Brüder die Köpfe zusammen und redeten bis tief in die Nacht hinein.

Am Heiligen Abend standen wir kurz vor der Bescherung auf dem Balkon und lauschten, während dicke Flocken vom Himmel fielen, dem Leierkastenmann, der unten im Hof kräftig das Schwungrad seiner Drehorgel drehte und dazu Weihnachtslieder sang. Nach und nach öffneten sich auch in den gegenüberliegenden Häusern die Fenster. David wickelte Münzen in Papier und warf sie nach unten. Mit einer eleganten Verbeugung bedankte sich der Leierkastenmann.

Nachdem die Musik verklungen war, stieß David seinen Bruder lachend in die Seite und meinte: „So etwas gibt's nur in Berlin!"

Vor ein paar Tagen hatte David mich gebeten, den Heiligen Abend nicht wie früher zu feiern, als wir noch eine intakte Familie waren. Constantin, der schon im Alter von vier Jahren meine Heimlichtuerei in der Vorweihnachtszeit mit „Scheißchristkind" kommentiert hatte, war begeistert.

Nachdem ich die Kerzen angezündet hatte, saßen wir nun im Wohnzimmer und würfelten zu Weihnachtsmusik aus dem Radio um die Geschenke. Wer von uns die höchste Zahl erreicht hatte, durfte eines der Päckchen, die unter dem Baum lagen, auspacken. Und obwohl die Geschenke in diesem Jahr nicht sonderlich großzügig ausfallen konnten, waren meine Söhne glücklich und zufrieden.

Bald darauf kamen wie verabredet unsere Gäste: Steve, den ich inzwischen kennen gelernt hatte, und Inge, die noch einen

Arbeitskollegen mitbrachte. Als wir schließlich alle zusammen am großen Tisch in der Küche den traditionellen Gänsebraten aßen, hob Constantin sein Glas und sagte: „Ich trinke auf diese fröhliche Gesellschaft." Und David meinte: „So müssen wir ab jetzt Weihnachten immer feiern."

In den nächsten Tagen waren die Brüder oft in der Stadt unterwegs, doch an Silvester standen wir drei nach dem Bleigießen um Mitternacht gemeinsam auf der Straße und ließen Raketen steigen.

Am Neujahrstag fuhr Constantin nach Hause. David erzählte, sein Bruder habe ihm anvertraut, dass er nach seinem Schulabschluss in eine eigene Wohnung ziehen wolle. „Der kommt mit Papa einfach nicht klar."

Gleich nach Neujahr begann für Dave die Schule wieder. Ich stürzte mich in meine Arbeit, und bald stellte sich der so lang ersehnte Erfolg ein.

Doch es dauerte nicht lange, bis vom Gericht eine Vorladung für David im Briefkasten lag, mit der er aufgefordert wurde, wegen des versuchten Fahrraddiebstahls in Hessen in Begleitung eines Erziehungsberechtigten am Montag der folgenden Woche im Kriminalgericht Moabit zu erscheinen.

Im Grunde genommen hätte ich das Jugendamt davon unterrichten müssen, aber die Erfahrung hatte mich gelehrt, besser zu schweigen. Außerdem hatte sich die Sozialarbeiterin nicht wieder gemeldet, und für mich war David ohnehin schon seit langem kein Pflegekind mehr, sondern mein eigener Sohn.

Am Montagmorgen zog ich meinen biedersten Mantel an und machte mich mit dem schweigsamen Jungen auf den Weg. Beim Gericht angekommen, mussten wir unsere Taschen ausleeren. Anschließend wurden wir abgetastet, und ich durfte nicht einmal meine Handtasche mit in das Gebäude nehmen. Als uns ein

Mann entgegenkam, den zwei Polizisten in Handschellen abführten, wurde David blass.

War bei Charly in Hessen das Verfahren wegen Nichtigkeit sofort eingestellt worden, legte man hier in Berlin vielleicht andere Maßstäbe an.

Beklommen warteten wir beide vor dem Gerichtssaal, bis wir aufgerufen wurden. David musste sich vor das Richterpult begeben und schilderte, nachdem seine Personalien überprüft worden waren, mit leiser Stimme den Sachverhalt. Nachdem er damit fertig war, hielt der Richter ihm eine Strafpredigt, die sich gewaschen hatte: Eine kriminelle Karriere beginne meistens mit kleinen Dingen, ende aber oft mit schweren Delikten. Dabei bat er David, der kerzengerade vor ihm stand, in strengem Ton, ihn doch bitte anzuschauen. Schließlich entließ er meinen Sohn, indem er ihm mitteilte, dass das Verfahren eingestellt werde, und gab ihm den Rat mit auf den Weg, sich von nun an nicht mehr zu schlechten Aktivitäten verleiten zu lassen.

Aufatmend verließen wir das Gericht. Froh, dass mein Sohn mit einem blauen Auge davongekommen war, lud ich ihn in ein Bistro zum Mittagessen ein.

Auf der Heimfahrt sagte er zu mir: „Voll krass, das war mir eine Lehre."

Bald darauf begannen die Winterferien. David brachte ein ordentliches Zeugnis mit nach Hause und packte seinen Rucksack, um Frank und Constantin zu besuchen. Fröhlich winkte er mir zum Abschied aus dem Zugfenster, bis ich ihn nicht mehr sehen konnte.

Als David wieder zu Hause war, rief Frank an und geriet ins Schwärmen. „Was hast du mit dem Jungen angestellt?", fragte er und berichtete, David habe sogar die Betten gemacht und auch sonst in ihrem Männerhaushalt für Ordnung gesorgt.

„Ich habe nichts anderes gemacht als bisher", erwiderte ich. „Anscheinend bekommt ihm der Ortswechsel besser, als ich in meinen kühnsten Träumen zu hoffen gewagt hätte."

Unser Leben war wunderschön. David und ich waren ein Herz und eine Seele. Wir hatten ein geradezu inniges Verhältnis zueinander. Manchmal unterhielten wir uns bis spät in die Nacht hinein, und hin und wieder erzählte er mir das eine oder andere von seiner Herkunftsfamilie.

Bei seiner Untersuchung damals auf dem Gesundheitsamt hatte die Ärztin einen länger zurückliegenden Knochenbruch am Fuß festgestellt, und auf ihre Frage, wann und wie das passiert sei, hatte der kleine Junge nur ängstlich die Schultern gezuckt. Nun erfuhr ich, dass er damals allein mit Jenny auf der Straße gespielt hatte und von einem Auto erfasst wurde.

„Paula kam angerannt", berichtete er, „und ich wurde mit einem Krankenwagen ins Hospital gebracht und dort operiert. Danach trug ich noch lange einen Gips." Auf meine Frage, wie alt er ungefähr gewesen sei, meinte er: „Ich glaube, ich war vier."

Ich genoss mein neues geordnetes Leben. Die Harmonie. Die Freunde. Auch mein beruflicher Erfolg hielt an, und mir fiel ein Stein vom Herzen, weil unsere Zukunft gesichert war.

Da es uns nun finanziell gut ging, bekam Dave zu seinem sechzehnten Geburtstag im April ein Handy und viele „coole Klamotten", von denen er schon lange geschwärmt hatte.

Es wurde Mai, und kaum konnte man die ersten warmen Sonnenstrahlen genießen, schoben die Wirte der Straßenlokale in unserem Viertel Tische und Stühle nach draußen.

„Was machen wir in den Sommerferien?", fragte ich gut gelaunt, als ich an einem dieser herrlichen Frühlingstage mit David und Steve bei Antonio draußen unter den hohen Bäumen saß. Ich freute mich, dass der Junge heute mit uns den Abend verbrachte. Denn David hatte sich plötzlich verändert. In letzter Zeit war er meist mürrisch und schroff. Außerdem lehnte er meine Gesellschaft ab und war fast nur noch mit seinen Freunden unterwegs.

Doch als Steve mich darauf aufmerksam gemacht hatte, dass mein Sohn auf ihn anders als sonst wirke, hatte ich das mit einem Achselzucken abgetan. Ich fand das Verhalten von David völlig normal, denn er war jetzt in einem Alter, in dem er begann, sich von mir abzunabeln.

Als ich ihm an diesem herrlichen Abend im Mai vorschlug: „Wollen wir zusammen mit deinem Bruder nach Spanien fahren?", antwortete er unfreundlich: „Eigentlich wollte ich zur Love Parade, aber ist mir egal."

„Was haltet Ihr davon, wenn ich mitkomme?", fragte Steve.

David grinste und meinte: „Det is ne jute Idee!"

Auch Constantin war einverstanden, und so buchte ich in einem Reisebüro ein Häuschen mit Swimmingpool in Spanien, das in der Nähe des Hauses von Franks Mutter lag.

Da Frank zur selben Zeit wie wir dort Urlaub machen würde, konnten sich unsere Söhne mit ihrem Vater bei der Oma treffen.

Doch allem Anschein nach freute David sich nicht sonderlich auf die gemeinsamen Urlaubstage, denn er war schlecht gelaunt und interessierte sich nicht für das, was um ihn herum vor sich ging. Überhaupt kam eine Unterhaltung nur noch zustande, wenn ich ihn ansprach. Obwohl ich es ihm ausdrücklich verboten hatte, rauchte er, sobald ich ihm den Rücken kehrte, wie ein Schlot.

Inge hatte, als ich mich darüber bei ihr beklagte, meine Bedenken mit der Bemerkung „Hör auf, ihn auf Schritt und Tritt zu kontrollieren!" rasch abgetan.

So versuchte ich mir nicht so viele Gedanken zu machen und nahm auch sein mäßiges Zeugnis, das er am letzten Schultag mit nach Hause brachte, gelassen zur Kenntnis.

Auf dem Weg in den Spanienurlaub holten wir Constantin in Frankfurt ab. Wie im Prospekt angegeben, war das Haus, das wir gemietet hatten, wunderschön. Meine Söhne konnten sich vor Lachen nicht mehr halten, als Steve beim Anblick der geräumigen spanischen Küche mit den roten Bodenfliesen in die Hände klatschte und entzückt ausrief: „Schaut doch nur, ich habe einen Gasherd zum Kochen!"

Während Steve uns nach allen Regeln der Kunst kulinarisch verwöhnte, gingen die ersten Urlaubstage rasch vorüber.

Nach einer Woche brachten wir die Jungen zu ihrer Großmutter, damit sie auch etwas Zeit mit ihrem Vater verbringen konnten.

Als Frank die beiden später wieder bei uns ablieferte, nahm Miriam mich beiseite und fragte: „Ist Dave bei dir auch oft so übel gelaunt? Er war doch früher ganz anders."

„Ja", bestätigte ich, „aber das ist wohl so in seinem Alter."

Doch Davids Veränderung war nicht zu übersehen. In den restlichen Urlaubstagen zog er sich zurück und hockte, während wir im Pool planschten, vor dem Fernseher. Weil Constantin sich auch immer häufiger im Haus aufhielt, wurde Steve richtig wütend und sagte eines Nachmittags aufgebracht: „Dafür mussten wir keine weite Reise unternehmen, da hätten wir auch zu Hause bleiben können."

Obwohl Steve sich redlich bemühte, die beiden mit Billardspielen oder einem Wettrennen auf der Cart-Bahn zu beschäftigen, kostete es jedes Mal eine ungeheure Überredungskunst, David für etwas zu begeistern. Er war an nichts interessiert.

„Bin froh, wenn wir wieder fahren", sagte er ein paar Tage vor unserer Abreise. „Mir geht die viele Sonne auf den Geist."

Schließlich packten wir unsere Sachen und bereiteten uns auf die Heimreise vor.

Bei unserer Ankunft hatte ich dreihundert Mark in ein Seitenfach meiner Reisetasche gesteckt. Aber trotz gründlicher Suche blieb das Geld mitsamt der Börse verschwunden.

„Es ist mir ein Rätsel, wo es geblieben ist", sagte ich zu Steve und schaute noch einmal unter die Betten. „Meinst du, ein Fremder kann hier im Haus gewesen sein, als wir in der Stadt waren?"

„Schon möglich", erwiderte Steve. „Hier laufen doch oft die Männer herum, die für die Poolwartung zuständig sind."

Sosehr ich auch immer wieder meine Sachen durchsuchte, das Geld blieb verschwunden. Resigniert und auch verärgert darüber, dass mir Steve noch seinen Anteil der Reisekosten schuldig geblieben war, saß ich auf der Rückfahrt missmutig im Auto. Wir lieferten Constantin in Frankfurt ab und erreichten nach der langen Reise erschöpft Berlin.

Während ich die Koffer auspackte, machte sich David, der auf der gesamten Heimreise kaum ein Wort gesprochen hatte, gleich auf den Weg, um seine Freunde zu begrüßen.

Der Alltag holte uns rasch wieder ein. Schon bald waren die Sommerferien vorüber, und mein Sohn ging wieder zur Schule.

Inzwischen war auch für mich nicht mehr zu übersehen, wie sehr David sich verändert hatte. Doch ich schob meine Bedenken beiseite und dachte: Der Junge wird eben langsam erwachsen.

Eines Tages waren wie schon oft mehrere Jungen und Mädchen bei David zu Besuch, unter anderem auch ein türkischer Junge, den ich nicht kannte. Da sein Zimmer zu klein für die vielen Personen war, fragte David mich, ob alle gemeinsam im Wohnzimmer einen Film ansehen könnten.

Natürlich hatte ich nichts dagegen, denn ich war nach wie vor sehr dafür, dass mein Sohn seine Freunde mit nach Hause brachte. Ich ging also in sein Zimmer und setzte mich an den PC, um noch ein paar Dinge zu erledigen.

Plötzlich fiel mir ein, dass ich mein Portemonnaie in der Küche liegen gelassen hatte. Ich ging es rasch holen, denn ich wollte das Geld nicht unbeaufsichtigt lassen, während sich fremde Menschen in der Wohnung aufhielten. Prüfend schaute ich in die Börse und erschrak: Es fehlten hundert Mark! Höchstens zwei Minuten hatte das Portemonnaie in der Küche gelegen.

Einen Augenblick überlegte ich, was ich tun sollte, entschied mich dann aber zu warten, bis ich mit David allein war. Ich kam überhaupt nicht auf die Idee, dass er mir das Geld weggenommen haben könnte, und so fragte ich ihn, als wir allein waren: „Wer von deinen Freunden kann zwischen Mein und Dein nicht unterscheiden?"

„Was?", fragte er, verdrehte die Augen und schob sein übliches „Keine Ahnung" nach.

„Dave", sagte ich, „ich weiß zwar nicht auf den Pfennig genau, wie viel Geld ich im Portemonnaie habe, aber wenn mir hundert Mark fehlen, das merke ich dann doch."

Nachdem er eine Zeit lang geschwiegen hatte, erklärte er, er sei sich sicher, dass der junge Türke das Geld genommen habe, und bat mich, einen Augenblick zu warten, damit er ihn anrufen könne.

Kurz darauf kam er wieder ins Wohnzimmer und murmelte: „Ja, es ist so, wie ich vermutet habe, er hat's."

„Das ist ja wohl eine Frechheit", regte ich mich auf, „dann rufe ich jetzt sofort seine Eltern an!"

„Tu das bitte nicht", flehte David mich an, „wenn du denen erzählst, ihr Sohn habe dich beklaut, bekommt er Schläge."

„Die hat er ja wohl auch verdient", echauffierte ich mich.

„Das sind strenggläubige Muslime", predigte David. „Der Vater ist brutal. Ich verspreche dir hoch und heilig, dass du dein Geld in Raten zurückbekommst."

Er wirkte so glaubwürdig, wie er da vor mir stand und beteuerte: „Du bekommst dein Geld zurück!" Und weil er mir am nächsten Tag die erste Rate von zehn Mark in die Hand drückte, war ich milde gestimmt. Mehr Geld erhielt ich allerdings nicht zurück, auch den türkischen Jungen habe ich nie wieder gesehen. Seinen Namen erfuhr ich nicht, und als ich Hamit einmal danach fragte, zuckte der mit den Schultern und reagierte, als hätte ich ihn nach dem Mann im Mond gefragt.

Da David jedoch plötzlich wie ausgewechselt war und sich wieder wie zu Beginn unseres Lebens in Berlin benahm, ließ ich es auf sich beruhen.

Kurz darauf passierte dann die Sache mit meinem Handy.

Es wurde Herbst, und Davids Lehrerin wies mich am ersten Elternabend des neuen Schuljahrs auf die Teilnahmslosigkeit meines Sohnes hin: „Er ist während des Unterrichts völlig abwesend."

Als ich mit David darüber sprach, war er einsichtig und gelobte wieder einmal Besserung.

Unser Leben hätte so schön sein können, denn ich verdiente genug Geld, wir waren gesund und mussten uns keine Sorgen über die Zukunft machen. Damit mein Sohn mit Geld umzugehen lernte, richtete ich ihm ein Konto ein und überwies ihm von nun an regelmäßig zu Monatsbeginn eine großzügige Summe als Taschengeld.

Gerade als ich der Überzeugung war, dass das Zusammenleben mit David nun endgültig in geordneten Bahnen verlief, begann er sich erneut zurückzuziehen und war verschlossen und mürrisch. Nichts war ihm mehr recht, und sobald ich ihn ansprach, wurde er laut und brüllte mich an: „Du kapierst gar nichts, lass mich in Ruhe!"

Oft sprach er tagelang nur die nötigsten Worte mit mir – bis zu dem Tag, als er im Park zusammen mit den anderen Jungen verhaftet worden war und der Polizist mich angerufen hatte.

Danach gab David sich sichtlich Mühe, mich positiv zu stimmen. Weil er im Umgang mit seinen vielen Freunden stets aus sich herausging und viel lachte, war ich voller Hoffnung, dass er sich wieder gefangen hatte.

Zu meinem Geburtstag schenkte er mir ein wunderschönes Tagebuch aus blauem Filz mit einem roten Herzen auf der Vorderseite. Aber als abends meine Geburtstagsgäste eintrafen, begrüßte er sie nicht, sondern schloss sich in seinem Zimmer ein. Ich entschuldigte mich vor meinen Freunden wegen seines unhöflichen Verhaltens, doch Ben meinte: „Meine Güte, warst du nie jung?", und hielt mir einen Vortrag über seine Kinder, die sich auch nicht anders verhielten.

Während ihm die anderen beipflichteten, schüttelte Steve unmerklich den Kopf. Auch Dora runzelte die Stirn, meinte aber beschwichtigend: „Wir Mütter von angenommenen Kindern sind besonders vorsichtig und immer auf der Hut. Vielleicht", und dabei schaute sie mich tröstend an, „sind es bei Dave nur pubertäre Flausen."

Spätabends, als alle anderen Gäste gegangen waren, saß ich mit Steve allein im Wohnzimmer.

„Mir gefällt das Verhalten von David überhaupt nicht", sagte er. „Ich finde, du hast allen Grund, beunruhigt zu sein. Der Junge ist völlig verändert, und das hat nichts damit zu tun, dass er deine Gäste nicht begrüßt. Ist dir eigentlich schon einmal aufgefallen, dass er unnatürlich stark schwitzt?"

„Er hatte von jeher feuchte Hände und schwitzt leicht", erwiderte ich.

„Manchmal habe ich den Eindruck, dass er auch zittert", fuhr Steve besorgt fort.

„Ach, Steve, jetzt übertreibst du aber maßlos. Willst du etwa darauf hinaus, dass mein Kind Drogen nimmt?"

„Das wäre doch möglich."

„Ach, das glaube ich nicht! Das würde ich doch sofort merken", erwiderte ich entschieden. Als ich später ins Bett ging, ärgerte ich mich noch eine Weile über Steve und seine Verdächtigungen.

David blieb auch in der folgenden Zeit verschlossen. Er kaufte zwar hin und wieder für die alte Dame ein, die zwei Stockwerke unter uns wohnte, aber mich begleitete er bei Einkäufen nur noch widerwillig. Stets musste ich ihn lange bitten, mir dabei behilflich zu sein, die Lebensmittel nach oben zu tragen. Im Supermarkt warf er wahllos Haarpflegemittel oder Süßigkeiten für sich in den Einkaufswagen. Als ich ihn einmal darauf hinwies, dass er ein üppiges Taschengeld von mir bekomme und sich seine Sachen selbst kaufen könne, ließ er mich einfach im Laden stehen und lief zu Fuß nach Hause.

Obwohl ich äußerst großzügig war und mein Sohn inzwischen alles hatte, was er sich nur wünschen konnte, fehlte mir immer wieder Geld. Ich war verzweifelt, als ich schließlich begriff, dass David ein Dieb war, der seine Mutter regelmäßig bestahl.

Eines Tages, nach einem heftigen Streit um fehlendes Geld, war ich so mit den Nerven am Ende, dass ich bitterlich zu weinen anfing. Während ich vor mich hinschluchzte, gab er schließlich alles zu.

„Wofür brauchst du so viel Geld?", fragte ich.

„Ich kiffe", sagte er leise.

„Tun das nicht viele Jugendliche, ohne dass sie ihre Eltern bestehlen?"

Als David nicht antwortete und deprimiert vor sich hin starrte, sagte ich: „Wenn das Kiffen dir so wichtig ist, dass es dich dazu verleitet, mich zu bestehlen, solltest du es sein lassen."

„Mom", erwiderte er erleichtert, „ich bin froh, dass du es jetzt endlich weißt. Ich verspreche, ich werde nicht mehr kiffen!"

Als er mich in die Arme nahm und festhielt, dachte ich: „Welch ein Glück, dass ich es gleich bemerkt habe."

Aber es war, als hätte sich durch sein Geständnis eine Schleuse geöffnet und alles wäre ihm egal, denn es dauerte nicht lange, bis ich den Geruch von Haschisch aus seinem Zimmer bis in den Flur riechen konnte.

„Mach sofort auf!", rief ich und klopfte laut an seine Tür, die er abgeschlossen hatte. „Du hast mir versprochen, es sein zu lassen." Doch er reagierte nicht, sondern drehte die Musik lauter.

Als mir kurz darauf wieder Geld fehlte, trug ich von nun an mein Portemonnaie nur noch bei mir und nahm es abends mit in mein Schlafzimmer.

In den folgenden Wochen musste ich hilflos mit ansehen, wie mein Sohn sich zu einem mir völlig unbekannten Menschen entwickelte.

Meistens lehnte er mit der Behauptung „Hab keinen Hunger!" das Essen ab. Anstelle eines vernünftigen Mittagessens stopfte er Unmengen von Süßigkeiten in sich hinein. Als er das erste Mal nicht zur Schule ging, weil er nicht in der Lage war, aufzustehen, und auch ich ihn nicht aus dem Bett bekommen konnte, versuchte ich mir Rat bei der Drogenberatung an der Ecke zu holen.

Aber da ich dort nur müde belächelt wurde, bat ich Ben als erfahrenen Vater, zu kommen und mit David zu reden. Ich ließ ihn mit David, der sich erstaunlicherweise mit einem Gespräch einverstanden erklärt hatte, allein. Doch nach der langen Unterredung beschwichtigte Ben mich: „Du siehst das zu eng. Dein Junge ist in meinen Augen völlig normal. Sieh einfach drüber hinweg, der kommt schon wieder zu sich."

An einem Sonntagnachmittag, einige Tage nach dem Gespräch mit Ben, hatte ich mich mit Inge zum Spazierengehen verabredet, aber weil es schon kurz darauf heftig zu regnen anfing, fuhr ich wieder nach Hause zurück.

Als ich die Wohnungstür aufschloss, stand David mit glasigen Augen im Flur und lallte benommen: „Voll krass, du bist schon zurück!"

Ich bekam einen eisigen Schrecken, denn ich sah sofort, dass er unter dem Einfluss von Drogen stand. Er konnte seine Augen kaum offen halten und hatte auch Probleme, sich zu orientieren. Unsicher taumelte er ins Bad, kam gleich wieder heraus und verschwand wie irrsinnig lachend in seinem Zimmer. Als ich später nach ihm schaute, lag er schnarchend in seinem Bett.

Entschlossen setzte ich mich an den Schreibtisch und suchte im Internet nach Einrichtungen, die bei Suchtproblemen ihre Hilfe anboten.

Am nächsten Morgen entschuldigte ich David in der Schule und fuhr mit ihm zu einer Drogenberatung. Ich sehe noch heute die junge Frau mit den kurzen gelben, strubbeligen Haaren und dem zerstörten Gesicht vor mir. Sie trug eine lila Latzhose und um den Hals einen feuerroten Schal aus Kunstseide. Ihre Nägel waren bis zum Nagelbett heruntergekaut. Nachdem ich ihr Davids Drogenproblem erklärt hatte, sagte sie ironisch: „Ich bin seit einem Jahr vom Heroin runter! Das ist etwas ganz anderes als Kiffen."

Also fuhren wir unverrichteter Dinge wieder nach Hause. Auf der Heimfahrt nahm ich mir fest vor, alles nicht mehr so eng zu sehen.

Am Abend sagte David: „Ich kann verstehen, dass du dir Sorgen machst. Ich werde versuchen, mit dem Kiffen aufzuhören. Aber", fügte er niedergeschlagen hinzu, „es fällt mir nicht leicht."

Doch zu meiner großen Überraschung hielt er sich an das gegebene Versprechen. Und als Constantin Weihnachten zu uns kam, war alles wie früher.

Weil David wie ausgewechselt war, erlaubte ich ihm an Silvester, den Übergang in das neue Jahrtausend mit seinen Freunden zu verbringen. Constantin und ich feierten bei Inge und bewunderten um Mitternacht mit den anderen Gästen das unglaubliche Feuerwerk vom Balkon aus.

Aber kaum war Constantin abgereist, begann David wieder Haschisch zu rauchen. Obwohl es mir nicht leichtfiel, versuchte ich, fünf gerade sein zu lassen, und gab mir Mühe, meinen Sohn nicht ständig zu beobachten. Doch mein Geld hielt ich nach wie vor sorgsam unter Verschluss.

Ende Januar fuhr David mit seiner Klasse für eine Woche nach Italien zum Skilaufen. Als er mit den anderen Schülern im Bus saß und mir fröhlich zuwinkte, fühlte ich mich unglaublich erleichtert. Eine Woche Urlaub, dachte ich, in der ich nicht ständig auf mein Portemonnaie achten muss.

Gleich nachdem er angekommen war, rief er mich an, und als er zärtlich „Hallo, meine liebe Mama, ich vermiss dich so" sagte, bekam ich ein schlechtes Gewissen.

Während der Skifreizeit meldete er sich jeden Tag und erzählte stolz von seinen erfolgreichen Fahrkünsten auf der Piste.

Als ich ihn am Abend seiner Rückkehr abholte und er strahlend aus dem Bus stieg und mich fest in den Arm nahm, war ich voller Zuversicht und freute mich, dass er wieder da war. Bevor er ins Auto stieg, verabschiedete er sich zärtlich von einem junges Mädchen. Und kaum saßen wir, begann er zu schwärmen: „Sie heißt Lora, Mom, und ist jetzt meine Freundin." Zu Hause schnappte er sich gleich das Telefon und telefonierte bis spät in die Nacht hinein.

Am nächsten Tag brachte er Lora mit nach Hause. Das zierliche Mädchen mit den großen blauen Augen hielt, als sie hereinkam, eine rote Rose in der Hand, und als mein Blick auf die Blume fiel, erklärte sie verschämt: „Von Davi."

Ich dankte Gott für dieses Geschenk in Gestalt eines zauberhaften Geschöpfs, denn von nun an war mein Sohn ein neuer Mensch. Alles drehte sich nur noch um seine erste große Liebe, die ein Gymnasium in einem anderen Stadtteil besuchte und mit ihrer Klasse zur selben Zeit wie David Skiferien gemacht hatte.

Die beiden unternahmen von nun an fast alles gemeinsam.

David brachte das Mädchen oft mit nach Hause, und Lora gestand mir, wie sehr sie in meinen Sohn verliebt sei.

Als ich Ben davon erzählte, meinte er: „Was habe ich dir gesagt, dein Sohn hatte nur eine schlechte Phase."

Aber so war es leider nicht. Es dauerte nicht lange, und Lora saß weinend in meinem Wohnzimmer und beklagte sich, dass David ohne irgendeine Begründung die Beziehung zu ihr beendet habe. Außerdem habe er keinen guten Umgang, und sie denke, Drogen spielten für ihn eine große Rolle.

Als ich mit David darüber sprechen wollte, erwiderte er schroff: „Du kapierst gar nichts, halt dich da raus!"

Gleich nach der Trennung von Lora verfiel mein Sohn wieder in sein altes Verhaltensmuster.

Es war ein ständiges Auf und Ab. Mal nahm der Junge sich zusammen, und dann gab er sich wieder hemmungslos seiner Droge hin. Während der schlechten Phasen suchte ich Hilfe bei verschiedenen Drogenberatungen, aber ich bekam überall das Gleiche zu hören.

Als ich eines Nachmittags von einem Geschäftstermin nach Hause kam, saß David auf dem Badewannenrand, während ein höchst unattraktives dickes Mädchen, das er mir beiläufig als Harriet vorstellte, Davids blonde Haare schwarz färbte.

Als ich entsetzt fragte: „Warum machst du das?", erwiderte das Mädchen schnippisch: „Weil's cool aussieht!"

Auch sie hatte ihre raspelkurzen Haare schwarz gefärbt und ihre Augen schwarz ummalt. Sie trug schwarze Hosen und ein schwarzes, zerknittertes und nicht ganz sauberes T-Shirt. Die Fingernägel hatte sie passend zu ihrem Lippenstift dunkel lackiert, und in der Nase trug sie einen Ring.

„Mom", sagte David bestimmt, und dabei mir fiel auf, dass seine Pupillen größer als gewöhnlich waren, „Harry ist jetzt meine feste Freundin!" Als ich etwas erwidern wollte, schob er frech nach: „Lass es, sag besser nichts!"

Später, als wir wieder allein waren, fragte ich ihn: „Was findest du nur an diesem ungepflegten, pickeligen Mädchen? Du legst doch sonst so viel Wert auf Äußerlichkeiten." Doch ich bekam keine Antwort.

Ich hatte mich umsonst gesorgt, denn es dauerte nicht lange, bis Harriet von der Bildfläche verschwunden war und mein Sohn in Gegenwart von Hamit bitterböse Bemerkungen über sie machte.

Mit David ging es jedoch weiter bergab. Kurz darauf hatte ich die Bong gefunden, und er hatte die Tür seines Zimmers eingetreten.

Wenig später hatte der Psychologe trotz alledem eine Therapie für unnötig gehalten, und ich hatte mir keinen Rat mehr gewusst.

Gleich darauf hatte ich Inges Angebot angenommen, auf David achtzugeben, während ich mit Steve ein paar Tage an die Ostsee fuhr, um mich ein wenig zu erholen.

Kapitel 7
Wut

Die Tage mit Steve an der Ostsee sind schnell vorüber.

Nachdem ich mich vor meinem Haus von ihm verabschiedet habe, steige ich mit mulmigem Gefühl die Treppen hinauf und denke: Hoffentlich ist Inge mit David gut zurechtgekommen. Als ich die Korridortür aufschließe, begrüßen mich die beiden mit teigverschmierten Händen. Sie backen gerade Waffeln und haben Blumen auf den Tisch gestellt.

„Für mich?", frage ich fröhlich. „Alles für mich?"

David lässt sich im Wohnzimmer auf den Teppich fallen, damit Flora auf seine Brust springen kann. Während er sie lachend abwehrt, leckt sie ihm zur Begrüßung das Gesicht und winselt vor Freude. Offenbar ist alles gut gegangen.

Nachdem wir gemeinsam Kaffee getrunken haben und ich meine Mitbringsel verteilt habe, berichtet Inge, wie gut sie sich während meiner Abwesenheit mit meinem Sohn verstanden habe. Und David sagt zufrieden: „Wir waren sogar im Kino, Mom."

Kurz darauf packt Inge ihre Tasche, küsst mich auf die Wange und verabschiedet sich.

„Danke", sage ich. „Danke für alles."

„Nicht der Rede wert", wehrt Inge ab. „Dave ist ein lieber Kerl, ich hab's gern gemacht." Und schon ist sie zur Tür hinaus.

„Ich habe während der Tage an der Ostsee viel über dich nachgedacht", sage ich kurz darauf zu David, der auf dem Sofa im Wohnzimmer sitzt und Flora streichelt. „Ich habe den

Eindruck, dass du hier doch nicht so glücklich bist, wie du immer vorgibst."

„Ach, Mom", erwidert er, „ich fühle mich hier echt wohl, aber Papa fehlt mir mehr, als ich gedacht hätte."

„Nimmst du aus diesem Grund Drogen?", frage ich ernst.

„Nein, natürlich nicht", antwortet er. „Es ist ein cooles Gefühl, breit zu sein, ich muss dann nicht nachdenken und fühle mich total entspannt."

„Das ist aber nicht das wirkliche Leben", werfe ich ein.

„Ja", sagt David, „das weiß ich, darum will ich es ja auch unbedingt sein lassen." Er klingt überzeugend, als er sagt: „Ich bin mir ganz sicher, dass ich es hinbekomme, nicht mehr ständig zu kiffen."

„Was hältst du davon, Papa in den Ferien zu besuchen?", frage ich. „Du wirst Ostern siebzehn und könntest deinen Geburtstag bei ihm verbringen."

Wie immer, wenn es um seinen Vater geht, ist David Feuer und Flamme. Und so fährt er zu Beginn der Osterferien zu Frank.

Aber kaum ist er zurück, schließt er sich in seinem Zimmer ein. Als ich kurz darauf bis in den Flur den intensiven Geruch von Haschisch rieche, versuche ich mich zu beruhigen: „Lass ihn, er wird bestimmt irgendwann damit aufhören."

Aber so ist es nicht.

David geht zwar zur Schule, doch anschließend zieht er sich zurück und verbringt die meiste Zeit in seinem Zimmer vor dem Computer. Da er einen eigenen Telefonanschluss besitzt, merke ich erst nach einiger Zeit, dass er auch seine Freunde meidet. Als einige von ihnen bei mir anrufen, weigert er sich, ans Telefon zu gehen. Sobald ich ihm den Hörer in die Hand drücken will, lehnt er schroff ab: „Ich bin nicht da!"

Auf meine Frage, ob er ein Problem mit seinen Schulkameraden habe, meint er: „Nein, ich habe nur im Augenblick keine

Lust, mit denen abzuhängen. Lasst mich doch alle in Ruhe, ich will chillen."

Nur ungern verlasse ich die Wohnung. Denn ich weiß, sobald ich nach draußen gehe, durchstöbert mein Sohn alle Räume.

Obwohl ich mein Geld sorgfältig unter Verschluss halte, gelingt es David immer wieder, mich zu überlisten. Als er eines Nachmittags den Geldschein für den Getränkelieferanten aus meiner Manteltasche an der Garderobe genommen hat, sage ich verächtlich: „Wie niederträchtig, du hast mich schon wieder bestohlen."

Herausfordernd schaut er mich an und schreit: „Kannst du mich nicht einfach in Ruhe lassen, ich habe dein Scheißgeld nicht!" Und weil mein Sohn einen ganzen Kopf größer ist als ich und drohend vor mir steht, bekomme ich Angst und sage nichts weiter.

Danach verschwindet er wortlos in seinem Zimmer, schließt die Tür ab und dreht die Musik auf volle Lautstärke. Deprimiert greife ich zum Telefon und verbringe den restlichen Tag damit, mich bei Constantin und Frank auszuweinen und von ihnen trösten zu lassen.

Der Sommer beginnt, es ist herrliches Wetter. Aber ich bin nicht in der Lage, mich daran zu freuen. Ich esse wenig, bin nervös und schlafe schlecht. Nachts habe ich Albträume, in denen mein Sohn in erbärmlichem Zustand unter einer Brücke haust, und wache schweißgebadet auf.

Außer mit Frank und Constantin rede ich mit niemandem über David. Meine Freunde wollen von meinen Problemen nichts mehr hören, denn sie sind einstimmig der Meinung, David sei eben nur in der Pubertät und alles sei halb so schlimm. Er ist ja auch stets wie aus dem Ei gepellt und zeigt sich, wenn jemand zu Besuch kommt, meist von seiner besten Seite.

Sobald ich Dora anrufe, spricht sie ausschließlich über ihre Sorgen, denn Jenny schwänzt weiterhin die Schule und spricht fleißig dem Alkohol zu. Inzwischen hat das Jugendamt die Betreuung von Jenny ausgegliedert und aufgrund von Sparmaßnahmen an eine externe Organisation übergeben.

„Da müssen wir jetzt einmal im Monat für eine Stunde erscheinen und über unsere Probleme reden", erklärt Dora müde.

„Ist das keine Hilfe?", frage ich.

„Nein", erwidert Dora. „Jenny geht da nur höchst ungern hin, denn sie wird regelmäßig darauf hingewiesen, dass sie ein fürchterliches Mädchen ist. Und außerdem kann ich da nicht wirklich offen sprechen, denn sofort wird mir damit gedroht, sie aus der Familie zu nehmen."

Dora ist genau wie ich eine Kämpferin. Vielleicht aber, so denke ich manchmal, will sie sich genau wie ich die Niederlage nicht eingestehen. Wir wollen es nicht zugeben, dass wir es nicht geschafft haben und mit der Erziehung unserer Pflegekinder gescheitert sind.

Auch Steve wird inzwischen wütend, wenn ich mich aussprechen will, und reagiert ungehalten auf meine Klagen: „Schmeiß ihn endlich raus, ich kann's nicht mehr hören!"

Als sich David mit Max, einem sympathischen Jungen aus seiner Schule, anfreundet, schöpfe ich neue Hoffnung. Er wird zusehends umgänglicher, und weil ich ihm erlaube, hin und wieder bei Max zu übernachten, benimmt er sich wie früher in seinen guten Zeiten.

Bis zu dem Tag, als ich die beiden dabei überrasche, wie sie in Davids Zimmer aus einer Bong Haschisch rauchen.

Nachdem ich Max nach Hause geschickt habe, sage ich entschieden: „Leider kann ich nicht kontrollieren, was du draußen machst, aber hier will ich diesen Jungen nicht noch einmal sehen."

Wie schon so oft ist mein Sohn einsichtig, bittet mich um Verzeihung und gelobt Besserung. Es ist seine liebenswerte Art, die mich immer wieder weich werden lässt. Und als David sich in der nächsten Zeit die allergrößte Mühe gibt, mir zu zeigen, dass er auf einem guten Weg ist, schöpfe ich erneut Hoffnung.

Eines Tages klingelt es an der Haustür, und André, ein Freund von Steve, informiert mich, dass mein schwuler Freund wegen irgendwelcher krummer Sachen verhaftet worden sei. Im Gespräch mit André stellt sich heraus, dass Steve mich in der Vergangenheit ständig belogen zu haben scheint.

„Steve ist ein Betrüger", meint André lakonisch. „Leider bist du auf ihn hereingefallen."

„Dann war er es, der mir im Urlaub das Geld aus dem Koffer genommen hat", sage ich.

Plötzlich fällt mir mein Schmuckkasten ein. Wie befürchtet, fehlen Ringe, Armband und Kette. Zum Glück liegen die Münzen noch in ihrem Versteck.

Als David von der Schule nach Hause kommt, berichte ich ihm, was mit Steve passiert ist, und Dave meint verächtlich: „Alle Männer sind Arschlöcher!"

Nachdem André gegangen ist, lasse ich meinen Tränen freien Lauf, betrauere den Verlust der geliebten Andenken und erzähle zu jedem der gestohlenen Schmuckstücke eine Geschichte.

Nachdem David mir eine Zeit lang zugehört hat, sagt er zynisch: „Voll krass, wie du dich aufführst. Ich hab keinen Bock auf deine Jammerei. Finde dich damit ab, dass das Zeug weg ist!"

Doch ich gehe zur Polizei und erstatte Anzeige, mit der ich Steve belaste.

Einige Tage später erfahre ich, dass Steve durch die Zahlung einer Kaution wieder auf freiem Fuß ist. Am selben Abend klingelt das Telefon.

„Ich bin's", meldet sich Steve. „Hör mir gut zu, ich bin kein ehrlicher Mensch, aber dich würde ich nie im Leben bestehlen, obwohl ich mehr als genug Gelegenheit gehabt hätte, dir die komplette Wohnung leer zu räumen. Die Polizei hat mich überprüft und nichts bei mir gefunden. Hör auf, mich zu beschuldigen. Schau besser in deiner eigenen Familie nach!"

Es ist das letzte Mal, dass ich etwas von ihm höre.

Am nächsten Tag geht es mir nicht gut. Ich habe kaum geschlafen. Während ich versuche, mich auf meine Arbeit zu konzentrieren, ruft David an: „Hi, Mom, ich gehe nach der Schule zu Hamit und komme später nach Hause." Weil ich in Gedanken bin, kontrolliere ich nicht durch einen Anruf bei Hamit, ob Davids Aussage stimmt, so wie ich das in letzter Zeit öfter getan hatte.

Als mein Sohn spät am Abend nach Hause kommt, merke ich ihm sofort an, dass er Haschisch geraucht hat. Doch ich habe den ganzen Tag gearbeitet und bin zu erschöpft, um ihm Vorhaltungen zu machen.

David hat glasige Augen und nimmt mich in den Arm. „Hab dich lieb, Mom", sagt er zärtlich und streicht über mein Haar.

„Ich dich auch, Dave", erwidere ich müde. „Geh ins Bett und schlaf dich aus."

Aber als David am nächsten Morgen im Bett liegen bleibt, gerate ich vor Wut außer mir. Nachdem ich ihm Wasser ins Gesicht geschüttet habe, setzt er sich im Bett auf und befiehlt in eisigem Ton: „Geh hier sofort raus!"

„Du schickst mich nicht aus meiner eigenen Wohnung", sage ich böse, und weil er höhnisch lacht, versuche ich in meiner Wut und Hilflosigkeit nach ihm zu schlagen. Aber er springt aus dem

Bett, wehrt meinen Schlag ab und hält meine Hände fest wie in einem Schraubstock. Dabei schaut er mich durchdringend an. Einen bangen Moment stehen wir so voreinander.

Schließlich befreie ich mich, laufe ins Badezimmer und setze mich weinend auf den Rand der Badewanne. Als ich wieder herauskomme, geht David, den Schulrucksack auf dem Rücken, gerade aus der Wohnung.

Hastig wische ich mir die Tränen aus dem Gesicht und rufe Frau Müller-Bromberg vom Jugendamt an.

„So geht das nicht weiter", sage ich deprimiert. „Ich kann nicht mehr", und fange an zu weinen.

„Ich kann Ihren Sohn heute noch aus Ihrer Wohnung herausholen und ihn in einer betreuten Einrichtung unterbringen", schlägt sie sofort vor.

Nein, nein, das will ich nicht, denke ich. Noch nicht! Und ich sage: „Ich habe gelesen, dass es für schwierige Situationen in Familien einen Helfer gibt, der mehrmals in der Woche kommt und sich um das problematische Kind kümmert. Meinem Sohn fehlt vermutlich eine männliche Bezugsperson, denn vor mir hat er keinen Respekt."

Die Frau vom Jugendamt schweigt. Schließlich erwidert sie: „Das wäre auch eine Möglichkeit. Lassen Sie mir etwas Zeit, ich werde mich einmal erkundigen, ob das für Sie infrage kommt." Als wir das Gespräch beenden, verspricht sie, sich bald wieder zu melden.

Ich habe wenig Hoffnung, denn ihr einziger Vorschlag war, mir David wegzunehmen.

„Wissen die Ämter denn nicht, dass diese Kinder traumatisiert sind und es das Schlimmste ist, was man ihnen antun kann, sie von den Menschen, die sie lieb gewonnen haben, einfach zu trennen?", frage ich Dora, die ich gleich darauf anrufe.

„Anscheinend nicht", meint Dora lakonisch und fügt traurig

hinzu: „Ich kann dir leider auch nicht helfen. Ich brauche meine ganze Kraft für Jenny."

Als David mittags aus der Schule kommt, nimmt er mich sofort in den Arm und sagt kleinlaut: „Mom, es tut mir so leid. Entschuldige bitte, ich weiß nicht, was in mich gefahren ist." Unsicher steht er vor mir. „Keine Ahnung, warum ich so bin, wie ich bin. Ich denke oft darüber nach, warum ich Menschen wie dich, die so gut zu mir sind, ständig verletze." Und niedergeschlagen fügt er hinzu: „Ich tauge nichts."

„David", unterbreche ich ihn, „du bist kein schlechter Mensch, es ist das Haschisch, das dich verändert. Durch die Droge wirst du so aggressiv, dass ich Angst vor dir habe. Und hast du mal darauf geachtet, wie Flora sich verhält, wenn du so ausrastest?", frage ich.

Er schüttelt den Kopf.

„Sie zittert am ganzen Leib und ist völlig verängstigt.

Weißt du", erkläre ich ihm, „ich habe als junges Mädchen viel getrunken, denn ich fühlte mich durch Alkohol mutig und selbstbewusst. Heute brauche ich das nicht mehr, denn das Leben ist viel zu interessant, als dass ich Lust hätte, mich immerzu zu betäuben."

David schaut mich ungläubig an. „Mom", erwidert er liebevoll. „Meine liebe, liebe Mom, es kommt nicht wieder vor. Ich werde mir von jetzt an alle Mühe geben, denn ich will doch auch, dass aus mir ein ordentlicher Mensch wird."

Nach dieser Unterredung verlaufen die folgenden Wochen im Gleichmaß. Als Frau Müller-Bromberg mir schließlich mitteilt, dass das Jugendamt einen Familienhelfer für meinen Pflegesohn abgelehnt hat, bin ich darüber nicht sonderlich enttäuscht. Und als sie mir erneut als Lösung die „Herausnahme des Kindes" – eine fürchterliche behördliche Bezeichnung – vorschlägt, beende ich das Gespräch und sage: „Ich bin guten Mutes, ich schaffe das schon!"

Bald darauf stellt mir David ein nettes Mädchen vor, und ich fühle mich in meinem Optimismus bestärkt, denn genau, wie ich gehofft hatte, übt Lea einen guten Einfluss auf ihn aus.

Mein Sohn stabilisiert sich in der nächsten Zeit zusehends, und es ist eine Freude, mit anzusehen, wie gut ihm die Zuneigung des Mädchens tut. Aber es dauert nicht lange, bis Lea mich traurig darüber informiert, dass David ihr den Laufpass gegeben habe.

Ich bin enttäuscht, doch mein Sohn wird sicherlich noch viele Mädchen kennen lernen, bis er die Richtige gefunden hat.

Als ich wieder Pläne für den Sommerurlaub mache, hat David keine Lust zu verreisen. Darum frage ich: „Möchtest du Papa und Constantin in den Ferien besuchen? Ich könnte dich hinbringen und zur gleichen Zeit ein paar Freunde besuchen."

„Kann ich dann auch ein paar Tage bei Charly bleiben?", fragt er und freut sich, als ich ja sage.

Obwohl er am letzten Schultag nur ein mäßiges Zeugnis mit nach Hause bringt, bin ich erleichtert, dass er in die neunte Klasse versetzt ist, und beginne guten Mutes den Koffer zu packen.

Am Abend vor unserer Abreise kommt David ins Schlafzimmer und sagt: „Ich kann nicht mitfahren, ich vertrage das Autofahren neuerdings nicht mehr."

„Seit wann denn das?", frage ich überrascht.

„Ich will nicht mit", erwidert er mit erhobener Stimme, und als ich ihn auffordere: „Du sagst mir jetzt sofort, was mit dir los ist", bricht er in Tränen aus.

Bestürzt frage ich: „Freust du dich denn nicht, Papa wiederzusehen?"

Er schüttelt den Kopf und schluchzt: „Papa ist ein Penner. Er hat sich einfach verpisst und uns im Stich gelassen!"

„Aber du wolltest doch auch nicht, dass wir weiter zusammenleben." Ich nehme ihn in den Arm und versuche ihn zu trösten.

„Ach", sagt David. „Ich weiß auch nicht, was mit mir los ist. Okay, Mom, ich komme ja mit. Entschuldige, ich hatte nur gerade einen schlechten Moment."

Am nächsten Morgen fahren wir früh los. Wegen mehrerer Staus brauchen wir viel länger als gewöhnlich. David spricht während der Fahrt nur das Nötigste. Als wir schließlich in Hessen eintreffen, begrüßt er zu meiner Überraschung Vater und Bruder überschwänglich. Er ist auf einmal richtig guter Laune und redet wie ein Wasserfall.

Nachdem wir ausgepackt haben, gehen wir in einen Gasthof und essen zu Abend. Beim Dessert sagt David plötzlich: „Papa, ich habe gestern nicht nett über dich gesprochen", und erzählt offen von seinem Gefühlsausbruch am Abend vorher.

Als er schweigt, sagt Frank nachdenklich: „Sicherlich werde ich für das, was ich euch angetan habe, später einmal in der Hölle schmoren."

„Bitte", meint David unglücklich, „ich hab es doch nicht böse gemeint." Und als Frank ihn in den Arm nimmt, schaut er ihn dankbar an.

Als ich mich am nächsten Tag auf den Weg zu meinen Freunden mache, steht David, den Arm um Frank gelegt, fröhlich winkend vor der Haustür. Nachdem er anschließend noch ein paar Tage bei Charly verbracht hat, hole ich ihn wieder ab.

„War echt schön, Mom", meint er, als er ins Auto steigt und sich von Charly verabschiedet, indem er Zeige- und Ringfinger zu einem V formt.

Während der Rückfahrt erzählt er mir, was er alles unternommen hat, und als wir in Berlin die Spanische Allee hinunterfahren, meint er plötzlich: „Ab jetzt musst du dir keine Sorgen mehr machen, ich passe gut auf mich auf."

Als ich kurz darauf am See anhalte, damit sich Flora nach der langen Fahrt noch etwas austoben kann, staunt er über die vielen jungen Leute, die sich in Zelten und Schlafsäcken auf der Wiese niedergelassen haben.

„Morgen ist Love Parade, Dave", sage ich. „Die Raver sind in der Stadt."

„Das hatte ich ganz vergessen", strahlt David. „Schnell, wir müssen nach Hause, ich muss Hamit treffen!"

Auf den letzten Metern begegnen uns immer mehr Menschen, die bei aufgedrehter Musik lachend aus ihren Autos winken, und David ist ganz aus dem Häuschen.

Kaum zu Hause, küsst er mich: „Bye, Mom, ich komme nicht so spät", und schon ist er im Eiltempo wieder die Treppe hinunter.

Aber als ich kurz vor Mitternacht ins Bett gehe, ist er noch nicht zurück. Auf seinem Handy springt die Mailbox an, und Hamit ist auch nicht zu erreichen.

In der Nacht schlafe ich schlecht und werde immer wieder wach. Als David auch am nächsten Tag nicht nach Hause kommt, gerate ich vor Sorge außer mir.

Tina, die mich zufällig anruft, meint: „Meine Güte, stell dich nicht so an. Es ist Love Parade, und dein Sohn ist siebzehn. Der kommt schon wieder!"

Erst in der Nacht zum Montag höre ich gegen drei Uhr, wie er die Tür aufschließt. Rasch schlüpfe ich aus dem Bett, um ihm eine Strafpredigt zu halten.

Mein Sohn ist hellwach und wie aufgedreht. „Peace", ruft er mir euphorisch entgegen. „Es war voll krass, wir haben gefeiert, bitte nicht schimpfen." Dann nimmt er mich in den Arm und wirbelt mich herum.

Und weil ich über seine überschäumende Fröhlichkeit lachen muss, murmele ich nur vorwurfsvoll: „Du hättest mich wenigstens anrufen können."

Allerdings ist Davids gute Laune am nächsten Tag verflogen; er ist mürrisch und verbringt Stunden vor dem Computer.

Auch in den kommenden Tagen ist er verschlossen und verfällt wieder in seine alten Verhaltensmuster. Er kifft, ohne es zu verbergen, in seinem Zimmer. Ganz nebenbei erwähnt er, dass er sein Handy verloren habe.

„Dann musst du doch sofort die Karte sperren lassen", rege ich mich auf. „Was ist denn das für eine Einstellung?"

„Scheißhandy, was machst du für einen Aufstand! War doch eh nur ein blödes Kartentelefon."

„Aber es war doch ein teures Handy, ist dir denn jetzt alles egal?", frage ich. Er gibt mir keine Antwort und verschwindet in seinem Zimmer.

Ich setze mich an den Küchentisch, zünde mir eine Zigarette an und schaue nach draußen. Schmerzlich wird mir bewusst, wie allein ich mit der Drogensucht meines Kindes bin.

Nachdem ich eine Weile gegrübelt habe, rufe ich David und sage: „Hast du Lust, den Führerschein zu machen?" Seine Überraschung ist nicht zu übersehen. „Du hast bis zu deinem achtzehnten Geburtstag im nächsten Jahr genügend Zeit für die Fahrstunden. Ich wäre auch bereit, anschließend ein kleines Auto für dich zu kaufen."

David ist begeistert wie seit Langem nicht mehr. „Cool", sagt er immerzu, „Mann, ist das cool!"

Nachdem wir in der Fahrschule die Formalitäten erledigt haben, geht er am darauf folgenden Abend stolz zum theoretischen Unterricht. Als er später mit Fragebögen und anderem Lernmaterial nach Hause kommt, fällt mir ein Stein vom Herzen, denn ich weiß, Kiffen und Autofahren vertragen sich nicht.

Gleich nach den Ferien hat David seine erste Fahrstunde. Sichtlich motiviert berichtet er, wie gut er mit dem Auto zurechtgekommen sei und wie sehr der Fahrlehrer ihn gelobt habe.

Fast täglich ist er mit dem Auto unterwegs, und schon bald sind die Sonderfahrten an der Reihe. Doch als ich ihn eines Abends, als er von einer Nachtfahrt nach Hause kommt, frage: „Wann ist eigentlich deine theoretische Prüfung?", bekomme ich die lapidare Antwort: „Keine Ahnung."

Kurz darauf ruft der Fahrlehrer an und fragt ungehalten nach David, der ihn nun schon zum zweiten Mal versetzt habe. „Die versäumten Fahrstunden müssen Sie leider bezahlen", klärt er mich auf.

„Nimmt er denn am theoretischen Unterricht teil?", frage ich.

„Nein", erwidert der Mann. „In letzter Zeit nicht mehr. Wenn überhaupt, war er höchstens dreimal da."

Als David nach Hause kommt und ich ihm Vorhaltungen mache, explodiert er. Mitten im Satz lässt er mich stehen, schließt sich in seinem Zimmer ein und tritt voller Wut den Lichtschalter neben der Tür kaputt.

Ratlos rufe ich Frank an. Weinen kann ich nicht mehr. Ich bin nur noch fassungslos.

„Beruhige dich erst einmal", bittet mich Frank.

„Du kannst aus der Ferne gut reden", schimpfe ich. „Du hast doch keine Ahnung, was hier passiert. Der Junge schleicht ständig durch die Wohnung und sucht nach Geld. Sein Handy hat er wahrscheinlich auch verkauft. Manchmal jagen mir seine Stimmungsschwankungen regelrecht Angst ein."

„Und du willst ihm den Führerschein schenken und stellst ihm obendrein noch ein Auto in Aussicht", meint Frank ironisch. „Er tritt doch deine Gutmütigkeit mit Füßen. Du musst endlich begreifen, dass die Droge ihm am wichtigsten ist. Außerdem bin ich nach wie vor der Meinung, dass David noch etwas anderes als Haschisch konsumiert. Als du mir vor Kurzem seine Euphorie beschrieben hast, dachte ich sofort an Kokain." Und er fügt deprimiert hinzu: „Ich kann doch von hier aus gar nichts tun."

„Doch, herkommen und mit ihm reden!", erwidere ich zornig.

„Wir haben für dieses Kind alles Menschenmögliche getan, und all das Reden hat doch bisher überhaupt nichts genützt", sagt Frank.

„Dann muss ich mich von ihm trennen, aber was wird aus ihm, wenn ich ihn loslasse?"

„Er kommt ins Betreute Wohnen", erwidert Frank nüchtern.

„Ja", sage ich verzweifelt, „zusammen mit lauter gescheiterten Existenzen. Glaubst du, dort wird dann aus ihm ein ordentlicher Mensch?"

Frank ist still.

„Bist du noch da?", frage ich.

„Ja, ja", erwidert er. „Aber manchmal muss man im Leben Entscheidungen treffen, auch wenn sie noch so bitter sind."

„Ich habe verstanden", sage ich trostlos, „aber es zerreißt mir das Herz."

„Meinst du, mir fällt das leicht?", fragt Frank. „Ich liebe Dave genauso wie Constantin, aber es scheint so, als wären wir gescheitert."

„Ich werde darüber schlafen, lass uns morgen weiterreden", beende ich erschöpft das Telefonat.

Anschließend verabrede ich mich mit Tina, um einen langen Spaziergang mit unseren Hunden um den See zu machen.

An diesem Tag lerne ich Uwe kennen, der im Restaurant am See mit Arbeitskollegen zu Abend isst.

Uwe ist geschieden und besucht gerade eine Messe in Berlin. Sein Firmensitz ist im Rheinland, aber als Berater für die Industrie ist er in ganz Europa unterwegs.

Als ich spät am Abend mit gemischten Gefühlen nach Hause komme, schläft David bereits. Auf dem Küchentisch liegt ein Zettel, auf dem steht: „Sorry, Mom."

Am nächsten Morgen geht David, sorgfältig gekleidet in dunklen Jeans und einem hellen Hemd unter dem dunkelblauen Pullunder, pünktlich zur Schule.

„Hast du kein Interesse daran, den Führerschein zu machen?", frage ich ihn später.

„Doch, doch", beteuert er. „Du verstehst das völlig falsch."

„Gut", erwidere ich. „Meine Bedingung ist: keine weiteren Fahrstunden mehr, sondern erst einmal die Theorie. Nach der bestandenen theoretischen Prüfung kannst du dann die restlichen Fahrstunden absolvieren. Wirst du dich daran halten?"

Als er zustimmt, erzähle ich ihm, während wir seit Langem wieder einmal gemeinsam zu Mittag essen, von Uwe.

Mein neuer Freund hat eine zwölfjährige Tochter, die bei ihrer Mutter im Ruhrgebiet lebt. Auch wenn ich ihm vertraue, so erzähle ich ihm auch nach mehrmaligen Verabredungen nichts von meinen Sorgen.

Als ich Uwe zum ersten Mal mit nach Hause bringe, sitzt David, obwohl ich ihm unser Kommen angekündigt habe, am Computer und reicht Uwe zur Begrüßung nur flüchtig die Hand. Doch er beobachtet in den folgenden Wochen misstrauisch, wie sich die Beziehung zwischen Uwe und mir entwickelt.

„Hockt der Junge immer vorm PC?", fragt mein Freund an einem Samstagmorgen, nachdem wir gemeinsam einkaufen waren.

„Meistens", erwidere ich kurz.

„Das müssen wir ändern", schlägt er vor. „Ich werde mal einen Plan für den jungen Mann machen."

„Einen Plan?", frage ich stirnrunzelnd.

„Ja, wir können ihn doch, wenn wir etwas unternehmen, gelegentlich mitnehmen", erklärt Uwe. Während ich ihn dankbar anlächele, ruft er durch den Flur: „Dave, sagen dir die Berliner Eisbären etwas?"

„Klar", erwidert der und kommt neugierig aus seinem Zimmer. „Eishockey-Verein, warum fragst du?"

„Wollen wir uns am nächsten Samstag das Spiel gegen die Frankfurt Lions anschauen?"

„Cool", strahlt David.

Von diesem Moment an beginnt mein Sohn, meinen Freund als Familienmitglied zu akzeptieren. „Der kann ja alles", sagt er mit unverhohlener Bewunderung, nachdem Uwe nach und nach so manches in der Wohnung repariert hat, und fragt, sobald er abgereist ist: „Wann kommt er wieder?" Und jedes Mal, wenn ich mit Uwe telefoniere, ruft er: „Schönen Gruß!"

Während es zum dritten Mal, seit wir in Berlin leben, Herbst wird und das heruntergefallene Laub im Hof unter meinen Schritten raschelt, schöpfe ich neuen Mut. Denn sobald Uwe uns besucht, ist David ein anderer Mensch. Aufgeschlossen beteiligt er sich am Familienleben und nimmt keine Drogen. Er wird zusehends lockerer, und egal, ob wir zum Bowling oder ins Kino gehen, Dave kommt gerne mit.

Doch sobald mein Freund abreist, verfällt er wieder in seine gewohnte Lethargie und kifft.

Als die Schulferien beginnen, bringt David ein schlechtes Halbjahreszeugnis nach Hause und zuckt gleichgültig die Achseln, als ich mich über die beiden Fünfen in Chemie und Englisch aufrege. „Die Versetzung ist gefährdet, David", sage ich ernst.

„Kann ich Consti besuchen?", fragt er, während ich deprimiert auf die anderen auch nicht herausragenden Noten schaue. Er nimmt keine Notiz davon und erklärt: „Ich möchte so gerne seine neue Wohnung sehen." Constantin hat seine Ausbildung begonnen und lebt inzwischen nicht mehr bei Frank.

„Ich habe nichts dagegen", erwidere ich, „aber was soll aus dir werden, wenn deine Noten sich nicht bessern? Du wirst doch volljährig im nächsten Jahr und hast dann keinen Abschluss!"

„Keine Ahnung", erwidert David und verlässt das Zimmer.

Doch als er gutgelaunt aus Frankfurt zurückkommt, verspricht er, sich von nun an in der Schule mehr anzustrengen.

Es wird kalt, der Winter hält Einzug, und je länger Uwe und ich zusammen sind, desto sicherer werden wir, dass wir die Zukunft gemeinsam verbringen wollen.

„Wie soll das gehen?", frage ich ihn eines Tages, nachdem er über die große Distanz an Kilometern klagt, die zwischen uns liegt. „Ich kann doch dem labilen Jungen nicht schon wieder einen Ortswechsel zumuten." In der Zwischenzeit hatte ich Uwe ein wenig von meinen Problemen mit David erzählt. Allerdings hatte ich das ganze Ausmaß der Schwierigkeiten noch für mich behalten.

„Wenn wir uns in der Mitte träfen, dann wäre dein Sohn in der Nähe seines Vaters und seines Bruders, denn meiner Meinung nach braucht er die beiden am nötigsten. Mit meiner Tochter werde ich reden, sie ist für ihr Alter außerordentlich vernünftig."

„Eine wunderbare Idee", antworte ich erfreut. „Und um in Daves Jargon zu reden: Keine Ahnung, wie er auf meinen Vorschlag reagieren wird."

Nachdem Uwe wieder abgereist ist, berichte ich David von

unseren Zukunftsplänen und dass wir den Wohnort wechseln müssten, um sie zu verwirklichen. Der Junge reagiert nicht ablehnend, wie ich befürchtet habe, sondern hört mir überaus gelassen zu.

„Wir würden uns ein kleines Haus mit Garten kaufen", versuche ich ihm den Umzug schmackhaft zu machen. „Natürlich nicht sofort, sondern frühestens, wenn du die neunte Klasse beendet hast."

„Hört sich gut an", erwidert er und fragt: „Können wir uns das denn leisten?"

„Sei ohne Sorge, ich habe gespart, und Uwe und ich verdienen gut", beruhige ich ihn.

„Ich denke drüber nach", meint er schließlich.

„Ich werde mich nicht gegen deinen Willen entscheiden, dann finden wir eben eine andere Lösung", verspreche ich ihm beim Hinausgehen.

Nachdem David ein langes Telefonat mit seinem Bruder geführt hat, stimmt er zu: „Ja, Mom, ist klar, ich geh mit." Und er fügt zu meinem grenzenlosen Erstaunen hinzu: „Berlin ist nicht gerade gut für mich."

Mir fällt ein Stein vom Herzen, aber trotzdem spüre ich ein gewisses Unbehagen, das ich mir nicht erklären kann.

Das Jahr neigt sich seinem Ende zu. Weil Uwe seiner Tochter schon seit Langem versprochen hat, mit ihr Weihnachten und Silvester zu verbringen, kommt er vor den Feiertagen noch einmal nach Berlin und lernt nun auch meinen älteren Sohn kennen, der an den Festtagen wie jedes Jahr bei uns ist.

Die beiden sind sich auf Anhieb sympathisch. Uwe, der vom Naturell her die typisch offene Art der Menschen aus dem Ruhrpott besitzt, redet gerne und kommt mit seinem Humor bei dem witzigen Constantin gut an.

Als wir abends gemeinsam essen gehen wollen, liegt David im Bett und schläft, obwohl er versprochen hatte, mitzugehen. Constantin und ich schauen uns an: Anscheinend hat David, der den ganzen Nachmittag unterwegs war, wieder einmal gekifft.

Beim Abendessen in einem Restaurant klärt Constantin Uwe, der Davids Unhöflichkeit kritisiert, über dessen Drogenproblem auf. Eingenommen von Uwes unkomplizierter Art, spricht er offen darüber, dass sein Bruder seit einiger Zeit regelmäßig Haschisch konsumiert.

Uwe ist ein absoluter Gegner von Haschisch, denn er hat vor einigen Jahren seinen besten Freund durch Drogen verloren. „Ich halte überhaupt nichts von der Verharmlosung der so genannten weichen Droge", sagt er ernst. „Das Zeug ist gefährlicher, als man denkt."

Auch am nächsten Tag, als Uwe sich verabschieden will, liegt David im Bett und schläft.

„Nimm's bitte gelassen", sage ich beschwichtigend, aber mein Freund ist verärgert und meint: „Der Junge braucht eine starke Hand."

Obwohl in den meisten Teilen Deutschlands kein Schnee liegt, schneit es in den nächsten Tagen in Berlin ununterbrochen. Die Stadt erstickt regelrecht in der weißen Pracht, sodass der Verkehr teilweise zum Erliegen kommt.

Constantin und ich haben einen Heidenspaß daran, mit Flora durch den Flockenwirbel zu laufen und uns mit Schneebällen zu bewerfen.

Während wir die Weihnachtseinkäufe erledigen, verbringt David die meiste Zeit in seinem Zimmer.

„Dein Verhalten ist eine Frechheit, besonders unserer Mutter gegenüber", sagt Constantin wütend, als David am Heiligen

Abend verschlossen und missmutig an der Bescherung teilnimmt.

Doch Constantins Vorhaltungen prallen an ihm ab.

Kurz darauf verschwindet er mit der Bemerkung „Mir geht's nicht gut" in seinem Zimmer. Er lässt sich nicht dazu bewegen, ein bisschen mit uns zu feiern. So bleibt uns nichts anderes übrig, als den Weihnachtsabend zu zweit zu verbringen.

Auch in den nächsten Tagen hält sich David meistens in seinem Zimmer auf. Und auch Silvester ändert sich nichts. Er nimmt zwar am Abendessen teil, aber um Mitternacht begleitet er uns nicht nach draußen, um das Feuerwerk anzuschauen. Böller und Raketen, die er für den Jahreswechsel gekauft hatte, bleiben unberührt in seinem Schrank liegen.

„Ich kenne ja eine Menge Kiffer, und wie du weißt, rauche ich selbst hin und wieder mal einen Joint", sagt Constantin, als wir weit nach Mitternacht die Treppen zur Wohnung hinaufgehen, „aber Daves Verhalten ist mir total unverständlich."

Bevor Constantin wieder abreist, sagt er seinem Bruder laut die Meinung. Er macht kein Hehl daraus, wie enttäuscht er ist. Aber David lässt alles teilnahmslos über sich ergehen.

Das neue Jahr fängt ja gut an, denke ich, denn kaum ist Constantin fort, verlässt David die Wohnung und kommt ein paar Stunden später bekifft wieder zurück. Doch auch wenn ich wütend bin, mache ich ihm keine Szene. Ich bin nicht mehr so verzweifelt wie früher. Die Liebe zu Uwe gibt mir Kraft.

Als David am nächsten Tag aus der Schule kommt, erwähnt er nebenbei, dass er im März ein Praktikum absolvieren müsse. „Ich möchte etwas mit Computern machen", sagt er.

Schließlich vermittelt Tina, die in der Zwischenzeit die Fliegerei an den Nagel gehängt hat und in einer auf Medienrecht spezialisierten Sozietät als Sekretärin arbeitet, für David dort einen Vorstellungstermin.

Nachdem er sich stundenlang im Bad aufgehalten hat, macht er sich sorgfältig gekleidet auf den Weg zur U-Bahn und erzählt nach seiner Rückkehr stolz, dass sein Praktikum bewilligt sei.

„Ich muss hauptsächlich am Computer arbeiten", berichtet er eifrig, zieht ein nagelneues Handy aus der Hosentasche und sagt: „Hab ich zur Belohnung von Tina geschenkt bekommen!"

Kurz darauf ist Uwe wieder da und repariert, nachdem er zusammen mit David das nötige Flickzeug gekauft hat, unten im Hof dessen Fahrrad. Weil mein Sohn mit einem Mal wie ausgewechselt ist, erzähle ich Uwe nichts von seinem Verhalten während der Feiertage.

Als er vorschlägt, für ein paar Tage zur Besichtigung von Immobilien nach Hessen zu fahren, wehre ich jedoch entschieden ab: „Ich lasse Dave auf keinen Fall hier allein."

„Der Junge hat doch auch einen Vater!", meint Uwe.

Frank willigt sofort ein, nach Berlin zu kommen, und so planen wir, das übernächste Wochenende auf Wohnungssuche nach Frankfurt zu fahren.

David freut sich außerordentlich auf den Besuch von Frank und Miriam. Er räumt sein Zimmer auf und drängt mich, noch allerlei einzukaufen, damit genügend Essen im Kühlschrank ist.

Als wir aus Hessen zurückkehren – wir haben Erfolg gehabt und auf Anhieb das passende Haus für uns gefunden –, sind Frank und Miriam wie verabredet schon frühmorgens abgereist.

„Das war echt cool, Mom", empfängt uns David an der Wohnungstür. „Wir haben viel unternommen."

Zufrieden, dass alles reibungslos verlaufen ist, zeige ich dem sichtlich interessierten Jungen Fotos von unserem neuen Haus.

„Es liegt am Rande einer kleinen hessischen Universitätsstadt. Von da aus ist es nicht weit nach Frankfurt", schwärme ich.

„Das ist aber ein großes Haus", meint David erstaunt.

Als ich ihm erkläre, dass wir nun öfter dorthin fahren müssen und er das nächste Mal mitkommen solle, um sich sein neues Zuhause anzusehen, fragt er: „Kann Hamit auch mit?"

„Kein Problem", sagt Uwe und nimmt mir die Entscheidung ab.

Die folgenden Wochen sind damit ausgefüllt, alle Formalitäten für den Hauskauf zu erledigen. Bald darauf fange ich an, Kartons für den Umzug zu sammeln, den wir für Ende Juni festgelegt haben.

Gleichzeitig beginnt mein Sohn sein vierwöchiges Praktikum und verlässt jeden Morgen pünktlich und sorgfältig gekleidet die Wohnung. Täglich ruft er an und berichtet stolz von seinen Aufgaben und wie leicht es ihm falle, sie zu erledigen.

Kurz bevor das Praktikum endet, besucht ihn seine Klassenlehrerin in der Anwaltskanzlei und ruft mich am gleichen Abend an. „Sie haben so viel Kummer mit Ihrem Sohn, darum muss ich mich unbedingt bei Ihnen melden", sagt sie freundlich. Als sie ihren Bericht beendet hat, stehen mir vor Rührung die Tränen in den Augen. David hat als Bester der Klasse das Praktikum absolviert!

Die Lehrerin verspricht, sich dafür einzusetzen, dass David versetzt wird. „Mit nur einer Fünf im Zeugnis bekommen wir das schon hin", verabschiedet sie sich. „Kopf hoch, Ihr Sohn hat ein ungeheures Potenzial!"

Am nächsten Tag legt David mir sein zweiseitiges Zeugnis vor. „Ich bin so stolz auf dich", sage ich und umarme ihn, nachdem ich die herausragende Beurteilung gelesen habe, die einer der angesehensten Anwälte der Stadt über meinen Sohn abgegeben hat.

Zur Feier des Tages gehen wir in die Stadt einkaufen, und ich bin außergewöhnlich optimistisch, als wir ein paar Stunden später mit Tüten bepackt die Treppen hinaufsteigen.

Ein paar Tage später fällt mir auf, dass einige der neuen Kleidungsstücke von Dave verschwunden sind. Auch das teure Marken-Shirt mit dem Signet eines amerikanischen Baseballvereins liegt nicht mehr in seinem Schrank.

Auf meine Frage, wo die Sachen sein könnten, antwortet er: „Keine Ahnung, vielleicht in der Wäsche."

Kurz darauf, als ich ihn mit dem Auto an der Schule abhole, sehe ich einen Jungen, der Davids Shirt trägt, und spreche ihn darauf an. Aber gerade in dem Augenblick, als er mir antworten will, kommt David hinzu und sagt: „Das Shirt ist nur geliehen, stimmt's, Benni?" Worauf der Junge sichtlich irritiert nickt.

Ich bin überzeugt davon, dass David das Shirt verkauft hat, verbiete ihm aber, in Zukunft seine Sachen ohne meine Erlaubnis zu verleihen.

Am Tag darauf kommt Uwe, und wir fahren mit David und seinem Freund Hamit am nächsten Morgen zeitig los.

Gleich nach unserer Ankunft in unserem neuen Haus schauen sich die Jungen alle Räume an, und als Dave sein Zimmer begutachtet, murmelt er sein übliches „Cool" und fügt hinzu: „Keine Treppen mehr."

Bevor wir zurückfahren, besuchen wir Constantin in seiner kleinen chaotischen Wohnung. Er ist überglücklich, dass wir bald wieder in seiner Nähe wohnen werden, und beim Verabschieden meint er zu Dave: „Alter, ich freu mich auf dich!"

„Hast du es gut, keine Mietwohnung mehr mit tausend Stufen", meint Hamit auf der Rückfahrt. „Ich wünschte, ich könnte mit dir tauschen."

Nach unserer Rückkehr bitte ich David eindringlich: „In der nächsten Zeit gibt es einiges zu tun, und weil Uwe nicht da ist, brauche ich deine Unterstützung." Doch ich bekomme keine Hilfe, denn mein Sohn ist dauernd unterwegs und, sobald er zu Hause ist, absolut unzugänglich.

Mir fällt auf, dass er das Handy von Tina nicht mehr benutzt, und auf meine Nachfrage murmelt er übellaunig: „Hab's verloren."

Resigniert stelle ich fest, dass mein Sohn sich in keiner Weise geändert hat. So ist die einzige Hoffnung, die ich habe, dass der Umzug nach Hessen in die Nähe von Vater und Bruder David helfen kann und vielleicht auch das Leben mit einem Mann im Haus ein Wunder bewirken wird.

Als Uwe Ende April – draußen ist es kühl und nass – an Davids achtzehntem Geburtstag nach Berlin kommt, sagt er:

„Wenn ich mich an meine Feier zur Volljährigkeit erinnere und mir deinen Sohn anschaue, versteh ich die Welt nicht mehr." Denn David öffnet erst nach wiederholtem Klopfen seine Zimmertür, um sein Geschenk entgegenzunehmen. Auch auf die vielen Anrufe seiner Freunde reagiert er nicht, sondern verbringt seinen Geburtstag vor seinem Computer.

Kurz darauf kommt per Einschreiben die Mitteilung, dass die Vormundschaft des Jugendamts für David erloschen ist.

Aber statt sich zu freuen, dass er, wie ich fröhlich sage, nun ein freier Mensch sei, zuckt er nur die Schultern und ist am Inhalt des Briefes nicht interessiert.

In Vorfreude auf unser neues Leben nehme ich sein Verhalten gelassen hin und warte auch nicht mehr, wenn er spät oder gar nicht nach Hause kommt. Überhaupt vermeide ich jede Konfrontation und halte mich, so gut es geht, zurück. Auch seinen Haschischkonsum kommentiere ich nicht mehr.

Und als Uwe und ich in Hessen den Notartermin zur Grundbucheintragung wahrnehmen müssen, lasse ich David ohne mit der Wimper zu zucken mehrere Tage allein in der Berliner Wohnung.

Nach unserer Rückkehr vereinbare ich mit einer Spedition den Umzugstermin und fange mithilfe von Frau Hochmann, der Putzfrau, die mir in den letzten Jahren die Wohnung sauber gehalten hat, an zu packen.

An einem Nachmittag Ende Mai, als bereits Dutzende von Kartons auf dem Balkon stehen, sage ich zu Frau Hochmann: „Sie können auch das blaue Geschirr aus dem Schrank nehmen, ich brauche es hier nicht mehr." Als ich kurz darauf ins Wohnzimmer komme, hat sie schon den größten Teil in Zeitungspapier eingewickelt und ist gerade dabei, alles ordentlich in einen Karton zu legen.

„Halt", rufe ich, „nicht die Kaffeekanne, da habe ich etwas versteckt."

Frau Hochmann, eine waschechte Berlinerin, schaut mich verwundert an und sagt: „Da is nischt drin. Ick hab se doch jerade in die Hand jehabt."

Ich fühle mich in diesem Moment, als hätte man mir mit einem Hammer auf den Kopf geschlagen.

„Wat war denn drinne?", fragt meine Putzfrau neugierig.

Aber ich höre gar nicht hin, sondern sage zu David, der in seinem Zimmer am PC sitzt: „Die Münzen sind weg, und die hat niemand anderes genommen als du."

„Was?", fragt er und tut so, als fiele er aus allen Wolken. „Lüg nicht", brülle ich außer mir vor Zorn, „es war niemand anderes in der Wohnung."

„Frag doch mal deine Putze, wo sie das Zeug verhökert hat", meint David und widmet sich weiter seinem Computer.

Da stürmt Frau Hochmann herein. „Det muss ick mir nich jefallen lassen!" Ihre Stimme überschlägt sich fast. „Du unverschämter Kerl", kreischt sie, „hier bleibe ick keine Minute länger." Und ehe ich sie beruhigen kann, nimmt sie ihre Jacke von der Garderobe, und ich höre nur noch die Absätze ihrer Schuhe die Treppe hinunterklappern.

„Du willst wirklich diese Frau beschuldigen, die bei Tinas Freund schon seit Jahren putzt und die mir beide wärmstens empfohlen haben?", frage ich traurig.

Und während David an seiner Behauptung festhält, dass er mit dem Verschwinden der Münzen nichts zu tun habe, mache ich mir Vorhaltungen über meine Dummheit. Weshalb hatte ich geglaubt, dass mein Sohn niemals die Münzen stehlen würde?

Abends, als ich fernsehe, bekomme ich von David ein Fax. In den vergangenen Jahren hat er mir immer mal wieder eines geschickt. Mal unter dem Vermerk „Hunger" mit der Bitte nach einem Spiegelei oder unter „Nicht vergessen" mit dem Hinweis, dass er am nächsten Tag später in die Schule müsse.

Heute steht unter dem Betreff „Liebe":

„Verzeih mir bitte, was ich Dir angetan habe.

Ich liebe Dich!

Dave."

Es ist Ende Juni und ein heißer Sommer. Als ich die letzten Kartons verklebe, läuft mir auch noch am Abend der Schweiß in

Rinnsalen den Körper herunter. Es ist die letzte Nacht in Berlin. David ist den ganzen Tag kaum zu Hause gewesen.

Als am nächsten Morgen der Möbelwagen in den Hof fährt, verlässt David gerade die Wohnung und ruft: „Komme gleich wieder, muss nur noch kurz etwas erledigen!" Und während die Spediteure eine Rutsche zum vierten Stock anbringen, denn sie wollen unsere Möbel über den Balkon nach unten befördern, läuft David hastig die Treppen hinunter.

Gegen Mittag ist schließlich alles im Transporter verstaut, doch David ist noch immer nicht zurück. Nachdem die Spediteure sich verabschiedet haben und der riesige Wagen aus dem Hof rollt, setze ich mich in der leeren Wohnung auf den Fußboden und rufe David auf seinem Handy an. Aber das Telefon ist abgeschaltet.

Ich zünde mir eine Zigarette an und schaue ratlos vor mich hin. Schließlich gewinnt mein Ärger die Oberhand, und ich laufe wütend nach unten, nachdem ich die Wohnungstür abgeschlossen habe.

Aber je länger ich warte, desto mehr verfliegt meine Wut, und ich beginne mir Sorgen zu machen. Auch das Auf- und Ablaufen auf der Straße mildert meine immer stärker werdende Unruhe nicht.

Nachdem ich fast drei Stunden auf den Jungen gewartet habe, fasse ich den Entschluss, ohne David abzufahren. Doch gerade, als ich das Auto starte, kommt er in Begleitung von Hamit die Straße herauf. Er verabschiedet sich mit vielen Küssen und Umarmungen von seinem Freund und steigt ohne ein Wort ins Auto.

„Das ist doch eine Unverschämtheit sondergleichen, mich so lange warten zu lassen", begrüße ich ihn böse. „Ganz zu schweigen davon, dass du mich mit der vielen Arbeit alleingelassen hast."

„Kannst du nicht verstehen, dass es mir schwerfällt, mich von meinen Freunden zu trennen?“, fragt David in einem Tonfall, der mich milde stimmt. Und weil ich erleichtert bin, dass er schließlich doch noch aufgetaucht ist, sage ich nichts weiter und fahre zügig in Richtung Autobahn.

Kapitel 8
Rückkehr

Kaum sind wir aus der Stadt heraus, redet David ohne Unterlass und sagt schließlich kleinlaut: „Ich wäre ja früher gekommen, aber meine Kumpels wollten mich nicht gehen lassen." Ich merke ihm an, dass ihm sein Verhalten leidtut, denn er gibt sich sichtlich Mühe, mich während der langen Fahrt zu unterhalten.

Als wir gegen Abend endlich in Gießen ankommen, sprechen wir kaum noch miteinander, sondern fallen erschöpft auf unsere Luftmatratzen.

Am nächsten Morgen biegt schon sehr früh der LKW der Spedition in die Einfahrt. David, der schon vor mir aufgestanden ist, winkt den Wagen in den Hof und fasst sofort mit an. Ohne Pause schleppt er den ganzen Tag Kartons, Möbel und Pflanzen ins Haus.

Es gibt in den nächsten Tagen viel zu tun. Uwe, der inzwischen auch eingetroffen ist, baut mit Daves Unterstützung Betten und Schränke auf, und bald steht alles an seinem gewünschten Platz.

David gefällt sein Zimmer mit den neuen Möbeln, und als Uwe ihm hilft, seinen Computer anzuschließen, sagt er glücklich „Coole Sache, das neue Zuhause."

Kurz darauf trifft Uwes Tochter Ann-Kristin ein, die einen Teil ihrer Sommerferien bei uns verbringen wird. Obwohl ich David zuvor gebeten hatte, das neue Familienmitglied freundlich zu empfangen, bleibt er in seinem Zimmer, als das Auto vorfährt.

„Eine Zwölfjährige, Mom. Was soll ich mit der reden?"

Aber als mich das Mädchen mit festem Händedruck und

einem fröhlichen „Hallo, ich werde, seit ich auf der Welt bin, Anti genannt" begrüßt, kommt David und mustert sie neugierig. Unverhohlen starrt er das Mädchen mit den langen blonden Zöpfen und der rotkarierten Kappe, die schief auf ihrem Kopf sitzt, an. Schließlich reicht er ihr die Hand und sagt: „Hi, ich bin Dave", und er fügt breit grinsend hinzu: „Ab jetzt dein Bruder."

Anti und David verstehen sich auf Anhieb, und mit Constantins Ankunft am Wochenende sind wir mit einem Schlag eine Patchwork-Familie. Als am Sonntagvormittag Uwes Eltern mit Ralf, Uwes jüngerem Bruder, bei uns eintreffen, mutieren wir sogar zur Großfamilie.

„Erzähl doch mal, was du in Berlin alles angestellt hast", fordert Uwes Mutter Edda David beim Kaffeetrinken auf und knufft ihn in die Seite. Mein Sohn, der seit Langem Unterhaltungen aus dem Wege geht, lächelt verlegen und antwortet: „Viel Mist."

„Na ja", erwidert sie verständnisvoll. „Wenn man jung ist, macht man viele Dummheiten, das war bei meinen Söhnen nicht anders."

Damit ist das Eis gebrochen. Er akzeptiert die neu gewonnenen Familienmitglieder offensichtlich ohne Einschränkung. Nach einem vergnüglichen gemeinsamen Abend sagt David euphorisch: „Voll krass, diese Familie!"

In den folgenden Tagen sind er und Ann-Kristin unzertrennlich. „Siehste, Mom", sagt David glücklich, „jetzt ist dein Wunsch in Erfüllung gegangen, und du hast noch eine Tochter hinzubekommen." Und lachend fügt er hinzu: „Sogar mit Zöpfen."

Der Abschied fällt beiden schwer. „Ich freu mich schon darauf, wenn du wiederkommst", sagt David und nimmt sie in den Arm.

Als Uwe, der beruflich ständig unterwegs ist, zu Wochenbeginn auch abreist, findet es David langweilig bei uns und verabredet sich gleich mit Frank, der ihn kurz darauf für ein paar Tage abholt. „Ich bin froh, dass ich jetzt wieder in der Nähe von Papa wohne!", kommentiert er nach seiner Rückkehr.

Leider reden David und Uwe an den Wochenenden kaum miteinander. Uwe meint, David müsse auf ihn zugehen, während mein introvertierter Sohn entgegengesetzter Meinung ist. Da beide an ihrer sturen Haltung festhalten, verschwindet David, sobald Uwe nach Hause kommt, in seinem Zimmer.

Schließlich sind die Ferien um, und die Schule beginnt.

Am ersten Schultag steht David früh auf und macht sich sorgfältig zurecht.

Als er mittags in Begleitung eines rothaarigen Jungen nach Hause kommt, ist er guter Dinge. „Das ist Franz", stellt er mir seinen Schulkameraden vor und erzählt, wie gut er in der Klasse aufgenommen wurde. Und als er in den nächsten Wochen jeden Morgen pünktlich das Haus verlässt, bin ich beruhigt.

David findet genau wie in Berlin schnell Anschluss und hat bald einen großen Freundeskreis.

Nur das Verhältnis zwischen Uwe und David ändert sich nicht. Nach wie vor reden die beiden kaum miteinander. Doch als Uwe eines Tages meinen Wagen aus der Werkstatt abholen will und David fragt, ob er Lust habe mitzukommen, willigt der sofort begeistert ein und erzählt mir später beeindruckt, wie schnell Uwe gefahren sei.

„Apropos Autofahren, was ist eigentlich mit deinem Führerschein?", fragt Uwe.

„Den mache ich, sobald ich den Erste-Hilfe-Kurs absolviert habe", beteuert David eifrig.

Aber als Uwe ihn danach fragt, was er nach dem Schulabschluss vorhabe, erwidert er sichtlich genervt: „Können wir ein anderes Mal darüber reden?", und verlässt das Zimmer.

In den Herbstferien kommt Hamit zu Besuch. Strahlend nimmt Dave seinen Berliner Freund in Empfang und stellt ihm seine Clique vor.

Als Hamit sich über den hessischen Dialekt lustig macht, fordert David: „Hör auf zu lästern, hier sind nämlich meine Wurzeln."

Das Jahr neigt sich seinem Ende zu. An Weihnachten ist die ganze Familie bei uns versammelt. David fühlt sich inmitten der Großfamilie sichtlich wohl. Obwohl Ann-Kristin und Constantin sich sträuben, besteht er darauf, dass wir gemeinsam in die Kirche gehen.

Anfang des neuen Jahres packt Uwe, nachdem er seine Tochter wieder nach Essen gebracht hat, seine Koffer für eine längere Geschäftsreise nach Finnland.

Kaum sind wir allein, hockt David, wenn er nicht unterwegs ist, ständig hinter heruntergelassenen Rollläden vor seinem Computer und ist, wenn ich ihn anspreche, schlechter Laune.

Auf mein Drängen, endlich die Formalitäten für die Führerscheinprüfung zu erledigen, reagiert er gereizt.

Auch nach Uwes Rückkehr macht David keine Anstalten, sein Verhalten zu ändern. Meist liegt er an den Wochenenden bis mittags im Bett und nimmt nur widerwillig an den gemeinsamen Mahlzeiten teil.

Eines Sonntagnachmittags klopf Uwe ungehalten an seine Tür und hält ihm eine Strafpredigt. „Das Leben besteht nicht aus chillen", sagt er zornig. „Punkt eins, der PC kommt aus deinem Zimmer, Punkt zwei ..." Aber weiter kommt er nicht, denn David sagt laut und deutlich „Arschloch!" und verlässt das Haus.

Von diesem Moment an sind die Fronten zwischen den beiden endgültig verhärtet. Auch als David sich schließlich entschuldigt, ändert sich das kaum.

An den Wochenenden absolviert er endlich den Erste-Hilfe-Kurs und beginnt kurz darauf wieder mit den Fahrstunden, aber genau wie in Berlin geht er nicht zum theoretischen Unterricht. Als ich mich weigere, weitere Fahrstunden zu bezahlen, kümmert ihn das nicht.

Er geht zwar regelmäßig zur Schule, benimmt sich jedoch, als sei er Gast bei uns im Haus. Wegen jeder Kleinigkeit rastet er aus und brüllt mich an, wenn Uwe nicht da ist. Nachdem wir ein langes Gespräch geführt haben und er versprochen hat, sich zu bessern, geht es eine Zeit lang gut.

Aber es dauert nicht lange, bis er wieder den ganzen Tag vor dem PC sitzt und horrende Kosten verursacht, weil er ununterbrochen online ist.

Als Uwe ihm schließlich das Verbindungskabel wegnimmt, besorgt David sich sofort ein neues. Es bleibt uns nichts anderes übrig, als auch dieses Kabel zu konfiszieren. Schließlich treibt David es so weit, dass Uwe die Steckdose der Internetverbindung mit Spezialkleber verschließt.

Doch als David kurz darauf ein ausgezeichnetes Halbjahreszeugnis mit nach Hause bringt, montiert Uwe zur Belohnung eine neue Steckdose in Davids Zimmer.

„Mit diesem Zeugnis kannst du auch aufs Gymnasium gehen und das Abitur machen", sage ich.

„Keine Ahnung", entgegnet er unwirsch und gibt zu, die Schule hänge ihm zum Halse heraus.

Schließlich entscheidet sich David dafür, genau wie sein Bruder erst einmal eine Lehre als Speditionskaufmann zu machen.

„Ich habe das mit Consti schon besprochen", erklärt er. „Ich werde auf jeden Fall in seine Nähe ziehen."

Während ich Bedenken äußere, meint Uwe: „David, es wird Zeit, dass du lernst, auf eigenen Beinen zu stehen."

Meine Sorgen sind unbegründet, denn der Junge wird zusehends selbständiger. Im März besorgt er sich für das berufsvorbereitende Praktikum rasch und ohne Hilfe einen Platz in einer Firma, die mit Transporten zu tun hat.

Während ich die Frühlingssonne genieße und froh darüber bin, nicht mehr wie in Berlin Treppen laufen zu müssen, um einen Sonnenstrahl zu erhaschen, pflanzen Uwe und David in friedlicher Eintracht einen großen Kirschbaum in unseren Garten.

Aber die gute Stimmung hält leider nicht lange an, denn kurz darauf bleibt David, ohne Bescheid zu sagen, das ganze Wochenende verschwunden und taucht erst am Montagmittag wieder auf.

Als ich ihn vorsichtig zur Rede stellen will, wird er ausfallend: „Verpiss dich", schreit er, „ich bin schließlich volljährig", und schließt sich in seinem Zimmer ein.

Gegen Abend kommt er mit hängenden Schultern und gesenktem Kopf ins Wohnzimmer und bricht in Tränen aus.

Als ich ihn bestürzt in den Arm nehme, stammelt er: „Weißt du, was damals in Berlin der Psychologe zu mir gesagt hat? Meine größte Angst sei es, deine Liebe zu verlieren."

„So verhältst du dich aber nicht", erwidere ich.

„Nein", schluchzt er, „ich habe keine Ahnung, warum ich Menschen, die ich liebe, immer nur verletze und ihnen wehtue."

Trotz seines Gefühlsausbruchs und des Versprechens, sich in Zukunft wie ein Mitglied der Familie zu verhalten, ändert sich nichts. Ständig ist er unterwegs und kommt spät mit glasigen Augen oder gar nicht nach Hause.

Als Uwe plötzlich Geld fehlt, verschlägt es mir die Sprache.

„Ich kann mir nicht vorstellen, dass er dich bestiehlt", beteuere ich, und Uwe murmelt: „Ich bin mir auch nicht sicher, vielleicht habe ich es ja verloren."

Aber von diesem Moment an behalten wir unsere Geldbörsen im Auge.

Davids neunzehnter Geburtstag fällt in diesem Jahr auf Ostermontag, doch obwohl Ann-Kristin ihre Ferien bei uns verbringt, ist er nicht da. Seine Noten sind nach wie vor ausgezeichnet, aber er macht keine Anstalten, den theoretischen Unterricht der Fahrschule zu besuchen, sondern fährt weiter mit dem Fahrrad durch die Gegend.

Als Uwe und ich Anfang Mai für ein paar Urlaubstage nach Hamburg fahren, bleibt David zu Hause und passt auf Flora auf. Bei unserer Rückkehr berichtet unsere albanische Putzfrau, dass David während unserer Abwesenheit nicht in die Schule gegangen sei und mit Freunden ein fürchterliches Saufgelage veranstaltet habe.

Darum schaue ich mit gemischten Gefühlen zu, wie Uwe David hilft, sich für einen Ausbildungsplatz zu bewerben.

Doch als er sich kurz darauf bei einer Luftfrachtgesellschaft vorstellt und die Lehrstelle bekommt, gewinnt mein Optimismus wieder die Oberhand.

Auch eine passende Wohnung, nur ein paar Minuten von Constantin entfernt, ist schnell gefunden. Bei der Besichtigung habe ich ein ungutes Gefühl, ohne sagen zu können, weshalb, aber Dave ist euphorisch und sagt sofort: „Die nehme ich."

Für die aus zwei Zimmern, Küche und Bad bestehende Wohnung im neunten Stock eines Hochhauses verlangt die Baugenossenschaft die drei üblichen Monatsmieten als Kaution. Selbstverständlich bin ich bereit, das Geld zu hinterlegen, doch als der Vermieter auch noch einen Bürgen fordert, kommen mir

Bedenken. Aber da es keine andere Möglichkeit gibt, David den Start in die Selbständigkeit zu ermöglichen, beiße ich in den sauren Apfel und unterschreibe schweren Herzens die Verpflichtung, für alle anfallenden Kosten aufzukommen, falls mein Sohn dazu nicht in der Lage sein sollte.

David belohnt meine Großzügigkeit mit einem erstklassigen Abgangszeugnis.

Die Abschiedsfeier findet in der Aula der Schule statt, und während David im Chor mit seinen Mitschülern „Time to say good bye" singt, kommen mir die Tränen. Es fällt mir schwer, loszulassen.

Das Klassenfest findet anschließend in einem Waldgasthof statt, und ich bringe David und einige seiner Freunde dorthin.

In dieser Nacht kommt David nicht nach Hause, sondern erscheint erst am darauf folgenden Nachmittag. Er ist übelster Laune und behandelt mich, als sei ich eine Fremde. Seine schlechte Stimmung hält an, und während wir kurz darauf beginnen, seine Sachen einzupacken, ist er verschlossen und beängstigend still.

Mit schlechtem Gewissen und überzeugt, dass es keine gute Idee ist, meinen Sohn in eine eigene Wohnung zu entlassen, weine ich hinter verschlossenen Türen.

Ende Juli ist es dann so weit, Uwe mietet einen Mercedes-Sprinter, in dem wir gemeinsam mit Ann-Kristin Davids Hausrat in seine neue Wohnung bringen.

Kurz bevor wir das Haus verlassen, legt David demonstrativ seinen Haustürschlüssel auf den Tisch. Ich habe das Gefühl, als wollte er mir sagen: „Siehst du, nun schickst du mich doch weg."

Darum fällt mir ein Stein vom Herzen, als bei unserer Ankunft in Frankfurt Constantin schon ungeduldig wartend vor dem

Hochhaus steht. „Was für ein Glück", denke ich beruhigt. „Der Junge ist ja nicht allein."

Als die Möbel aufgestellt sind, klopft Constantin seinem Bruder aufmunternd auf die Schulter und sagt: „Jetzt kommst du erst einmal mit zu mir."

Obwohl Ann-Kristin mich mit ihrer Unternehmungslust in den kommenden Tagen in Beschlag nimmt, vermisse ich David so sehr, dass es richtig wehtut. Als er mich jedoch gutgelaunt anruft und stolz von seinem ersten Arbeitstag berichtet, bin ich fürs Erste beruhigt.

Uwe und ich heiraten Ende August, und die ganze Familie ist bei der Hochzeitsfeier wieder vereint. Ich bin mir sicher, dass es David trotz aller vorangegangenen Schwierigkeiten nun geschafft hat. Ausgeglichen und selbstsicher wie nie zuvor, erzählt er ausführlich von seinem neuen Leben. Und er flüstert mir ins Ohr: „Siehst du, Mom, jetzt wird doch noch etwas aus mir."

Nach unserer Rückkehr aus den Flitterwochen geht das Leben seinen gewohnten Gang. Während Uwe nach wie vor die Woche über unterwegs ist, verkaufe ich weiter Werbung und habe auch Zeit zum Malen.

David ruft regelmäßig an und berichtet, dass ihm seine Ausbildung großen Spaß mache und dass er und Constantin fast täglich nach Feierabend zusammen seien. Als ich ihn das erste Mal besuche – Frank hat ihm in der Zwischenzeit eine kleine Küche und eine Waschmaschine besorgt –, bin ich beeindruckt, wie ordentlich Davids Wohnung ist. Im Gegensatz zu Constantins Bleibe ist alles fein säuberlich aufgeräumt und geputzt.

Auf dem Schreibtisch steht in einem kitschigen Rahmen aus rosa Kunststoffblumen ein Foto von seiner Schulkameradin Betty, die früher hin und wieder bei uns zu Besuch war.

An der Wand über dem Sofa hängt ein riesiges Poster. Ein Schwarzweißporträt von Curt Cobain, unter dem in großen roten Buchstaben steht: „I hate myself, I'll die".

Als David meinen irritierten Blick bemerkt, sagt er: „He, Mom, völlig harmlos, so etwas haben viele Kids in ihren Zimmern hängen."

Bevor ich wieder nach Hause fahre, zahle ich zum dritten Mal die Anmeldegebühren für die Führerscheinprüfung, diesmal in einer Fahrschule auf der gegenüberliegenden Straßenseite. David hatte mich eindringlich darum gebeten und gesagt, dass der Führerschein für seinen Beruf unabdingbar sei. Außerdem hatte er fest versprochen, das Geld später zurückzuzahlen.

Mit der Zeit gewöhne ich mich an das Leben ohne David und bemerke, wie wohltuend es für mich ist, nicht mehr ständig auf ihn achtgeben zu müssen.

Als ich mich Anfang November wieder einmal bei Dora melde, merke ich gleich am Klang ihrer Stimme, dass etwas nicht in Ordnung ist.

Dass Jenny nächtelang von zu Hause fortbleibt, kann ich noch irgendwie nachvollziehen, aber als Dora schließlich weinend gesteht, dass Jenny seit einiger Zeit handgreiflich wird, bin ich geschockt.

„Gestern zum Beispiel", erklärt Dora, „kam sie erst gegen Morgen total betrunken nach Hause. Und als ich ihr, nachdem sie aufgestanden war, Vorhaltungen gemacht habe, boxte sie mir mit aller Kraft in die Rippen." Mit tonloser Stimme sagt sie: „Ständig beklaut sie uns, zieht Maries Sachen an, und wenn die sich wehrt, schlägt sie ihr ins Gesicht."

„Du musst dir sofort Hilfe holen", appelliere ich an die Freundin.

Doch Dora erwidert leise: „Nein, dann nehmen sie uns Jenny sofort weg."

Nachdem wir das deprimierende Telefonat beendet haben, informiere ich das zuständige Jugendamt in Berlin.

Leider erfahre ich nicht, was die Behörde unternommen hat, denn als ich einige Zeit später wieder anrufe, legt Torsten, als ich mich melde, wortlos den Hörer auf.

Es ist bitterkalt geworden, als wir uns Ende November an Constantins dreiundzwanzigstem Geburtstag mit Frank und Miriam in einem gemütlichen Lokal treffen.

Daves angenehmes Wesen hebt sich deutlich von dem seines Bruders ab. Denn Constantin wird wie gewohnt sofort laut, als ich mich seiner Meinung nach der Kellnerin gegenüber nicht richtig verhalte. Während Frank genervt die Augenbrauen hochzieht, lacht David und sagt: „Keep cool, Consti."

Es ist immer wieder eine Überraschung, wie liebenswürdig sich unser Problemkind jetzt gegenüber seiner Familie verhält.

Bald darauf ist Weihnachten, und unsere Kinder treffen vor den Feiertagen mit lautem Hallo bei uns ein. Das Weihnachtsfest verläuft genauso harmonisch wie im Jahr zuvor.

Davids gewachsenes Selbstbewusstsein ist nicht zu übersehen. Stolz legt er kleine Päckchen mit Geschenken unter den Baum, die er von seinem selbst verdienten Geld gekauft hat.

Wie immer sind er und Ann-Kristin unzertrennlich und reden ohne Unterlass miteinander.

Das kommende Jahr ist überschattet von Trauer. Anfang Januar bringt sich Uwes Bruder Ralf aus Liebeskummer um.

Die Familie rückt noch enger zusammen.

An den Feiertagen sind die Kinder immer bei uns, und auch die Geburtstage verbringen wir regelmäßig gemeinsam.

Einmal sagt David: „Wenn ich mich daran erinnere, wie lustig Ralf auf der Hochzeit war, und ein halbes Jahr später ist er tot. Es ist für mich unbegreiflich, wie jemand so etwas tun kann." Nüchtern fügt er hinzu: „Es gibt doch immer einen Ausweg."

Im Herbst, als Constantin in eine größere Wohnung zieht, helfen alle beim Umzug. Frank, der in der Zwischenzeit zu seiner Freundin ins Ruhrgebiet gezogen ist, kommt sogar mit Miriam eigens aus Wuppertal angereist.

Das neue Jahr beginnt ruhig, und auch die folgenden Monate verlaufen ohne größere Ereignisse. Allerdings ist es auffallend, wie sehr sich David wieder verändert. Er ruft nur noch selten an. Zu Besuch kommt er kaum noch, und wenn, dann wirkt er äußerst verschlossen.

Er erzählt nichts über seine Lehrstelle, von Freunden oder darüber, was er in seiner Freizeit macht. Sobald wir ihn auf den Führerschein ansprechen, hat er eine Ausrede parat. Bei seinen Stippvisiten streift er durchs Haus und gibt vor, etwas zu suchen. Oft fehlt Geld, wenn er wieder weg ist. Aber er nimmt sich auch andere Dinge wie Kabel oder CDs, ohne zu fragen.

Das Schönste für mich ist in diesem Jahr eine erfolgreiche Ausstellung meiner Bilder Ende November in Berlin.

Kaum bin ich zurück, ruft Davids Ausbildungsleiter an.

„Wissen Sie, als Vater habe ich viel Verständnis für junge Leute", erklärt er. „Und Ihr Sohn absolviert, wenn er denn da ist, seine Arbeit überdurchschnittlich gut. Aber inzwischen hat sich die Berufsschule eingeschaltet und uns gebeten, die Ausbildung abzubrechen, da David so gut wie nie am Unterricht teilnimmt und für die bevorstehenden Prüfungen das Berichtsheft nicht abgegeben hat. Hinzu kommt", sagt er ernst, „dass Ihr Sohn immer noch keinen Führerschein hat. Darum müssen meine Mitarbeiter oder ich am Flughafen die Zolldokumente selbst befördern, was grundsätzlich die Aufgabe des Lehrlings ist."

Betroffen bemühe ich mich, die Fassung zu bewahren.

„Wenn ich nicht so viel von David halten würde", fährt er fort, „würde ich ihn auf der Stelle rauswerfen. Aber ich gebe ihm noch eine letzte Chance. Wenn er mir in den nächsten Tagen seine vollständigen Arbeitsberichte zum Unterzeichnen vorlegt, werde ich ein Auge zudrücken und in der Schule ein gutes Wort für ihn einlegen."

Nachdem ich mich bedankt habe, verspricht er: „Und wenn der junge Mann sich die letzten Wochen am Riemen reißt, kann er gerne nach Beendigung seiner Lehre von uns übernommen werden."

Bevor ich David anrufe, um ihm eine Strafpredigt zu halten, spreche ich mit Constantin. Der gesteht mir nach einigem Zögern, dass er seinen Bruder mehr als einmal morgens aus dem Bett geholt und zu seiner Arbeitsstelle gefahren habe. „Ich kann meinen Bruder doch nicht einfach hängen lassen!"

Nachdem ich dem zerknirschten David einen bitterbösen Vortrag gehalten habe und auch Frank sich eingeschaltet hat, schreibt sich der Junge die Finger wund und kann im Dezember, da seine Unterlagen vollständig sind, an der schriftlichen Prüfung teilnehmen, die er mit einer mäßigen Note besteht.

Doch mein Sohn hat anscheinend nichts begriffen. Bei meinem nächsten Anruf in seiner Firma erfahre ich, dass er den gleichen Trott beibehält und sich krankgemeldet hat.

„Leider kann ich nichts mehr für David tun", meint sein Chef, und dabei ist ihm sein Bedauern deutlich anzuhören. Er erklärt mir, dass David sich nach der mündlichen Prüfung im Januar einen Job suchen müsse, denn man sei im Unternehmen an einer Mitarbeit nicht weiter interessiert.

„Da wollte ich sowieso nicht bleiben", erklärt mir David frech.

Ich bin über sein Verhalten maßlos wütend und bitter enttäuscht.

Kurz vor Weihnachten teilt mir ein Arzt mit, dass ich an Krebs erkrankt sei.

Ich warte nicht, bis die Kinder an den Feiertagen zu uns kommen, sondern unterbreite ihnen die schlechte Nachricht am Telefon.

Während Constantin laut wird und meint: „Das hättest du mir auch schonender beibringen können", erwidert David gar nichts, sondern murmelt nur „Krass" und wechselt das Thema.

An Weihnachten verhalten wir uns alle so, als sei nichts geschehen.

Kapitel 9
Absturz

Außer dem gleichmäßigen Summen der Pumpe ist es still im Zimmer. Als ich auf die Uhr schaue, ist es kurz vor elf. Die Nachtschwester kommt, prüft den Tropf und stellt etwas gegen die Übelkeit auf den Nachttisch.

Noch zwei Beutel, denke ich, dann ist der erste Zyklus geschafft. Da klingelt das Telefon.

Es ist David.

„Mama", schluchzt er, „ich habe den Termin für die mündliche Prüfung verpasst. Ich dachte, sie wäre erst nächste Woche." Er ist völlig verzweifelt und weint: „Was mache ich denn jetzt?"

Nach dem ersten Schreck sage ich: „Es ist egal, wie spät es ist, du rufst jetzt den Prüfungsleiter an und bittest ihn, dass er dich an der nächsten Prüfung teilnehmen lässt."

Am anderen Ende der Leitung wird es still. „Meinst du, das haut hin?", fragt er unsicher.

„Natürlich", beruhige ich ihn. „Es wird dir schon eine passende Ausrede einfallen!"

Am nächsten Abend, als David glücklich in den Hörer ruft: „Ich habe heute Morgen die Prüfung bestanden und eine Zwei plus bekommen!", fällt mir ein Stein vom Herzen.

Nachdem ich gratuliert habe, mahne ich: „Du musst dich jetzt sofort um eine Arbeitsstelle kümmern."

„Schon klar", meint mein Sohn gelassen, „das weiß ich doch selbst. Mach dir keine Sorgen."

Danach höre ich nichts mehr von ihm. Während Constantin täglich anruft, meldet sich mein anderer Sohn nicht.

Als ich ihn endlich erreiche und bitte, mich im Krankenhaus zu besuchen, sagt David: „Sorry, Mom, ich habe morgen ein Vorstellungsgespräch, das kann ich unmöglich versäumen."

„Kommst du dann anschließend?", bitte ich und erkläre: „Wenn ich weiß, dass jemand vor der Tür wartet, kann ich die Bestrahlung leichter ertragen."

„Danach muss ich mich noch bei einer anderen Firma vorstellen", meint David, verspricht aber, sobald als möglich zu kommen.

Doch er ruft nicht an, und als ich ihn schließlich wieder einmal erreiche, sagt er: „Ich kann dir doch eh nicht helfen, du weißt ja, wie wichtig die Jobsuche ist."

Auch während Constantin ein paar Tage bei uns zu Besuch ist, meldet David sich nicht.

Die Zeit vergeht, inzwischen habe ich Chemotherapie und Bestrahlung hinter mir, aber von David kommt kein Lebenszeichen. Kurz vor Ostern ruft er wie aus heiterem Himmel an und sagt: „Mom, ich will dich besuchen! Kannst du mir eine Fahrkarte buchen, ich bin ein bisschen knapp, du bekommst das Geld zurück."

Am Tag darauf steht er tatsächlich vor der Tür. Dünn und blass sieht er aus und legt sich sofort im Gästezimmer ins Bett. Am nächsten Tag steht er erst nach Mittag auf.

„Was ist eigentlich aus deinen Bewerbungen geworden?", frage ich ihn.

Wütend sieht er mich an und schreit: „Passt es dir nicht, dass ich hier bin? Du hast mich ja schon einmal rausgeworfen. Wenn du mich hier nicht haben willst, kann ich ja wieder gehen."

Er beruhigt sich, als ich ihm erkläre, dass ich mir Sorgen um seine Zukunft mache, murmelt sein übliches „Sorry" und verspricht, sich nach den Feiertagen weiter intensiv um eine Stelle zu bemühen.

Als Uwes Eltern Ostern bei uns eintreffen und meine Schwiegermutter David sofort in ein Gespräch verwickelt, ist er aufgeschlossen und fröhlich.

Am Ostersamstagmorgen hilft er Uwe und dessen Vater, einen Gartenzaun zu bauen, damit Flora und unser zweiter Hund Clara, den Uwe mir zur Genesung geschenkt hat, nicht hinauslaufen können. Während Edda, meine Schwiegermutter, mir die Hausarbeit abnimmt, schaue ich den Männern bei ihrer Arbeit zu und nehme vom Briefträger die Post entgegen.

Nachdem ich einen Einschreibbrief geöffnet habe, rufe ich David wütend ins Haus. „Wieso hast du drei Monate keine Miete gezahlt?" Nach langem Zögern gesteht er schließlich, dass er sich bisher nicht auf dem Arbeitsamt gemeldet hat.

Auf meine Frage, wovon er in den vergangenen Monaten gelebt habe, antwortet er kleinlaut: „Ich habe mir überall etwas geliehen."

„Und wie soll es jetzt weitergehen?", frage ich, erschüttert über die hohen Mietschulden, die sich angesammelt haben.

„Das weiß ich nicht", ist Davids Antwort.

In diesem Moment kommt Uwe mit seinem Vater zum Mittagessen herein, und damit es nicht zu einem riesigen Krach ausartet, lasse ich das Thema fürs Erste auf sich beruhen. Doch als David den Raum verlassen hat, erzähle ich alles.

„Was habe ich dir gesagt!", braust mein Mann auf. „Du hast ja gegen meinen Willen gebürgt, und nun?"

„Wo bleibt der Junge denn?", fragt Edda, und als ich nachschaue, finde ich David tief schlafend im Bett liegen. Deprimiert rufe ich Frank an, der außer sich ist und brüllt: „Was will dieses Kind uns noch alles zumuten?"

Am Nachmittag sitzt David wie ein Häuflein Elend am Kaffeetisch. Schließlich schaut mich mein Schwiegervater aufmunternd an: „Junge Menschen machen Fehler", sagt er. „Ich halte es für das Beste, wenn du deinen Sohn jetzt an die Hand nimmst und ihm hilfst, sein Leben in den Griff zu bekommen." Dann sieht er David ernst an und sagt eindringlich: „Und der junge Mann schwört, sich von nun an ins Zeug zu legen."

„Das verspreche ich euch hoch und heilig", beteuert David.

Am Dienstag nach Ostern stehen wir früh auf und machen uns auf den Weg nach Frankfurt. Obwohl es noch nicht sieben Uhr ist, herrscht auf der Autobahn reger Verkehr. Ich bin froh, dass David nicht redet, denn die Aufregung zehrt an meinen Nerven, außerdem bin ich nach der langen Krebsbehandlung noch sehr erschöpft. Wie eine Schaufensterpuppe sitzt der Junge neben mir.

Als wir in Frankfurt ankommen, ist das Arbeitsamt wegen Umbauten geschlossen. Auch bei der Wohnungsbaugesellschaft haben wir kein Glück, denn die Sprechzeit der Sachbearbeiterin ist erst am nächsten Tag. Darum fahren wir zu Davids Wohnung. Als wir aussteigen, fragt er: „Willst du wirklich meine Post lesen?"

Ernst schaue ich ihn an: „Ich habe dir nur unter der Bedingung versprochen zu helfen, dass du von nun an ehrlich bist", sage ich energisch. „Ansonsten fahre ich auf der Stelle wieder zurück!"

Sichtlich ungern drückt er mir seinen Briefkastenschlüssel in die Hand. Die Postfächer im Hausflur sind ungewöhnlich groß. „Man kann sogar Päckchen darin unterbringen", denke ich und schaue entsetzt auf die Flut von Briefen, die mir, als ich den Kasten öffne, entgegenfällt.

Während David die Werbung aussortiert, achte ich darauf, dass er keinen der Umschläge verschwinden lässt, und mit einem dicken Paket Post unter dem Arm fahren wir mit dem Aufzug in den neunten Stock.

Als wir oben ankommen sind, meint er, während er die Tür aufschließt: „Nicht erschrecken, es sieht nicht gut aus."

Doch als wir die Wohnung betreten, ist sie einigermaßen aufgeräumt. Allerdings stapelt sich in der Küche das schmutzige Geschirr, und ich wundere mich über Backpulver in Davids sonst leerem Küchenschrank. Auf meine Frage „Wolltest du einen Kuchen backen?", schüttelt er unwillig den Kopf.

Auf seinem staubigen Schreibtisch prangt wie zum Hohn ein funkelnagelneuer Monitor, zu dem ein moderner Rechner gehört, den er, wie er mir gesteht, vor Kurzem auf Raten gekauft hat.

Durch die großen Fenster kann man nicht mehr hindurchsehen, und entsetzt sehe ich den teuren, vor noch nicht allzu langer Zeit gekauften Kleiderschrank zersplittert auf dem Boden in seinem kleinen Schlafzimmer liegen.

„Der ist einfach zusammengebrochen", antwortet er auf meine Frage, wie das denn passiert sei. Doch es ist offensichtlich, dass der Schrank mutwillig zerstört worden ist.

Während er beginnt, die Überreste des Schranks zum Müllkasten zu bringen, öffne ich schweren Herzens die Briefe. Nach kurzer Übersicht stelle ich fest, dass mein Sohn seit Monaten seinen Briefkasten nicht mehr geleert hat.

Inzwischen haben die Gläubiger die unzähligen Mahnungen an Inkassounternehmen weitergeleitet, die nun die Zwangsvollstreckung androhen. Seine Schulden bei Internetanbietern, Telefongesellschaften und fürs Schwarzfahren belaufen sich auf mehrere Tausend Euro.

Während ich die Briefe sortiere, rufe ich Frank an, der sich sofort bereit erklärt, einiges zu begleichen. Anschließend telefoniere ich mit verschiedenen Anwaltskanzleien und versichere ihnen, dass die Rechnungen in Kürze bezahlt würden. Schließlich machen wir uns auf den Rückweg.

Am nächsten Morgen fahren wir erneut in aller Frühe nach Frankfurt und drängen uns, als sich endlich die Tore der Arbeitsagentur öffnen, durch die Menschenmenge. Es dauert Stunden, bis wir die entsprechenden Abteilungen durchlaufen haben. Erst gegen Mittag verlassen wir erschöpft das Gebäude und müssen uns beeilen, damit wir nicht zu spät zur Vermietungsgesellschaft am anderen Ende der Stadt kommen.

Dort begrüßt uns eine verständnisvolle Frau Anfang fünfzig, die, nachdem ich ihr den Sachverhalt geschildert habe, zu dem verlegen lächelnden David sagt: „Junger Mann, Sie sehen gar nicht so aus, als ob Sie kein Verantwortungsbewusstsein besitzen würden."

Schließlich einigen wir uns darauf, die Miete in Raten nachzuzahlen.

Die nächsten Tage putzen David und ich die Wohnung, während Frank einen neuen Kleiderschrank besorgt. Schließlich ist alles blitzblank und der Kühlschrank gefüllt. David schaut mich glücklich an und meint zufrieden: „Das haben wir gut hinbekommen."

Da ich durch meine Krankheit in den letzten Monaten wenig verdient habe und auch Frank mit Reichtümern nicht gesegnet ist, fällt es uns schwer, Davids Schulden zu tilgen. Aber weil wir meinen, der Junge habe noch eine Chance verdient, beißen wir in den sauren Apfel und zahlen den größten Teil. Für den Rest vereinbaren wir Ratenzahlungen.

Uwe unterstützt David dabei, Bewerbungen zu schreiben, und Constantin verschafft ihm bald einen Vorstellungstermin bei einer Luftfrachtgesellschaft, die David einstellt. Als er den Vertrag unterschrieben hat, ist seine Unsicherheit wie weggeblasen.

Nachdem er eine Woche gearbeitet hat, kommt er am Wochenende nach Hause und ist nicht wiederzuerkennen. Mit Begeisterung schildert er seine Tätigkeit und die damit verbundenen Aufgaben.

„Wir transportieren auch lebende Tiere rund um den Erdball. Mit denen habe ich oft Mitleid", erklärt er und verspricht: „Den Führerschein nehme ich jetzt auch in Angriff."

Seine positive Einstellung hält in den nächsten Wochen an.

Nachdem der Junge gut zwei Monate gearbeitet hat, besucht er mich und ist wieder wie ausgewechselt.

„Wie läuft es denn bei deiner Arbeit?", frage ich.

„Wie soll's schon laufen", erwidert er sichtlich ungehalten, „ist halt ein Job wie jeder andere." Dann schaut er mich gereizt an und meint: „Deine Fragerei nervt."

Als er sich nach dem Essen ohne ein Wort ins Bett legt, schrillen bei mir die Alarmglocken. Darum durchsuche ich, als David später mit Clara einen Spaziergang macht, seinen Rucksack und finde darin ein Plastiktütchen mit Haschisch.

Kaum ist er zurück, stelle ich ihn zur Rede.

Er habe den Stoff geschenkt bekommen und beabsichtige nicht, wieder mit dem Kiffen anzufangen, erklärt er. Doch ich rufe wütend: „Ich glaube dir kein Wort!", werfe den Stoff in die Toilette und drücke auf die Spülung.

Seltsamerweise bleibt David gelassen. „Glaub mir doch", sagt er ruhig, „es ist alles in bester Ordnung. Ich bin nur etwas überarbeitet, und wenn du so lieb bist, mich Montagmorgen an den Zug zu fahren, bleibe ich auch noch den ganzen Sonntag hier."

Als er morgens sorgfältig zurechtgemacht aus dem Bad kommt und ich ihn anschließend zum Bahnhof fahre, weicht mein ungutes Gefühl nicht.

Unser Sommerurlaub steht vor der Tür, und meine Schwiegereltern treffen ein, um Haus und Hunde zu hüten.

Der Urlaub tut mir gut, und mein Mann und ich verbringen schöne Tage.

Am letzten Urlaubstag schlendern wir über den Markt einer kleinen Stadt in Südfrankreich. „Ich habe mich wunderbar erholt", sage ich gerade, als mein Handy klingelt. Weil auf dem Display Constantins Name erscheint, melde ich mich fröhlich mit „Bonjour!" Aber als ich höre, dass David seinen Arbeitsplatz verloren hat, ist meine gute Laune verflogen.

„Nachdem er unzählige Male unentschuldigt gefehlt hat, haben sie ihn rausgeschmissen", berichtet Constantin und meint mit Bedauern: „Es war ein riesiger Fehler, meinen Bruder zu empfehlen."

„Mich wundert das nicht", ist das Erste, was mein Mann zu mir sagt, nachdem ich das Telefonat beendet habe. „Ich habe mich nicht, wie der Rest der Familie das ständig tut, von David blenden lassen!"

Als wir am nächsten Tag nach Hause zurückfahren, zerbreche ich mir wieder einmal den Kopf, wie ich dem Jungen helfen kann.

Ich versuche ihn auf seinem Handy zu erreichen, aber die Mailbox springt an. Und obwohl ich in den folgenden Tagen immer wieder anrufe und auch hin und wieder das Freizeichen ertönt, hebt niemand ab. Darum beschließen Frank und ich, nach Frankfurt zu fahren, und weil Frank aus Wuppertal angereist kommt, verabreden wir uns vor Davids Wohnung.

Bald darauf stehe ich mit einem Korb Lebensmittel auf dem Parkplatz und begrüße mit einem mulmigen Gefühl meinen Exmann, der schon auf mich gewartet hat.

„Hoffentlich macht er uns überhaupt auf", meint er, als er auf die Klingel drückt. Aber wie befürchtet öffnet David nicht. Ratlos schauen wir uns an.

Frank sagt: „Ich gehe hier nicht eher weg, bis ich in der Wohnung war und den Jungen gesehen habe."

Schließlich summt der Türdrücker, nachdem wir ununterbrochen geklingelt haben, und wir fahren mit dem Aufzug nach oben. David, der uns verlegen in Jogginghose und Pantoffeln begrüßt, sieht katastrophal aus. Er ist völlig abgemagert, seine Haut wirkt ungesund gelb, und seine Fingernägel sind bis zum Nagelbett heruntergekaut.

Frank nimmt ihn sofort in den Arm und fragt: „Was ist los mit dir, mein Sohn?"

„Nichts, mir geht's blendend", lügt David.

„Das sehen wir", erwidere ich ironisch und schaue mich in der verdreckten Wohnung um.

„Was haltet ihr davon, wenn wir erst einmal etwas essen gehen", schlägt Frank in betont lockerem Ton vor.

„Hab keinen Hunger", ist die Antwort.

„David", sage ich ernst, „versuch doch nicht, uns etwas vorzumachen, es ist doch nicht zu übersehen, dass du hier vor dich hin vegetierst und Drogen konsumierst."

Und Frank fragt ihn eindringlich: „Hast du dir dein Leben so vorgestellt?"

„Ja", erwidert David und versucht selbstbewusst zu wirken. „Ich fühle mich im Moment sehr wohl. Vielleicht nicht für immer, aber im Moment will ich es so!"

Als alles Reden nichts hilft und David auf seinem Standpunkt beharrt, meint Frank: „Ein Leben mit Drogen im Chaos, ist es das, was wir dir vorgelebt haben?"

David verneint, doch er lehnt es kategorisch ab, die Wohnung zu verlassen.

Als wir kurz darauf niedergeschlagen in einem Gartenlokal sitzen, sagt Frank und hält sein Gesicht in die Sonne: „Schau dir das herrliche Wetter an, und unser Sohn sitzt in einer vergammelten Wohnung und nimmt Drogen."

Fragend schaue ich ihn an: „Was haben wir falsch gemacht?"

„Nichts", meint Frank lakonisch. „Ich muss aber in etwa drei Wochen wieder hierher, dann werde ich mich noch einmal allein mit ihm auseinandersetzen."

Der September bleibt sonnig und mild, doch keiner von uns kann sich an dem schönen Wetter erfreuen.

Während Verwandte und Freunde bei uns anrufen und sich besorgt nach David erkundigen, hören wir nichts von ihm. Nur bei seinem Bruder meldet er sich hin und wieder und bittet um Geld. Schließlich rufe ich David von einer ihm nicht bekannten Telefonnummer aus an.

„Jau, jau, hier ist Dave", meldet er sich sofort, aber auf meine Frage „Wie soll es mit dir weitergehen?", antwortet er unwirsch „Keine Ahnung" und legt auf.

Als ich von der Vermietungsgesellschaft erfahre, dass mein Sohn seit Monaten keine Miete zahlt, holt Frank bei Constantin Davids Haustürschlüssel und fährt kurzerhand zu ihm.

Ungeduldig warte ich auf Nachricht. Als schließlich das Telefon klingelt, bin ich heiser vor Aufregung und kann kaum meinen Namen nennen.

Auch Franks Stimme klingt anders als sonst, als er sagt: „Heute war einer der traurigsten Tage meines Lebens." Danach berichtet er mir, was passiert ist: „Nachdem ich den Schlüssel hatte, bin ich zu Davids Wohnung gefahren, und als er nicht öffnete, bin ich nach oben, aber er war nicht da. Ich habe mich dann ins Auto gesetzt und auf ihn gewartet. Nach zwei Stunden – ich hatte die Hoffnung schon fast aufgegeben – kam David plötzlich um die Ecke. Er sah erbärmlich aus", erzählt Frank traurig. „Kaum hatte er mich gesehen, ist er mir um den Hals gefallen und in Tränen ausgebrochen." Frank atmet schwer, als er weiterspricht. „Du kannst dir gar nicht vorstellen, wie sehr er geweint hat. Es schien, als wäre ein Damm in ihm gebrochen. Ich habe mich dann mit ihm ins Auto gesetzt. Wie ein Ertrinkender hat er sich an mich geklammert und geschluchzt: ‚Papa, ich bin als kleiner Junge missbraucht worden.'"

„Von wem?", frage ich tonlos.

„Von irgendeinem Dreckskerl aus dem Bekanntenkreis seiner Mutter", erwidert Frank. „Ich habe mir alle Mühe gegeben, mich zu beherrschen, aber ich konnte meine Tränen nicht zurückhalten. Und so haben wir eine Zeit lang zusammen geweint."

Meine Hand, die den Hörer hält, ist feucht, und ich merke, wie mir Tränen übers Gesicht laufen.

Frank schweigt lange, doch schließlich redet er weiter: „Als er sich ein wenig beruhigt hatte, hat er gestammelt, er habe seit mehreren Tagen nicht mehr geschlafen, und er hat zugegeben, seit Jahren außer dem Haschisch auch Kokain konsumiert zu haben."

„Jetzt verstehe ich, warum er so viel Geld gebraucht hat", sage ich trostlos und frage: „Wo ist er denn gewesen?"

„Er hat versucht, Geld für Drogen aufzutreiben. Ich habe ihm dann etwas zu essen gekauft und wollte ihn mit nach Wuppertal nehmen, doch das wollte er nicht."

„Aber du konntest ihn doch nicht in diesem Zustand alleinlassen."

„Was sollte ich denn machen!", ruft Frank verzweifelt. „Er wollte doch um keinen Preis der Welt mitkommen. Ich bin dann mit ihm zu Constantin gefahren in der Hoffnung, sein Bruder könne etwas bewirken, doch das war ein gewaltiger Fehler. Denn als Constantin ihn mit Vorwürfen überhäufte, ist David ausgerastet. Er trat gegen die Wohnzimmertür, drehte sich auf dem Absatz um, und weg war er."

„Wir müssen uns jetzt professionelle Hilfe holen, anders geht es nicht mehr", sage ich entschieden, und nachdem wir das Telefonat beendet haben, rufe ich bei einer Drogenberatung an.

Nachdem ich einem Suchtberater Davids Drogenproblem geschildert habe, erklärt dieser sachlich: „Ihr Sohn muss sofort aus seiner Wohnung raus. Auf der Straße begreift er vielleicht, wie schlecht es um ihn bestellt ist."

„Das fällt mir schwer", erwidere ich unglücklich, woraufhin er eindringlich sagt: „Lassen Sie ihn fallen! Es ist die einzige Möglichkeit, Ihrem Sohn zu helfen. Wissen Sie, ich war auch abhängig und bin erst clean geworden, als ich ganz unten war."

Es ist Anfang Oktober, die Blätter der Bäume im nahe gelegenen Wald färben sich in den schönsten Farben.

Täglich versuche ich, David zu erreichen, doch es gelingt mir nicht.

Eines Abends bekomme ich eine SMS, in der steht: „Ich habe Hunger, Dave."

Aber ich denke an die Worte des Drogenberaters und reagiere nicht darauf. Obwohl es mir schwerfällt, ignoriere ich auch die nachfolgenden Nachrichten mit ähnlichem Text.

Schließlich klingelt das Telefon. Mit weinerlicher Stimme fleht David: „Mama, kannst du bitte sofort zu mir kommen? Ich habe nichts zu essen, es geht mir schlecht."

Ich atme tief durch und erwidere: „Das interessiert mich nicht. Ich werde dafür sorgen, dass du nicht länger in der Wohnung bleiben kannst, denn ich bin nicht bereit, weiter deine Drogensucht hinzunehmen und für deine Schulden aufzukommen."

Am anderen Ende der Leitung ist es still.

Mir bricht fast das Herz, als ich sage: „Und zu essen bekommst du auch nichts von mir."

„Okay, okay", erwidert er, „hab's kapiert", und hängt ein.

Im Internet informiere ich mich über verschiedene Einrichtungen für Drogenabhängige. Als David sich schließlich wieder meldet, klopft mein Herz bis zum Hals. Es scheint ihm sehr schlecht zu gehen, denn diesmal ist er umgänglicher und bereit, mir zuzuhören, auch als ich ihm deutlich zu verstehen gebe, dass er von uns keine Hilfe mehr zu erwarten hat, wenn er nicht in den Entzug geht.

Ich beschreibe ihm den Bauernhof in unserer Nähe, auf dem ausschließlich ehemalige Drogenabhängige in friedlicher Gemeinschaft leben. „Die finanzieren sich dort durch ihre Arbeit, Dave", erkläre ich, „und betreiben Landwirtschaft."

„Klingt cool", antwortet er leise.

„Du kannst dort einen Entzug machen, denn ohne Hilfe wirst du es nicht schaffen, clean zu werden."

Aber als ich weiter in ihn dringe, erwidert er nur: „Ich denke darüber nach."

Als er am nächsten Tag anruft und mich wieder anfleht, zu ihm zu kommen, lege ich auf.

Schließlich bittet er mich per SMS um einen Rückruf.

„Ich kann da nicht einfach hingehen", sagt er, als ich mich melde. „Ich kann die Wohnung nicht so hinterlassen, und meine Schulden, wer kümmert sich darum?"

„Doch", sage ich bestimmt, „doch, David, das kannst du!" Und ich verspreche ihm, dass ich alles erledigen werde. Aber er willigt trotzdem nicht ein.

Es müssen noch ein paar Tage vergehen, bis ich die Kurznachricht „Ihr könnt mich abholen, ich mache den Entzug, Dave" bekomme.

In Windeseile packe ich etwas zu essen ein und fahre mit Uwe los. David steht, den Rucksack auf dem Rücken, dazu einen Plastiksack mit Kleidung, auf dem hell erleuchteten Parkplatz vor dem Hochhaus und wartet schon auf uns.

Ich habe ihn, seitdem ich mit Frank dort war, nicht mehr gesehen und bin erschrocken, wie er aussieht. Das Gesicht ist eingefallen, unter den Augen hat er dunkle Ringe, und er ist furchtbar abgemagert. Unterwürfig schaut er mich an, sagt leise „Hi", setzt sich auf die Rückbank und schlingt hastig die mitgebrachten Brötchen hinunter. Anschließend nimmt er dankbar die Zigarette, die Uwe ihm nach hinten reicht. Als ich mich umdrehe und ihn anschaue, hält er meine Hand fest und lässt sie nicht mehr los.

Es ist still im Auto, wir reden kein Wort. Nur aus dem Radio klingt leise Musik.

Nach einer guten Stunde erreichen wir das kleine Dorf, in dem der Bauernhof am Ende einer holprigen Straße liegt.

Am Straßenrand parken mehrere große Möbeltransporter mit der Aufschrift „Suchthilfe". Inzwischen ist es fast Mitternacht. Es ist ungewöhnlich mild für die Jahreszeit. Der Himmel ist sternenklar.

Wir betreten einen schmalen Flur, an dessen Ende sich eine Glastür mit getönten Scheiben befindet. Uwe geht voran, und als er die Tür öffnet, gelangen wir in einen großen Raum, in dem ein Schreibtisch und ein altes Sofa stehen. An der Wand hängt ein großes Plakat, auf dem in fetten Buchstaben „WILLKOMMEN IM LEBEN" steht.

In einer Ecke sitzen an einem Tisch, auf dem Vollkornbrot, Käse und Milch stehen, ein hübscher Junge in Davids Alter und daneben ein interessant aussehender Mann mit grauem Dreitagebart. Beide tragen blaue Overalls mit der Aufschrift Suchthilfe. Der alte Mann hinter dem Schreibtisch nimmt bei unserem Eintreten rasch den Hörer ab und sagt: „Aufnahme."

Kurz darauf begrüßt uns ein großer, gepflegter Mann Anfang dreißig mit kahlgeschorenem Kopf und bittet uns, nachdem er sich mit Fritz vorgestellt hat, Platz zu nehmen.

Ernst schaut er David an und fragt: „Was führt dich zu uns?"

„Ich bin drogenabhängig", erwidert der, „und komme mit meinem Leben nicht mehr zurecht."

Nachdem David seine Suchtgewohnheiten geschildert hat, fragt der Mann: „Wie ist dein körperliches Befinden, bekommst du Krämpfe oder etwas Ähnliches?"

David verneint, aber er beschreibt, wie sehr ihn in letzter Zeit Schlaflosigkeit und eine große Unruhe gequält hätten.

„Wenn du hierbleiben willst, hast du dich an bestimmte Regeln zu halten", sagt Fritz und zählt auf: „Keine Drogen, keine Tabletten und kein Alkohol. Und keine Gewalt, denn wir leben hier in einer friedlichen Gemeinschaft. Und außerdem wird bei uns nicht geraucht!"

In diesem Moment bin ich mir sicher, dass mein Sohn sich auf dem Absatz umdrehen wird und mit uns nach Hause zurück will.

Stattdessen sagt er: „Ich bin davon überzeugt, dass ich mit der Einhaltung der Vorschriften kein Problem haben werde, aber kann ich nicht wenigstens hin und wieder draußen eine Zigarette rauchen?"

„Nein", antwortet Fritz. „Wir rauchen hier alle nicht. Obwohl hier keiner ist, der früher nicht wie ein Schlot geraucht hätte."

David schaut mich unsicher an, schließlich sagt er: „Gut, ich bleibe hier, denn sonst werde ich für den Rest meines Lebens auf der Stelle treten."

Nachdem Davids Personalien geprüft worden sind, erklärt Fritz: „Du wirst im Anschluss, sobald deine Eltern abgefahren sind, gründlich von uns durchsucht werden. Solltest du Drogen dabeihaben, lege sie jetzt auf den Tisch, ansonsten fliegst du gleich wieder raus!"

David schüttelt schweigend den Kopf, und ich schlage vor, seine Kleidung aus dem Auto zu holen. Aber Fritz meint: „Alles, was Ihr Sohn für die nächsten drei Monate benötigt, haben wir hier."

Als ich ihn irritiert ansehe, weist er mich darauf hin, dass David in den nächsten drei Monaten ausschließlich Arbeitskleidung tragen werde. Freundlich lächelt er mich an und sagt: „Danach können Sie ihm seine persönlichen Sachen vorbeibringen. Übrigens herrscht fürs erste halbe Jahr ein absolutes Kontaktverbot für die Familie!"

„Sechs Monate?", frage ich erschrocken.

„Ja, schließlich soll Ihr Sohn sich hier bei uns auf sich besinnen und von niemandem abgelenkt werden. Aber", versucht er mich zu trösten, „Sie können jederzeit anrufen und fragen, wie es ihm geht." Dann wendet er sich an David und sagt: „Du schläfst heute Nacht in einem Fünfbettzimmer, damit wir dich beobachten können."

Wir verabschieden uns, und David will mich gar nicht mehr loslassen. Kaum sind wir zur Tür hinaus, wird hinter uns zugeschlossen.

Als ich am nächsten Morgen bei der Suchthilfe anrufe und erfahre, dass David die Nacht gut verbracht hat, bin ich fürs Erste beruhigt.

Ann-Kristin trifft ein, die die Herbstferien bei uns verbringen wird. Am Sonntagmorgen fahren wir beide zu Davids Wohnung, wo wir mit Constantin verabredet sind.

Obwohl man merkt, dass David noch versucht hat, etwas Ordnung zu schaffen, ist das Chaos beklemmend.

„Der arme David", sagt Anti mitleidig, „der hat hier nur noch vor sich hin vegetiert."

Ratlos stehen wir im Wohnzimmer und wissen nicht, wo wir

anfangen sollen. Als ich versuche, die Küchentür zu öffnen, gelingt mir das nicht, erst als Constantin sich mit seinem ganzen Gewicht dagegenstemmt, gibt sie nach. In dem schmalen Raum stapeln sich bis zur Fensterbank leere Kartons und Verpackungen von Bierdosen.

Aber als Ann-Kristin anfängt, die Dosen zu zählen, sagt Constantin barsch: „Hör auf damit, lasst uns anfangen aufzuräumen."

Wir beginnen damit, den herumliegenden Müll in den mitgebrachten Plastiksäcken zu verstauen. Während Constantin und ich nach und nach einen Sack nach dem anderen füllen, versucht Anti den vor Schmutz starrenden Schreibtisch zu säubern. Zwischen Pizzakartons, angebissenen Hamburgern und anderen Essensresten finde ich immer wieder Tütchen, auf denen ein Hanfblatt abgebildet ist.

Plötzlich stößt Anti einen spitzen Schrei aus. „Was will er denn mit dieser fetten Person?", fragt sie angewidert, nimmt das Foto von Davids früherer Schulkameradin Betty vom Schreibtisch und schaut giftig darauf.

Aber Constantin nimmt ihr das Bild aus der Hand und meint: „Die war öfter hier, aber was genau zwischen den beiden war, weiß ich nicht."

Danach beschäftigen wir uns weiter mit Aufräumarbeiten. Auf dem Boden finde ich einen schmalen silbernen Freundschaftsring. Ich erinnere mich daran, dass David ihn früher eine Zeit lang getragen hat. Nachdem ich ihn unter fließendem Wasser abgewaschen habe, stecke ich ihn mir an den Mittelfinger und schwöre, ihn erst wieder abzulegen, wenn mein Sohn alles überstanden hat und clean ist.

Als sich nach geraumer Zeit im Korridor die Müllsäcke häufen und ich verschwitzt an der Wohnungstür verschnaufe, öffnet sich gegenüber eine Tür, und eine ältere Dame schaut heraus.

„Zieht mein sympathischer, netter junger Nachbar aus?", fragt sie und schaut mich freundlich an.

„Ja, wir helfen meinem Sohn beim Umzug", antworte ich.

„Ach, das tut mir aber leid", bedauert sie. „Sie haben einen liebenswerten Sohn, meine Dame. Er war immer hilfsbereit und hat mir oft meine Einkäufe nach oben getragen. So etwas ist heute nicht alltäglich."

Am Abend sagt Constantin: „Wir werden Wochen damit beschäftigt sein, hier klar Schiff zu machen."

Zum Wochenanfang rufe ich bei der Suchthilfe an, und man teilt mir mit, dass David inzwischen in eine andere Einrichtung nach Frankfurt gebracht worden sei. „Überraschend ist Jennifer, die Schwester Ihres Sohnes, zu uns gekommen, und da in den ersten Monaten eine Kontaktsperre zu allen Familienangehörigen besteht, mussten wir die beiden trennen", sagt man mir am Telefon.

Auf der Stelle rufe ich Dora an. Sie hegt keinen Groll mehr gegen mich und berichtet erstaunlich sachlich, was sich in der Zwischenzeit ereignet hat.

„Jenny hat keinen Schulabschluss. Sie hat an Drogen genommen, was sie kriegen konnte. Mehrere Entzüge hat sie hinter sich und war in vielen Einrichtungen, einmal sogar mehrere Monate in der Türkei, bei einem Projekt für jugendliche Drogenabhängige. Aber sie ist immer wieder rückfällig geworden. Als wir sie schließlich vor die Tür gesetzt haben, hat sie sich für den Bauernhof mit seinen harten Regeln entschieden." Und Dora sagt bestimmt: „Das ist nun ihre letzte Chance."

Die nächsten Wochen verbringen Uwe und ich abwechselnd mit Frank und Miriam in Davids Wohnung. Nachdem wir einen Teil seiner Möbel bei Constantin untergebracht haben, müssen die heruntergekommenen Räume gereinigt und gestrichen werden. Türen, Fenster und Heizkörper lassen sich nur noch mit einem Spezialmittel säubern. Als ich mit Uwe Anfang November in der frisch renovierten Wohnung stehe, schaut er sich zufrieden um und sagt: „Jetzt brauchen wir nur noch einen Nachmieter, und dann sind wir diese Sorge auch los."

Schließlich ist die Wohnung vermietet, und von Davids Drogenvergangenheit sind nur noch die Schulden übrig geblieben.

Bei meinen wöchentlichen Anrufen erfahre ich außer einem knappen „Ihrem Sohn geht es gut" nichts weiter. Einmal habe ich Glück, und ein junger Mann mit Berliner Akzent erzählt mir, dass David völlig in sich gekehrt sei, aber die ihm gestellten Aufgaben bereitwillig erledige.

„Heute ist David schon vier Wochen weg", sage ich zu Uwe, der ein paar Tage Urlaub hat, und gehe nach dem Mittagessen in mein Büro, um zu arbeiten. Als das Telefon klingelt, erscheint auf dem Display eine Servicenummer, und nachdem ich den Hörer abgenommen habe, sagt eine Computerstimme: „Das ist ein R-Gespräch von" – mir fährt der Schreck in alle Glieder – „David. Wenn Sie das Gespräch annehmen wollen, drücken Sie die Rautetaste." Ohne nachzudenken, nehme ich das Gespräch an.

„Mom, bitte nicht auflegen, ich muss unbedingt mit dir reden", sagt David. „Du musst dir keine Sorgen machen, ich gehe morgen wieder zurück in die Suchthilfe, aber ich bitte dich inständig, lass mich für einen Tag zu euch kommen, bitte!"

„David, das kann ich nicht allein entscheiden. Ich muss erst einmal mit Uwe und Papa darüber reden."

„Gut", sagt David, „dann rufe ich in einer Stunde wieder an."

„Wo bist du denn jetzt", frage ich.

„Am Bahnhof in Frankfurt. Du musst dich nicht aufregen, ich

werde das hier mindestens ein Jahr durchziehen, Mama. Aber wenn ich vorher nicht mit dir reden kann, schaffe ich es nicht."

Uwe reagiert ablehnend und wird bitterböse. Nachdem wir uns eine Zeit lang wütend angebrüllt haben, rufe ich der Reihe nach Frank, Constantin und meine Schwiegereltern an.

Da sie alle der Ansicht sind, wir sollten dem Jungen seinen Wunsch nicht abschlagen, gibt Uwe nach. Als David kurz darauf anruft, buche ich ihm eine Fahrkarte, und eine weitere Stunde später fahre ich, nachdem wir Alkohol, Geld und Telefone weggeschlossen haben, los, um ihn abzuholen.

Der Zug hat Verspätung, mit einem flauen Gefühl im Magen warte ich im Auto vor dem Bahnhof. Als David schließlich herauskommt, erinnert er mich an den kleinen Jungen, der vor vielen Jahren an der Hand seiner Mutter zu uns gebracht wurde. Sein Haar ist bis auf die Kopfhaut rasiert, und in seinem Gesicht ist der gleiche Ausdruck wie damals.

„Hi, Mom", sagt er unsicher und fragt, während er einsteigt: „Warum hast du Flora nicht mitgebracht?" Kaum haben wir das Bahnhofsgelände hinter uns gelassen, meint er: „Du kannst dich hundertprozentig darauf verlassen, dass ich morgen wieder in die Suchthilfe zurückkehre. Ich habe dort in den vergangenen Wochen ununterbrochen nachgedacht. Meine größte Angst ist, dass ihr nach allem, was ich euch angetan habe, nichts mehr von mir wissen wollt. Wenn ich da lebe und weiß, meine family steht hinter mir, dann schaffe ich das!"

„Zweifelst du noch immer an unserer Liebe?", frage ich leise. „Wir sind sehr stolz darauf, dass du dich deiner Drogensucht stellst."

David schweigt, aber er legt dankbar seine Hand auf meine Schulter.

„Wie hast du dich gefühlt, als Jenny plötzlich auftauchte?", frage ich.

„Das war eine komische Situation", berichtet David. „Ich wusste nicht, dass sie da ist, und weil wir unterschiedliche Nachnamen haben, kam keiner auf die Idee, dass wir Geschwister sein könnten. Aber als wir zusammen beim Abendessen saßen, fragten mehrere Leute, ob wir miteinander verwandt seien, weil wir uns so ähnlich sähen. Als sie erfuhren, dass Jenny meine Schwester ist, wurde ich auf der Stelle nach Frankfurt gebracht."

„Wärst du nicht lieber auf dem Bauernhof geblieben?"

„Nein, die Frankfurter Suchthilfe ist überschaubarer. Ich bin froh, dass ich nicht mit den vielen Menschen auf dem Bauernhof leben muss."

Als wir zu Hause angekommen sind, kümmert er sich nicht um die Hunde, die bellend an ihm hochspringen, sondern fällt Uwe um den Hals und begrüßt ihn so herzlich, als hätte er ihn jahrelang nicht gesehen. Anschließend ruft er Vater und Bruder an und bittet mich, eine SMS an eine Schulkameradin schreiben zu dürfen.

„Ich will ihr nur sagen, dass ich vorerst nicht zu erreichen bin", antwortet er auf meinen fragenden Blick.

Nachdem er seine Nachricht abgeschickt hat, bekommt er postwendend eine Antwort, und nachdem er sie gelesen hat, schlägt er vor: „Ich würde, wenn ihr nichts dagegen habt, gerne Kaffee kochen. Ich habe mir nämlich angewöhnt, viel Kaffee zu trinken."

Schließlich stehen Kanne und Tassen auf dem Tisch, und ich stelle einen Teller mit Süßigkeiten dazu. Aber David meint: „Wir dürfen in den ersten drei Monaten weder Schokolade noch Bonbons essen, und Zucker gibt es in der Einrichtung überhaupt nicht."

„Warum das denn?", fragen Uwe und ich wie aus einem Mund.

„Weil es in gewisser Weise eine Ersatzdroge ist", antwortet

der Junge ernst. „Auch intensiver Sport ist erst einmal untersagt, denn wir sollen uns nicht in irgendetwas anderes flüchten, sondern zu uns selbst finden."

Während David Kaffee einschenkt, fordert er Uwe auf: „Du kannst ruhig rauchen, mir macht das nichts aus."

Anschließend berichtet er sachlich, wie es ihm in der Zwischenzeit ergangen ist.

„Alle Ankömmlinge müssen sich auf die Bank im Büro setzen und warten, bis sie aufgenommen werden. Das kann mehrere Stunden dauern. Man will den Süchtigen Zeit zum Nachdenken geben. In Frankfurt leben wir in einem ehemaligen Hotel, in dem Platz für ungefähr sechzig Menschen ist. Ich schlafe in einem Zimmer mit drei anderen Männern." Und er fährt fort: „Das Essen besteht aus Vollwertkost aus eigenem biologischem Anbau des Bauernhofs. Es ist außerordentlich gut, ich habe schon fünf Kilo zugenommen. Die Suchthilfe finanziert sich ohne staatliche Unterstützung allein durch unsere Arbeit. Wir beliefern Feste und Bankette mit unserem eigenen Cateringservice." Lächelnd sagt er: „Wenn du später kochst, kann ich dir dabei helfen, denn ich habe inzwischen einiges gelernt."

Als Uwe fragt: „Was arbeitest du dort?", antwortet David: „Ich muss mich erst einmal hocharbeiten. Und jetzt fange ich wieder von vorne an, die vier Wochen, die ich dort gewesen bin, zählen nicht mehr, weil ich heute zu euch gefahren bin. Die ersten drei Monate ist Toilettenschrubben angesagt, doch wenn ich mich gut anstelle, kann ich anschließend im Transportbüro arbeiten. Der größte Teil der Einnahmen wird nämlich durch Umzüge erzielt, aber wir verkaufen auch Käse, Brot und Milch in unseren eigenen Bioläden."

„Beeindruckend", meint Uwe und klopft David auf die Schulter, „da bist du offenbar gut aufgehoben."

Doch der verzieht das Gesicht und sagt: „Kriminell gewordene

Drogensüchtige können anstelle von Knast ihre Strafe in der Suchthilfe verbüßen. Die Einrichtung hat dafür eine staatliche Zulassung. Allerdings wollen die meisten lieber im Gefängnis bleiben, als zu uns zu kommen. Denn wenn die hören, was für strenge Regeln in der Suchthilfe herrschen, bleiben sie lieber im Knast."

„Gibt es Psychologen oder Therapeuten in der Einrichtung?", frage ich.

„Nein, Mom, da sind ausschließlich Leute, die ein Drogenproblem haben."

„Es hat doch aber immer eine Ursache, wenn man süchtig ist, das muss doch hinterfragt werden", erwidere ich erstaunt.

„Wir machen Gruppensitzungen, die ‚Spiele' genannt werden", erläutert David. „Mindestens dreimal die Woche sitzen wir bei Kaffee und Kuchen zusammen und reden. Während wir im täglichen Leben friedlich miteinander umgehen müssen, dürfen wir in den Spielkreisen unseren Zorn laut äußern, und wenn wir uns über jemanden sehr geärgert haben, können wir den auch anschreien und uns so Luft machen. Aber", fügt er ernst hinzu, „nur da!"

Inzwischen ist es draußen dunkel geworden, und nach dem Abendessen, bei dessen Zubereitung mir David geholfen hat, meint er: „Ich bin völlig erschöpft und gehe, wenn es euch recht ist, schlafen."

Als auch wir kurz darauf im Bett liegen, dauert es lange, bis ich endlich einschlafe. In der Nacht werde ich immer wieder wach und lausche, ob ich etwas höre, denn ich habe Angst, dass David sich etwas antut oder während wir schlafen einfach verschwindet.

Aber meine Sorgen sind unbegründet. Am nächsten Morgen hat er schon den Frühstückstisch gedeckt und gießt, gerade als wir ins Zimmer kommen, den Kaffee ein.

Als er während des Frühstücks einmal lacht, fällt mir auf, dass seine Zähne in einem katastrophalen Zustand sind.

„So schlimm hast du dich in der Vergangenheit vernachlässigt", sage ich traurig.

„Die haben da einen Zahnarzt", murmelt David verlegen, „wenn ich zurück bin, lasse ich es in Ordnung bringen."

„Wann sollen wir dich wieder hinbringen?", fragt Uwe, und David antwortet: „So spät wie möglich, sonst muss ich bis zum Abendessen auf der Bank sitzen."

An diesem Tag empfinde ich eine besondere Nähe zu meinem Sohn. David weicht nicht von meiner Seite und ist anhänglich wie ein junger Hund.

Nach einem langen Spaziergang, bei dem er meine Hand nicht loslässt, kaufe ich für ihn noch ein Paar Turnschuhe, und dann ist es so weit. Dem Jungen ist seine Angst deutlich anzumerken. Nachdem er sich am Telefon ausgiebig von Frank und Constantin verabschiedet hat, bringen wir ihn wieder zurück.

Das Hotel liegt in einem ruhigen Stadtteil. Die schwere braune Eingangstür mit den bunten, bleiverglasten Fenstern ist abgeschlossen. Als der Summer ertönt, betreten wir einen großen Flur mit dunklen Fliesen.

In einem schmalen Gang befindet sich das Büro, an dessen Schreibtisch ein grauhaariger Mann sitzt. „Der ist schon zwanzig Jahre hier", flüstert David. „Manche bleiben nämlich aus Angst, rückfällig zu werden, für immer hier."

„Na, wieder da?", sagt der Mann ausdruckslos.

David ist leichenblass. Krampfhaft hält er meine Hand fest. „In genau sechs Monaten, Dave, sehen wir uns wieder!", versuche ich ihn zu trösten.

Schließlich, nachdem ich ihn lange im Arm gehalten habe,

setzt er sich seufzend auf die alte Bank, die unter einem Fenster am Ende des Zimmers steht.

Erleichtert verlasse ich das Gebäude, und als mir im Auto Tränen übers Gesicht laufen, meint Uwe: „Kein Grund zum Trauern, du solltest Freudentränen vergießen."

Als ich das nächste Mal bei der Suchthilfe anrufe, erfahre ich, dass Davids Kurzurlaub wahre Wunder bewirkt habe. „Der Junge is viel uffjeschlossener als vorher", berichtet mir der nette junge Mann in dem vertrauten Berliner Jargon. „Der will dett hier schaffen."

Der November geht vorüber, und Mitte Dezember bekomme ich eine Ansichtskarte, auf deren Vorderseite das verschneite Hotel der Suchthilfe abgebildet ist.

„Hi, Mom", schreibt David.
„Ich denke hier viel an Euch.
Ihr fehlt mir alle sehr.
Mal geht es mir gut,
mal geht's mir sehr schlecht.
Immerhin bin ich noch hier.
Ich wünsche Euch ein frohes Fest und ein gutes neues Jahr.
Bitte grüß alle ganz lieb von mir und denkt mal an mich.
Ich denke ganz bestimmt an Euch.
Nochmal sorry und danke für alles!
Ich hab Euch lieb.
Dave"

Nachdem ich den Text mehrere Mal gelesen und dabei viele Tränen vergossen habe, lese ich die Karte den restlichen Familienmitgliedern vor.

Erleichtert, dass es dem Jungen gut geht und ich mir im Augenblick keine Sorgen machen muss, habe ich endlich Zeit, mich auf die Weihnachtsfeiertage zu freuen.

Kurz vor Heiligabend fasse ich mir ein Herz, rufe Davids Großmutter in Amerika an und erzähle ihr die traurige Entwicklung ihrer Enkelkinder. Sie ist tief betroffen und hofft wie wir, dass die Kinder nun auf dem richtigen Weg sind.

Schließlich berichtet sie mir ausführlich, dass Davids Vater an dem Zerbrechen der Familie beinahe zugrunde gegangen wäre. „Sam war schon immer ein Eigenbrötler voller Probleme und ist in den vergangenen Jahren nur unterwegs gewesen", sagt sie resigniert. „Wir haben bis vor Kurzem gar nicht gewusst, wo er sich aufhält."

„Dave weiß gar nicht, wie sein Vater heute aussieht", sage ich traurig, und sie verspricht, Fotos zu schicken.

Am Heiligen Abend schmücke ich mit Ann-Kristin den bis zur Decke reichenden Tannenbaum, während Constantin und Uwe im Wohnzimmer Schach spielen. Und weil meine Schwiegereltern seit Ralfs Tod den Winter in Portugal verbringen, sitzen wir später nur zu viert am Tisch und essen Gänsebraten.

„Ich trinke auf meinen Bruder", sagt Constantin, „und hoffe, dass er es schafft, in Zukunft clean zu leben."

Anfang des neuen Jahres kommen per E-Mail, gesandt von Davids Schwester Lisa, viele bunte Bilder aus Amerika. Die Ähnlichkeit zwischen Vater und Sohn ist frappierend. Beide sind schlank und groß und haben die gleiche Körperhaltung. Man könnte meinen, es sei David, der da an einem See steht und angelt.

Auf einem der Bilder mit einem bunt geschmückten Weihnachtsbaum steht die bildhübsche Lisa neben ihrem Vater, der den Arm um seine Tochter gelegt hat, und sie schreibt: „Christmas 2005, my first with Dad!"

Sorgfältig drucke ich mir die Fotos aus und lege sie mit dem Gedanken, sie David irgendwann einmal zu geben, in eine Mappe.

Durch meine regelmäßigen Anrufe in der Suchthilfe habe ich den Berliner, der Timo heißt, mittlerweile etwas näher kennen gelernt. Inzwischen begrüßt er mich wie eine alte Bekannte.

„Davids Zähne sind so jut wie neu", meint er Mitte Januar und weist mich darauf hin, dass mein Sohn, wenn im Februar die ersten drei Monate vorüber sind, seine eigene Bekleidung tragen darf.

Ich weiß, dass David gut aufgehoben ist, doch ich vermisse ihn schmerzlich, und sobald ich einen jungen Mann in seinem Alter mit einem Rucksack und Baggy-Jeans sehe, krampft sich mein Magen zusammen, und meine Augen werden feucht. Aber es geht mir nicht allein so, auch Frank und Constantin äußern des Öfteren, wie sehr ihnen Sohn und Bruder fehlt.

Einen Tag, nachdem David in die Suchthilfe zurückgegangen war, las ich durch Zufall die SMS, die er der Schulkameradin geschrieben hatte: „Hi, Celi, ich wollte dir nur mitteilen, dass ich eine Therapie mache und mich eine ganze Zeit nicht melden werde." Das Mädchen hatte geantwortet: „Ich bin so stolz auf Dich, halte durch. Ich denke an Dich. Deine Celina."

Weil ich neugierig bin, wer so wichtig für meinen Sohn ist, lade ich Celina ein.

Es ist Ende Januar, der Boden ist hart gefroren, und dicke Eiszapfen hängen an der Dachrinne, als das Mädchen, die wie eine Zwillingsschwester von Betty aussieht, vor der Tür steht. Kurz darauf sitzen wir bei Tee und Kuchen im Wohnzimmer.

„Wie alle Mädchen aus meiner Klasse war auch ich in Dave verliebt", erzählt sie. „Eine Zeit lang waren wir zusammen, aber nachdem ich mit ihm geschlafen hatte, wollte er nichts mehr von mir wissen. Als er von hier fortgezogen ist, habe ich lange nichts mehr von ihm gehört. Doch irgendwann hat er sich wieder gemeldet. Wir haben uns dann regelmäßig E-Mails geschrieben. Eines Nachts, ich hatte schon geschlafen, schickte er mir eine SMS: ‚Während Du in Deinem warmen Bett liegst, überlege ich, ob ich nicht besser aus dem neunten Stock springe.' Aber da ich von seiner Drogensucht wusste, habe ich mich nicht sonderlich darüber aufgeregt."

„Ich war davon überzeugt, dass er hier keine Drogen genommen hat", sage ich erschüttert.

„Ach", meint sie, „er war ausschließlich mit Leuten zusammen, die ständig kiffen oder sich betrinken. Einmal schrieb er, dass er als kleiner Junge ständig gehungert und sein Essen auf der Straße gesucht hat." Das Mädchen schaut mich ernst an. „Ich hatte manchmal den Eindruck, dass er sich aufgrund seiner Vorgeschichte zu sehr selbst bemitleidet hat."

Beim Verabschieden sagt sie: „Bitte sag mir sofort Bescheid, wenn du etwas über ihn erfährst. Ich muss wissen, wie es mit ihm weitergeht."

Der bitterkalte Winter hält auch den Februar über an. Schließlich ist es so weit, dass wir Davids Sachen zur Suchthilfe bringen dürfen.

Als Uwe und ich an einem Samstag vor dem verschlossenen Hotel stehen und läuten, öffnet ein südländisch aussehender Mann Anfang dreißig, der sich als Timo vorstellt, einen Spaltbreit die Tür. Er hat keine Zeit für lange Gespräche, sondern nimmt rasch den Koffer entgegen und schließt die Tür sofort wieder.

Durch die verglasten Scheiben sehe ich mehrere junge Leute, darunter ein hübsches, kräftiges Mädchen, das uns neugierig anschaut. Das dichte lange Haar zu einem Pferdeschwanz gebunden, wirkt sie in dem blauen Overall wie ein fröhlicher Teenager, der gerade seine Wohnung streichen will.

Uwe arbeitet in den nächsten Wochen in der Schweiz, und ich stürze mich in meine Arbeit.

Ich trage nach wie vor den dünnen Silberring und schließe David jeden Abend in mein Nachtgebet ein. Je länger der Junge in der Einrichtung lebt, desto erleichterter bin ich, und mit jedem Tag, der vergeht, werde ich zuversichtlicher. Als die Schneeglöckchen den Krokussen im Garten weichen, bin ich voller Hoffnung.

Eines Morgens ruft Timo an und bittet mich, für David ein paar Dinge zu besorgen.

„Bringen Sie die Sachen aber bitte nicht hierher, sondern auf den Bauernhof", sagt er und erklärt: „Es ist nicht einfach für Ihren Sohn, wenn er weiß, dass Sie kommen. Das letzte Mal hat er eine Weile gebraucht, um sich wieder zu fangen."

Nachdem ich Kontaktlinsen und Jogginganzug besorgt habe, mache ich mich kurz nach dem Mittagessen auf den Weg zum Bauernhof. Die milde Frühlingssonne hat sich verabschiedet, und es weht ein kühler Wind.

Als ich ankomme, beladen gerade ein paar Männer in den inzwischen vertraut wirkenden Overalls einen Möbelwagen. Einer von ihnen kommt rasch auf mich zu und nimmt mir das Paket mit Davids Sachen ab.

Als ich wieder ins Auto steigen will, begegne ich einer Frau mit moderner Kurzhaarfrisur, die ich auf Ende fünfzig schätze. Freundlich lächelt sie mich an und beginnt ein Gespräch. Sie erzählt mir offen, sie sei Alkoholikerin und lebe seit sieben Jahren auf dem Hof.

„Ich kenne Ihren Sohn von den Spielkreisen in Frankfurt", sagt sie und fasst mich zutraulich am Arm. „David ist ein besonderer Junge." Und als ich sie dankbar anschaue, lächelt sie und meint: „Ich bin mir sicher, dass Ihr Sohn es schafft, auf Dauer clean zu bleiben."

Nachdem sie erklärt, dass sie mir den Hof leider nicht zeigen könne, da für mich auch wegen Jenny die Kontaktsperre bestehe, verabschiede ich mich herzlich und fahre wieder nach Hause.

Endlich ist es so weit: Die sechs Monate der Kontaktsperre sind vorüber, und ich darf meinen Sohn nun wieder in die Arme schließen. Als Uwe und ich Constantin abholen, um gemeinsam zu David zu fahren, sind meine Hände vor Aufregung ganz feucht.

Constantin ist vor Freude auf das Wiedersehen so ausnehmend guter Laune, als hätte er das große Los gezogen, und erzählt während der Fahrt übermütig einen Witz nach dem anderen.

Bei der Suchthilfe werden wir in der großen Halle von einem Mann begrüßt, der uns mit strenger Miene auf die Regeln des Hauses hinweist. Unsere Geschenke, Buch und Süßigkeiten, müssen wir erst einmal abgeben.

Als David kurz darauf mit Siegerlächeln und geraden Schultern die Halle betritt, erkenne ich ihn auf den ersten Blick nicht wieder. Während er uns der Reihe nach immer wieder umarmt und küsst, staune ich über sein blendendes Aussehen.

„Mann", sagt Constantin, „siehst du gut aus! Woher bist du so braun?"

„Das macht Demeter", antwortet ein Mann lachend im Vorübergehen, woraufhin David erklärt, dass die Göttin der Fruchtbarkeit und des Ackerbaus so heißt.

„Ich habe zwanzig Kilo zugenommen", berichtet er stolz, während er uns an einem Tisch Kaffee und Kuchen serviert. Anschließend führt er uns durch die Einrichtung.

Als Erstes zeigt er uns in einem hellen, großen Büro seinen Schreibtisch und sagt: „Das ist mein Arbeitsplatz im Transportbüro."

Bei unserem Rundgang sehen wir immer wieder junge Leute in blauer Einheitskleidung, die Fußböden säubern oder ähnliche Arbeiten verrichten, wobei David leise erklärt, welche Drogenprobleme sie haben. Nachdem wir die große Küche und den Aufenthaltsraum besichtigt haben, gehen wir in den ersten Stock, wo die Schlafräume dicht nebeneinanderliegen.

Als David eine Zimmertür öffnet, bin ich erschrocken über die Trostlosigkeit, die in dem Raum herrscht. Außer drei Stockbetten enthält er nichts, und als Dave nach oben auf eines der Betten zeigt, frage ich ihn: „Hast du keinen Nachttisch?"

„Doch", erwidert er fröhlich, „siehst du nicht das Brett über dem Kopfende? Ich brauche hier eh nicht viel. Die Betten sind ausschließlich zum Schlafen gedacht, wir dürfen uns tagsüber hier nicht aufhalten. Denn", meint er und schaut uns der Reihe nach übermütig an, „wie heißt es doch gleich: Müßiggang ist aller Laster Anfang." Schließlich komplimentiert er uns mit einer eleganten Verbeugung aus dem Raum.

Ich kann mich nicht erinnern, meinen Sohn jemals so heiter und ausgeglichen erlebt zu haben. Als wir nach ein paar Stunden das Gebäude verlassen, sagt Constantin: „Ich kann's kaum glauben, aber Dave ist ein neuer Mensch."

Nachdem auch Frank und Miriam sich am darauf folgenden Wochenende von Davids positiver Verwandlung überzeugt haben und unser Junge den beiden versprochen hat, mindestens ein Jahr in der Suchthilfe zu bleiben, ist die Welt wieder in Ordnung.

Und so bin ich guter Dinge, als ich Mitte Juni vier Wochen später auf den Bauernhof fahre, wo David an einem Lehrgang für Möbeltransporte teilnimmt.

Es regnet in Strömen, als ich eintreffe, und während ich geduldig die gleiche Prozedur wie in Frankfurt über mich ergehen lasse und die große Tasche abgebe, in der sich Bekleidung und Schuhe für David befinden, sehe ich auf der Eckbank einen Jungen unter einer Decke schlafen, der höchstens sechzehn Jahre alt ist. Nachdem ich auf die Einhaltung der Regeln hingewiesen wurde, kommt David und drückt mich so fest, dass ich kaum Luft bekomme. Als er mich endlich loslässt, nimmt er meine Hand und sagt: „Komm, wir gehen rüber zum Kaffeetrinken."

Während wir über einen gepflasterten Innenhof gehen, frage ich: „Warum lag der Junge da im Büro?"

„Ach", erwidert er, „der ist schon zum vierten Mal hier, weil er nicht von den Drogen loskommt. Die lassen ihn erst einmal zu sich kommen."

Schließlich gelangen wir in einen großen Saal mit Tischen und Bänken, wo Jenny mich verlegen kichernd und mit großen Augen begrüßt. Mit ihren sorgfältig gezupften Augenbrauen, der modischen Brille und dem schwarzen Hornreif im Haar sieht sie wie eine Sekretärin aus und nicht wie ein Mädchen, das noch nicht einmal einen Schulabschluss besitzt. „Wir ham uns aber lange nich jesehen", sagt sie zu mir.

Nach und nach füllt sich der Raum mit jungen und alten Menschen, die sich angeregt miteinander unterhalten.

Als schließlich alle Platz genommen haben, wird es erst einmal mucksmäuschenstill im Saal. Nachdem sich die Mitglieder mit einem gemeinsamen Spruch für das Essen bedankt haben, klappern kurz darauf Teller und Tassen.

Ich bin erstaunt, wie liebevoll mein Sohn mit seiner Schwester umgeht. Ständig streichelt er ihre Hand und albert während des Kaffeetrinkens mit ihr herum.

Nachdem wir die köstliche Torte, die aus der eigenen Bäckerei stammt, verzehrt haben, fordert Jenny mich auf: „Komm, kiekste mal den Hof an?" Fröhlich schreitet sie voran.

In einem der Ställe arbeitet ein junger Mann, den Jenny mir stolz als ihren Freund vorstellt. „Er macht hier 'ne Ausbildung zum Landwirt", erklärt sie und gibt dem Jungen, der gerade den Stall ausmistet, einen Kuss. „Wenn wir länger als ein Jahr zusammen sind, bekommen wir ein ‚Pärchenzimmer'." Als ich sie erstaunt anschaue, sagt sie: „Viele haben hier geheiratet und Kinder bekommen und leben nun in ihren eigenen Wohnungen zusammen."

Als plötzlich ein Gewitter aufzieht, schaut Jenny ihren Bruder an und fragt: „Erinnerst du dich noch daran, was für furchtbare Angst wir als Kinder hatten, wenn wir allein zu Hause waren?"

„Wie könnte ich das vergessen", antwortet David. „Du hast immer, um das Donnern zu übertönen, so laut geschrien, dass mir das oft mehr Angst gemacht hat als das Gewitter."

„Es ist seltsam", meint Jenny nachdenklich, „ich war ja noch so klein, aber daran erinnere ich mich genau. Du hast, sobald ein Unwetter aufzog, eine Decke über uns ausgebreitet und dabei immer vor dich hin gesungen."

Zärtlich streicht David seiner Schwester über die Wange. „Ich habe dich jahrelang gemieden, weil du mich so sehr an früher erinnert hast. Aber", sagt er und lächelt dabei verschämt, „jetzt wird alles anders."

Als ich am späten Nachmittag zurückfahre, stehen beide winkend auf dem Parkplatz, und David hat den Arm um Jenny gelegt.

Abends rufe ich euphorisch Dora an und berichte von meinen Eindrücken. Aber im Gegensatz zu mir reagiert sie äußerst gelassen und meint: „Dann wollen wir mal hoffen, dass die beiden nicht wieder rückfällig werden."

Ich bin felsenfest davon überzeugt, dass David nie wieder Drogen nehmen wird. Doch ich sage nichts dazu und denke nur: „Pessimismus kann einem gehörig das Leben verderben."

Der Dauerregen hat aufgehört, und der Sommer schenkt uns endlich die heiß ersehnten warmen Tage.

David beschwert sich immer öfter darüber, dass er in der Suchthilfe keine psychologische Hilfe erhält. „Allein durch Arbeit bekomme ich mein Suchtproblem nicht in den Griff", sagt er ungehalten, als ich versuche, ihn zu beruhigen.

Schließlich schickt er mir Ende Juli eine Mail: „Im Moment geht's mir nicht so gut. Ich habe heute Nacht sogar geträumt, ich würde von hier weggehen, aber das ist vielleicht nur eine Phase. Es würde mir bestimmt guttun, draußen eine Nachsorge zu machen, aber von hier aus kann ich mich nicht anmelden. Vielleicht würde es mir auch guttun, noch hier zu bleiben. Na ja, schauen wir mal. Ich gehe gleich Fußball spielen.

Hab Euch lieb,

Dave."

Wir sind verunsichert und fragen uns, ob in dieser Einrichtung die Probleme nur mit Arbeit zugedeckt werden, und wir fürchten, dass überhaupt keine Ursachenforschung betrieben wird. Doch ich schreibe in meiner Antwort auf seine Mail: „David, wir halten nichts davon, wenn Du Hals über Kopf davonläufst, aber wenn Du bereit bist, anschließend in eine Einrichtung für Betreutes Wohnen zu gehen, können wir reden."

Als der Hausleiter David Anfang August lapidar mitteilt, dass er in Zukunft auf dem Bauernhof leben wird, will der Junge weg. Nach einigem Hin und Her beschließt die Familie, dass er erst einmal nach Hause kommen soll und wir ihm anschließend einen Platz in einer anderen Einrichtung suchen werden.

Kurz darauf hole ich David, der mir mit einem großen Karton unter dem Arm fröhlich zuwinkt, am Bahnhof ab. Am nächsten Morgen fahren wir gleich zur Suchtberatung in unsere Stadt.

Nachdem David einer Psychologin seine Drogenlaufbahn geschildert hat, bietet sie ihm ähnlich wie bei den Anonymen Alkoholikern eine ambulante Betreuung an und teilt ihm die abendlich stattfindenden Termine mit.

„Am besten", meint sie, „ist es natürlich, Sie schaffen es allein." Mich bittet sie, meinem Sohn zu vertrauen und ihn nicht ständig zu kontrollieren. Gegen das Rauchen von Zigaretten hat sie nichts einzuwenden. „Ich bin der Meinung, man sollte Ihrem Sohn jetzt nicht alles verbieten", sagt sie. Aber sie rät David, die Finger vom Alkohol zu lassen, und weil er in der Vergangenheit am Computer ein deutliches Suchtverhalten gezeigt hat, seine Zeit am PC einzuschränken.

David stellt einen schriftlichen Antrag für die Aufnahme in eine Einrichtung für Betreutes Wohnen in Frankfurt. Während er auf eine Antwort wartet, macht er sich nützlich und erledigt alle anfallenden Arbeiten im Haus und Garten. Egal, ob der Rasen gemäht oder der Gartenzaun gestrichen werden muss, David macht das.

Als er aus Frankfurt kurz darauf eine mit Platzmangel begründete Absage erhält, schlägt er vor: „Ich werde immer sicherer hier draußen und habe keinen Suchtdruck. Am liebsten würde ich mir einen Job suchen."

Doch zunächst meldet er sich arbeitslos. Weil sie der Meinung ist, der Enkel habe eine Belohnung verdient, spendiert Franks Mutter dem überglücklichen Jungen den Führerschein. Es dauert nicht lange, und David hat nicht nur die Fahrerlaubnis, sondern ab ersten Oktober auch eine Stelle bei einer internationalen Fluggesellschaft in Frankfurt.

Weil Uwe und ich schon seit Längerem einen Urlaub in Dänemark geplant hatten, kommt meine Schwiegermutter Edda, um sich während unserer Abwesenheit um den Jungen zu kümmern.

Als David mich am Tag vor unserer Abreise um Geld bittet, erwidere ich ungehalten: „Du hast doch für September Arbeitslosenunterstützung bekommen!"

„Habe ich ausgegeben, ich habe schließlich auch meine Bedürfnisse!", sagt er frech.

Das verschlägt mir erst einmal die Sprache.

Bei unserer Rückkehr berichtet Edda jedoch zufrieden, dass alles in geordneten Bahnen verlaufen und der Junge jeden Morgen pünktlich zur Arbeit gefahren sei.

Kurz darauf fällt mir auf, dass mein Sohn sich an den Spirituosen bedient hat, die im Wohnzimmer auf einer Anrichte stehen. Die Flaschen, die fast ausschließlich für Gäste gedacht sind, sind zum Teil ausgetrunken. „Ja, ich habe mir hin und wieder einen Schluck genehmigt, aber ich lasse es jetzt sein", gibt David schuldbewusst zu. Doch als ich anderntags sein Zimmer durchsuche, finde ich leere Weinflaschen.

„Was soll das, David?", frage ich aufgebracht, als er abends von der Arbeit nach Hause kommt. Inzwischen schrillen bei mir sämtliche Alarmglocken, und ich will mich mit einer Ausrede nicht abspeisen lassen. Aber da er in den nächsten Wochen weiter gewissenhaft seiner Arbeit nachgeht, verliere ich mein Misstrauen wieder.

Allerdings gibt der Junge sein Geld mit vollen Händen aus, und obwohl er gut verdient, ist Mitte des Monats nichts mehr auf seinem Konto.

Zu meinem Geburtstag bekomme ich einen Brief, in dem er schreibt, wie dankbar er mir sei und dass er an sich arbeite, um sein Leben in den Griff zu bekommen.

Als im November meine Geschwister abends zum Gänsebratenessen kommen, sind sie von Davids Verwandlung begeistert. Sogar Johannes, mein stets kritischer Bruder, lobt: „Den habt ihr aber wirklich wieder gut ins Leben zurückgeholt."

Zufrieden lege ich den dünnen Silbering kurz vorm Schlafengehen in meinen Schmuckkasten.

Nachdem Celina ihn abblitzen ließ, weil sie Angst davor hat, wieder von David verlassen zu werden, dauert es nicht lange, bis er mir glücklich erzählt, dass er wieder mit Betty zusammen sei. In den folgenden Wochen ist er kaum noch zu Hause, sondern übernachtet immer öfter bei dem Mädchen, das eine kleine Wohnung in der Innenstadt hat.

Als ich Betty begegne, die David eines Tages von zu Hause abholt, wundere ich mich und zweifle daran, dass dieses kindliche, extrem übergewichtige Mädchen die passende Partnerin für meinen problematischen Sohn ist.

Kurz vor Weihnachten treffen Anti und Constantin ein. Wie immer verstehen sich unsere drei Kinder prächtig. Den Abend vor dem Fest verbringen wir bis spät in die Nacht mit Kartenspielen. Doch meine Festtagsstimmung verfliegt, als David mir beim Zubettgehen leise, aber stolz eröffnet, dass Betty ein Kind von ihm erwarte.

Während Ann-Kristin daraufhin kein Wort mehr mit ihm wechselt, sind Uwe und Constantin einfach nur begeistert. Ich hingegen bin skeptisch und weiß nicht, ob ich lachen oder weinen soll.

David ist selig und schwärmt in den höchsten Tönen von seiner zukünftigen Familie. Doch auch als wir am Heiligen Abend in der Kirche sitzen und der werdende Vater laut und fröhlich mitsingt, legen sich meine Zweifel nicht.

Als ich nach den Feiertagen frage, wie er sich sein zukünftiges Leben vorstelle, sagt er wichtig: „Das muss ich noch mit meiner Freundin besprechen."

Seltsamerweise hat Betty in den Tagen nach Weihnachten keine Zeit für meinen Sohn, und auch Silvester zieht sie es vor, den Abend mit ihren Eltern zu verbringen.

Und so stehen Anti, Uwe und ich mit David – Constantin ist am Nachmittag zu Freunden gefahren – nachts auf der Straße und trinken auf das neue Jahr, wobei David stolz sagt: „In diesem Jahr werde ich Vater."

Kapitel 10
Scherben

Weil Betty kaum Zeit für meinen Sohn zu haben scheint und ich endlich wissen möchte, wie es mit den beiden weitergehen soll, lade ich sie und ihre Mutter gleich zu Beginn des neuen Jahres zu uns nach Hause ein.

Teilnahmslos und schweigend sitzt Betty am Kaffeetisch, während David ihr verliebte Blicke zuwirft. Ihre Mutter erklärt mir energisch, sie erwarte von meinem Sohn als dem zukünftigen Vater, dass er Mutter und Kind ernähren werde. Das Mädchen tut so, als gehe es das Ganze gar nichts an, und betrachtet ohne Unterlass seine sorgfältig manikürten Fingernägel. Als Betty plötzlich zu weinen anfängt und David aufspringt und den Arm um sie legt, beschließe ich das Ganze zu beenden: „Am besten redet ihr zwei heute erst einmal allein miteinander."

Schließlich entscheidet sich Betty kurz darauf gegen das Kind und trennt sich, wie ich es erwartet habe, auch von David. Doch der Junge scheint die Trennung und den Verlust des Kindes rasch zu verkraften. Es dauert nicht lange, bis er sich in ein anderes Mädchen verliebt und Bettys Foto in seinem Portemonnaie gegen das von Luise austauscht, einer dunkelhaarigen Schönheit, die im Gegensatz zu ihrer Vorgängerin gertenschlank ist. Begeistert erzählt mein Sohn, was für ein zauberhafter Mensch seine neue Freundin sei.

Uwe will, dass David sich endlich um eine eigene Wohnung kümmert, aber der Junge macht dazu keinerlei Anstalten. Auch sein Umgang mit Geld ist weiterhin sorglos. Obwohl er aufgrund vieler Überstunden ein stattliches Gehalt bekommt und auch keine größeren Ausgaben hat, reicht es nicht bis zum Monatsende.

„Ich verstehe nicht", sage ich eines Tages ärgerlich, „dass du so nachlässig in Gelddingen bist. Du musst doch dafür sorgen, dass deine Einträge bei der Schufa gelöscht werden." Aber er ist nur unter Druck bereit, einen Teil seiner restlichen Schulden zu tilgen.

„Was macht das Kind mit seinem Geld?", frage ich Frank bei einem unserer Telefonate zutiefst beunruhigt.

„Hast du dir mal sein Konto angesehen?"

„Natürlich, ich habe ja eine Vollmacht", erwidere ich.

„Und?", fragt Frank.

„Er hebt fast täglich Geld ab", erkläre ich, „aber der Filialleiter der Bank, ein äußerst verständnisvoller Mensch, meint, das sei bei jungen Leuten normal. Er habe von unserem Sohn im Übrigen nur den allerbesten Eindruck."

„Seiner Arbeit geht er doch regelmäßig nach?", fragt Frank besorgt.

„Ja, wenigstens das tut er", erkläre ich.

„Der Junge muss aus dem Hotel Mama heraus", meint Frank entschieden. „Und hör auf, dir andauernd Gedanken über ihn zu machen. Entweder er schafft es, oder er schafft es eben nicht! Wir können für ihn nicht noch mehr tun."

Wenig später schlägt David vor, zu Constantin in dessen große Frankfurter Wohnung zu ziehen. „Dann erspare ich mir die viele Fahrerei und kann Consti die Hälfte der Miete zahlen", erklärt er.

„Das ist eine gute Idee", erwidere ich erleichtert, denn ich weiß, dass David in der Obhut seines älteren Bruders gut aufgehoben sein wird. Aber Constantin kann sich mit dem Gedanken nur schwer anfreunden, in Zukunft der Hüter seines Bruders zu sein, und ist alles andere als begeistert.

Doch weil er ein weiches Herz hat und sich in gewisser Weise für David verantwortlich fühlt, willigt er schließlich nach einigem Zögern ein, stellt aber die Bedingung, dass David sich innerhalb der nächsten drei Monate nach einer eigenen Wohnung umschaut.

David ist geradezu euphorisch, als er kurz darauf mit Sack und Pack umzieht, und verspricht, dass er sich mit Elan um eine eigene Bleibe kümmern werde.

Constantin erzählt mir bald darauf, wie gut er sich mit seinem Bruder verstehe und wie harmonisch das Zusammenleben verlaufe, und ich bin erleichtert.

In den nächsten Wochen höre ich nur Positives, und mein Leben geht endlich wieder seinen geregelten Gang.

Im Gegensatz zu meinem älteren Sohn besucht mich David öfter, leiht sich hin und wieder mein Auto aus und bringt es stets wie abgesprochen pünktlich zurück. Doch eines Tages liefert er den Wagen nicht wie vereinbart am gleichen Abend, sondern erst am Tag darauf mit leerem Tank ab.

„Das ist schäbig, mich so auszunutzen", sage ich wütend. „Du verdienst weiß Gott genug, um den Sprit selbst zu bezahlen."

David baut sich großspurig vor mir auf und meint frech: „Nun hab dich mal nicht so, ich gebe dir das Geld später!" Doch ich lasse mich auf keine Verhandlungen mehr ein und befehle ihm, den Wagen aufzutanken.

Als er wieder zurück ist, beginnt er plötzlich, in abfälligem Ton über seinen Bruder herzuziehen. Er macht böse Bemerkungen über Constantins unmoderne Kleidung und schließt seinen Vortrag mit den Worten: „Im Gegensatz zu mir ist er ein Weichei!"

Als ich ärgerlich sage: „Du redest über deinen Bruder, der dich großzügig aufgenommen hat", fügt er zu meinem Entsetzen hinzu: „Übrigens, was ich dir immer schon einmal sagen wollte: Ich habe Drogen genommen, weil ich es so wollte!"

Einen Moment lang verschlägt es mir die Sprache, doch ich hole tief Luft und sage ironisch: „Aha, und warum bist du dann so abgerutscht, dass die Suchthilfe deine einzige Rettung war?"

Gleichgültig zuckt er mit den Achseln, murmelt: „Keine Ahnung", und ehe ich noch etwas erwidern kann, fällt die Tür hinter ihm ins Schloss.

Nach diesem Vorfall bin ich davon überzeugt, dass mein Sohn wieder Drogen nimmt. Als Constantin kurz darauf anruft und mir sagt, dass sein Bruder keine Miete bezahlt, bin ich mir dessen sogar sicher.

Weil mir wegen meiner bösartigen Erkrankung vor zwei Jahren im Krankenhaus eine abschließende Untersuchung mit einer Computertomographie bevorsteht und ich große Angst vor dem Ergebnis habe, verdränge ich vorübergehend meine Sorgen und Ängste um David. Doch nachdem mir die Ärzte versichert haben, es sei alles in Ordnung, bin ich davon überzeugt, dass mich in Zukunft nichts mehr so leicht aus der Bahn werfen wird. Und so kümmere ich mich wieder um das, was mein jüngster Sohn tut.

Als ich erfahre, dass David noch immer keine Miete gezahlt hat, richte ich auf seinem Konto einen Dauerauftrag für Davids Anteil an Constantins Miete ein. Seltsamerweise ist David erleichtert, als ich es ihm mitteile. „Das hast du gut gemacht. Danke, Mom", sagt er.

Ende Mai besuchen uns meine Söhne. Uwe fragt, ob David inzwischen begonnen habe, eine eigene Wohnung zu suchen. Bevor er antworten kann, fällt Constantin seinem Bruder ins

Wort und sagt: „Ich bin froh, dass David bei mir wohnt. Er zahlt Miete, und wir verstehen uns gut. Ich sehe keinen Grund, warum er jetzt ausziehen sollte."

David lächelt und nickt zustimmend, aber mir fällt auf, wie geistesabwesend er ist. Er beteiligt sich kaum an der Unterhaltung, und im Gegensatz zu sonst isst er beim sonntäglichen Mittagessen so gut wie nichts.

„Hast du Lust, mit mir einen Spaziergang zu machen, Dave?", frage ich darum nach dem Essen. Als wir kurz darauf das Feld erreicht haben und Clara und Flora ohne Leine herumtoben dürfen, erkundige ich mich: „Wie geht es dir? Kommst du zurecht?", und schaue ihn dabei aufmerksam an.

Der Junge verzieht keine Miene und antwortet: „Es geht mir gut, Mom", und fügt in vorwurfsvollem Ton hinzu: „Du kannst gerne jederzeit einen Drogentest bei mir machen lassen."

„Du musst nicht gleich beleidigt sein", erwidere ich. „Es ist doch wohl nachvollziehbar, dass ich mich nach allem, was passiert ist, um dich sorge."

Niedergeschlagen schaut er mich an. „Weißt du", erklärt er mir, „was mich wirklich bekümmert, ist, dass ich kein Glück bei Mädchen habe. Sobald eine etwas von meiner Drogenvergangenheit erfährt, lässt sie mich fallen wie eine heiße Kartoffel."

„Aber Betty kannte doch deine Vorgeschichte", wende ich ein.

„Ach, die", meint David angewidert und verzieht das Gesicht. „Die hängt mir immer noch nach. Ich kann es so schlecht verwinden, dass sie das Kind hat abtreiben lassen!"

Und zornig fügt er hinzu: „Es war mein Kind, sie hatte kein Recht dazu!"

Nachdem wir eine Weile schweigend über die Felder gelaufen sind, frage ich: „Dein Zeitvertrag läuft im Herbst aus, hast du dir Gedanken gemacht, bei welcher Firma du dich anschließend bewerben willst?"

„Inzwischen gelte ich in meinem Beruf als sehr qualifiziert", antwortet David stolz. „Es ist überhaupt kein Problem für mich, einen neuen Job zu finden, und ich bin nicht dumm und mache den gleichen Fehler noch einmal."

Aber als ich ihn nach Jenny frage, verfinstert sich sein Gesicht, und er antwortet gereizt: „Ich weiß nicht, wie es ihr geht. Ich habe keine Zeit, mich ständig um meine Schwester zu kümmern."

Zu Beginn der Woche rufe ich Dora an und erfahre, dass Jenny sich nach wie vor auf dem Bauernhof wohl fühlt.

„Sie will sogar im Herbst ihren Hauptschulabschluss machen", erklärt Dora glücklich. „Dann ist sie zwei Jahre dort. Aber warum meldet David sich eigentlich nicht mehr bei ihr?"

„Ich weiß es nicht", erwidere ich, „es macht mich höchst nachdenklich."

„Es erinnert an früher", sagt Dora leise.

Einige Zeit später trifft bei uns ein an David adressierter Brief der Staatsanwaltschaft Frankfurt ein. Mir zittern die Hände so sehr, dass es mir schwerfällt, das Kuvert zu öffnen. Die Buchstaben tanzen vor meinen Augen: „Verstoß gegen Paragraph 35 des Betäubungsmittelgesetzes" steht da. Meinem Sohn wird mitgeteilt, dass das Verfahren gegen ihn eingestellt wurde, da die gefundene Menge Haschisch so gering war, dass sie als Eigenbedarf angesehen werde.

Es dauert eine Weile, bis ich mich einigermaßen gefasst habe. Dann greife ich zum Hörer und überschütte David mit einem wütenden Wortschwall.

Als ich schließlich erschöpft innehalte, erzählt er mir eine diffuse Geschichte von der vertauschten Jacke eines Lagerarbeiters. „Ich glaube dir kein Wort", erwidere ich aufgebracht. Aber nachdem ich auch noch mit Constantin gesprochen habe und der gelassen meint: „Beruhige dich, ich würde es doch riechen, wenn Dave kifft", versuche ich, nicht weiter darüber nachzudenken.

Doch mein Misstrauen hält an. Kurz darauf kommt David an einem freien Tag mit Constantins Auto zu Besuch. Er ist zwar nicht mehr so kräftig wie im letzten Sommer, aber er sieht gut aus. Hilfsbereit mäht er den Rasen und führt die Hunde aus. „Mein Vertrag läuft wahrscheinlich schon Ende August aus", erklärt er mir, als er die Lebensmittel, die ich ihm eingepackt habe, im Auto verstaut. „Du musst dir aber keine Sorgen machen, ein Arbeitskollege, der auch ausscheidet, hat mir schon eine neue Stelle vermittelt."

Einige Zeit danach meldet sich Constantin. Er klingt bedrückt, als er sagt: „Mein Vertrauen zu Dave wird immer geringer. Ich habe ein ungutes Gefühl und bin mir inzwischen nicht mehr sicher, ob er nicht doch wieder mit dem Kiffen angefangen hat. Er ist in letzter Zeit völlig verändert und sehr schlecht drauf. Nie hat er Geld, und ab Mitte des Monats lässt er sich von mir aushalten."

„Geht er denn regelmäßig zur Arbeit?", frage ich.

„Das kann ich doch gar nicht kontrollieren. Manchmal bleibt er liegen und sagt, er feiere Überstunden ab."

„Richte ihm aus, ich möchte eine Haarprobe von ihm haben", erkläre ich.

„Willst du das wirklich machen?", fragt er.

„Ja", erwidere ich, „wir hatten lange genug Geduld mit ihm."

Inzwischen ist es Anfang Juli, und Ann-Kristin kommt, denn in Nordrhein-Westfalen haben die Sommerferien begonnen.

Es regnet gerade in Strömen, als das Telefon klingelt und sich ein Rettungssanitäter meldet, um mir mitzuteilen, dass mein

Sohn David aufgrund von Lungenproblemen ins Krankenhaus eingeliefert worden sei. Meine Befürchtung, seine Erkrankung könne im Zusammenhang mit Drogenmissbrauch stehen, sei unbegründet, erklärt mir ein Arzt. „Das Zusammenklappen der Lungenflügel tritt besonders häufig bei großen jungen Männern auf."

Nachdem wir David besucht haben und ich mich vergewissert habe, dass es sich nicht um eine lebensbedrohliche Erkrankung handelt, bin ich erleichtert. Und als ich seine Firma informiere, staune ich über das Mitgefühl, das ihm entgegengebracht wird. Offenbar ist er sehr beliebt und erledigt seine Arbeit mehr als zufriedenstellend. Die Sekretärin des Geschäftsführers will wissen, in welchem Krankenhaus er liegt. „Grüßen Sie ihn herzlich von uns allen", bittet sie mich freundlich, „wir werden ihn besuchen."

Bei meinem nächsten Besuch wartet David im Bademantel schon auf dem Klinikgelände. Er hat zwar den Schlauch noch in der Lunge und trägt das Belüftungsgerät mit sich, aber er sieht besser aus. Erleichtert sitze ich kurz darauf mit ihm in der Cafeteria.

Verlegen nimmt er meine Hand. „Ich habe hier viel Zeit zum Nachdenken, und nachdem ich gemerkt habe, wie scheußlich es in einem Krankenhaus ist, möchte ich mich bei dir entschuldigen. Es tut mir leid, dass ich dich, als es dir schlecht ging, nicht besucht habe. Weißt du", sagt er, „aus Angst, dich zu verlieren, habe ich deine Krankheit einfach verdrängt." Dann schaut er mich lieb an und sagt: „Consti kommt täglich, Papa und Miriam besuchen mich morgen. Wie gut, dass ich eine Familie habe!"

„Wir sind auch froh, dass wir dich haben", erwidere ich, denn seit dem Gespräch mit der Sekretärin bin ich davon überzeugt, dass mein Misstrauen und meine negativen Gedanken doch unbegründet waren.

Auch Constantin sagt eines Abends am Telefon zu mir: „Sturm im Wasserglas, Mutter, ich denke, wir haben uns grundlos aufgeregt."

David ist bald wieder genesen und beendet im August seinen Zeitvertrag. „Ab nächsten Monat habe ich einen neuen Job", teilt er mir kurz danach fröhlich mit. Und als Anfang September an einem Montagabend eine Kurzmitteilung kommt, in der steht: „Erster Arbeitstag gut verlaufen", habe ich keine Bedenken mehr.

An Uwes Geburtstag am darauf folgenden Samstag kommt die ganze Familie zusammen. Ausführlich berichtet David von seiner neuen Arbeit und ist höflich und zuvorkommend. Aber mir fällt auf, dass er sehr abgenommen hat.

Als wir beide allein draußen auf der Terrasse stehen, klagt er, wie traurig er noch immer über den Verlust seines Kindes sei. „Ich komme einfach nicht darüber hinweg", sagt er bedrückt.

Doch auf meine tröstenden Worte, dass es in jedem Fall so besser für ihn sei, reagiert er höchst ärgerlich.

Kurz darauf erhalten wir per Post Davids Steuerkarte und wenig später ein Schreiben von der Krankenkasse, die sich nach Davids momentaner Beschäftigung erkundigt. Ich bin ernüchtert. Und auch wenn Constantin mir sagt: „Mach dir keine Sorgen, David verlässt jeden Morgen pünktlich die Wohnung", bin ich mir nun endgültig sicher, dass er uns belogen hat und nicht arbeitet.

Schließlich kann ich ihn eines Abends über Constantins Anschluss erreichen und verlange nachdrücklich, mir Adresse und Telefonnummer seines neuen Arbeitgebers mitzuteilen. „Ich schicke dir morgen von der Arbeit eine Mail", sagt David gereizt und fragt: „Bist du dann zufrieden?"

Am nächsten Tag meldet sich Constantin. David lasse ausrichten, seine neue Firma ziehe um und ich müsse mich noch etwas gedulden.

„Der belügt uns doch und arbeitet nicht!", rufe ich wütend.

Ich kann Constantin kaum verstehen, so leise sagt er: „Das glaube ich langsam auch. Außerdem habe ich bei ihm in einer Tasche Zettel von verschiedenen Pfandhäusern gefunden, und das stimmt mich doch sehr bedenklich."

„Ich vermisse seit einiger Zeit eine Kette mit Anhänger ", sage ich erschrocken.

„Doch nicht die mit dem goldenen Herzen, die dir Uwe geschenkt hat?", fragt er.

„Ich kann sie auch verloren haben", erwidere ich kläglich.

Gelegenheit, meinen Sohn zur Rechenschaft zu ziehen, bekomme ich nicht mehr, denn David hat sich in der Zwischenzeit bei einem Bekannten von Constantin einquartiert. Peter sei ein junger Mann, der zwar einer geregelten Arbeit nachgehe, aber seine Freizeit ausschließlich mit Kiffen und Computerspielen verbringe, erzählt mir Constantin. „Der freut sich, wenn er beim Kiffen Gesellschaft hat."

Gleich am nächsten Tag mache ich mich auf den Weg zur Bank, und als ich mit meiner Vollmacht Einsicht in Davids Konto erhalte, sehe ich, dass sein Dispositionskredit ausgeschöpft ist. Offensichtlich hat er keine Unterstützung vom Arbeitsamt erhalten und noch nicht einmal Arbeitslosengeld beantragt. Daueraufträge für Miete, Handy-Rechnungen, Rückzahlung von Restschulden und die Leasingrate für den Computer sind im Lastschriftverfahren zurückgebucht worden.

Da David den Kontakt zu uns abgebrochen hat und es auch Frank nicht gelingt, ihn zu erreichen, fassen wir den Entschluss, seine persönlichen Sachen aus Constantins Wohnung zu entfernen. „Er muss jetzt endlich begreifen, dass er so nicht weitermachen kann und auf der Straße landet", sage ich verbittert. „Vielleicht wacht er dann auf." Aber Constantin hat Skrupel und bittet uns, noch ein paar Tage zu warten, denn er möchte seinem Bruder die Gelegenheit zu einer Aussprache bieten.

Kurz darauf ruft Constantin mich an und ist völlig außer sich. „Der ist voll auf Drogen", berichtet er fassungslos. „Die Bong stand im Wohnzimmer auf dem Tisch, und als er mich angebrüllt hat: ‚Ja, ich habe keinen Job, und ich bin auch nicht arbeitslos gemeldet!', habe ich ihm meinen Wohnungsschlüssel abgenommen." Erbittert sagt er: „Jetzt bin ich fertig mit David!" Und er fügt traurig hinzu: „Wenn ich mich doch nicht immer für ihn verantwortlich fühlen würde." Es trifft mich bis ins Mark, wie groß seine Enttäuschung über den erneuten Absturz des Bruders ist.

Am Wochenende fahren Uwe und ich zu Constantin, packen Davids Sachen in Müllsäcke und räumen sie in den Keller. Es fällt mir schwer, aber ich weiß, es ist die einzige Möglichkeit, die noch bleibt.

Auch in den folgenden Tagen meldet sich David nicht. Schließlich taucht er bei Constantin auf, der mich sofort anruft und seinem Bruder den Hörer in die Hand drückt.

„Wie soll es mit dir weitergehen?", frage ich ruhig.

„Keine Ahnung", erwidert er lässig. „Wenn mich keiner mehr will, gehe ich eben auf die Straße."

Ein letztes Mal lässt Constantin ihn noch bei sich übernachten, dann verschwindet David am nächsten Morgen mit notdürftig gepacktem Rucksack ohne ein Wort.

Constantin, der uns anderntags besucht, sagt ratlos: „Er ist doch mein kleiner Bruder! Wie kann ein Mensch wegen einer Droge alles andere im Stich lassen und lieber zugrunde gehen, als damit aufzuhören?"

Wir sind völlig niedergeschlagen, und Uwe meint: „Es ist das Beste, wir reden nicht mehr über David." Doch das ist leichter gesagt als getan, denn schon gegen Abend klingelt das Telefon.

„Draußen ist es kalt, und ich habe keine dicke Jacke", sagt David vorwurfsvoll. „Außerdem brauche ich von Consti eine Mietbescheinigung fürs Arbeitsamt." An der Telefonnummer erkenne ich, dass er wieder bei Peter untergekommen ist. Es wundert mich, dass sein Ton immer noch so unverschämt ist.

Nachdem Constantin ihm das gewünschte Papier gemailt hat, sagt er: „Ich bin froh, dass Peter ihn wieder aufgenommen hat, es wird unangenehm kalt draußen, und ich mache bei dem Gedanken, dass sich mein Bruder auf der Straße herumtreibt, kein Auge zu."

Betroffen sitzen wir nach dem Abendessen zusammen, und obwohl wir es uns vorgenommen haben, nicht über David zu sprechen, gelingt es uns nicht.

Constantin fährt am nächsten Tag wieder nach Frankfurt zurück. Er ist noch nicht lange zu Hause, als er anruft. Ich kann ihn anfangs nicht verstehen. Er ist so aufgeregt, dass sich seine Stimme beim Reden überschlägt. „David ist auf mich losgegangen und wollte mich schlagen, weil ich ihm verboten habe, wieder bei mir zu übernachten. Dieser Hass in seinen Augen, als er mich mit Schimpfworten überschüttet hat! Ich hatte richtig Angst vor ihm."

Kurz darauf klingelt wieder das Telefon. Es zerreißt mir das Herz, als David weinend schreit: „Ich bin so fertig, ich habe kein Geld und nichts zu essen, ich kann nur noch unter einer Brücke schlafen, ich bringe mich jetzt um, lebt wohl!" Noch ehe ich etwas erwidern kann, hat er aufgelegt.

Frank ruft wenig später an und berichtet, David habe auch ihm gerade telefonisch seinen Selbstmord angedroht.

„Was sollen wir nur tun?" Den Hörer in der Hand, schaue ich hilflos meinen Mann an.

„Nichts!", erwidert Uwe streng. „Wir machen gar nichts."

„Und wenn er sich wirklich umbringt?" Meine Stimme ist nur noch ein Flüstern.

Aber Frank am anderen Ende der Leitung meint: „Der droht nur, der sieht im Augenblick seine Felle davonschwimmen und will uns erpressen."

„Hoffentlich behaltet ihr Recht", sage ich und breche in Tränen aus.

Wie ich am nächsten Tag von Constantin erfahre, hat sich Peter erneut breitschlagen lassen und David wieder aufgenommen. „Aber nur noch für ein paar Tage, dann muss Dave die Wohnung verlassen. Er liegt Peter nur auf der Tasche", erklärt Constantin. „Ich will nichts mehr von ihm wissen. All die Jahre habe ich nur zurückgesteckt und mich immer schützend vor meinen Bruder gestellt, jetzt ist es genug!"

Aber ich gebe nicht auf und versuche immer wieder, David anzurufen. Schließlich meldet er sich an einem Nachmittag mit einem verschlafenen „Hallo". Meinen Vorschlag, zurück in die Suchthilfe zu gehen, lehnt er entschieden ab.

„Lieber gehe ich auf der Straße zugrunde, als dass ich da noch einmal hingehe", sagt er bestimmt.

„Dann kann ich dir auch nicht mehr helfen", erwidere ich resigniert und lege auf.

Am Wochenende schickt er mir mehrere Kurznachrichten und bettelt, wieder zu seinem Bruder ziehen zu dürfen. Doch ich bleibe hart. Schließlich schreibt er: „Das ist meine letzte Nachricht, ich fahre jetzt nach Hamburg ins Obdachlosenasyl. Leb wohl."

Zu Wochenbeginn teilt mir Constantin mit, dass sein Bruder von Peter auf die Straße gesetzt worden ist.

Es ist bitterkalt im Oktober, die ersten Nachtfröste haben eingesetzt, und ich denke den ganzen Tag an nichts anderes als daran, dass mein Kind sich ohne Geld und ohne ein Dach über dem Kopf irgendwo draußen auf der Straße herumtreibt.

Auch Uwe beschäftigt die Situation mehr, als er zugeben will, denn als wir in der Dunkelheit draußen unter dem sternenklaren Himmel stehen, um die Hunde noch einmal vor die Tür zu lassen, sagt er: „Hoffentlich hat er wenigstens eine warme Jacke dabei."

In der Nacht tue ich kein Auge zu und schrecke bei jedem Geräusch ängstlich in die Höhe. Und als ich endlich in einen unruhigen Schlaf falle, träume ich von meinem obdachlosen Sohn.

Am nächsten Tag blinkt der Anrufbeantworter, auf dem David mit kläglicher Stimme um Rückruf bittet. „Ich bin im Krankenhaus", sagt er, „weil ich heute Nacht bewusstlos aufgefunden wurde." Nachdem er versichert hat, dass er im Moment in guten Händen sei, fleht er mich an: „Ich weiß, dass ich euch alle maßlos enttäuscht habe, aber bitte, bitte, bitte, gebt mir eine allerletzte Chance!"

Es kostete mich enorme Überwindung, aber ich antworte: „Nein, du kannst, sobald du entlassen wirst, zur Suchthilfe gehen."

Doch er weigert sich. Er versichert nur immer wieder, dass er bereit sei, in jeder anderen Einrichtung eine Therapie zu machen.

Auf meinen Rat hin wendet er sich am nächsten Tag an den sozialen Dienst des Krankenhauses, wo man ihm die Adresse einer Beratungsstelle für Drogenabhängige gibt. Ich erkundige mich vorab im Internet über die Einrichtung. Entsetzt lese ich, dass es dort zwar Unterkünfte gibt, aber auch einen Raum, in dem sich heroinabhängige Menschen ihre Spritze geben können.

Als ich dort anrufe, erklärt mir eine Dame am Telefon sachlich, dass ihre Einrichtung die denkbar schlechteste Lösung für meinen cannabisabhängigen Sohn sei. „Ich mache das jetzt hier schon viele Jahre, aber wenn er hierherkommt, ist er verloren", sagt sie. „Die Dealer stehen direkt vor unserer Tür und warten nur auf solche Leute wie Ihren Sohn, um ihm fürs Erste eine Unterkunft und eine Dosis kostenloser Drogen anzubieten." Aber sie gibt mir die Adresse einer anderen Einrichtung, bei der ich nach einigen Telefonaten einen Termin für David vereinbaren kann.

Als David nach drei Tagen aus dem Krankenhaus entlassen wird, geht er direkt dorthin. Doch nachdem man ihn von dort zu einer Suchtberatung des Sozialamts überwiesen hat, steht er am Abend dieses Tages mit der Aussicht auf eine baldige Unterkunft wieder auf der Straße.

Von unseren Freunden ist niemand bereit, David aufzunehmen, darum ist guter Rat teuer.

Während Uwe und Constantin der Meinung sind, dass David sich selbst nach einer Bleibe umschauen sollte, zerbreche ich mir den Kopf, wie ich den Jungen von der Straße wegbringen kann.

Schließlich fällt mir Mila ein, die ich damals, kurz bevor Frank uns verließ, im Krankenhaus kennen gelernt hatte. Die blutjunge hübsche Kroatin hatte Krebs und kam wegen ihrer schweren Erkrankung nicht mehr mit ihrer Familie zurecht. Als sie nirgendwo unterkommen konnte, nahm ich sie eine Zeit lang auf. Wir haben uns in all den Jahren nicht wiedergesehen, aber mindesten einmal im Jahr ausführlich miteinander telefoniert.

Mila studiert Pädagogik, wohnt in einem kleinen Apartment

in einem Frankfurter Stadtteil und ist sofort bereit, David aufzunehmen.

„Muss ich mein Geld verstecken?", fragt sie sachlich.

„Ich würde es auf keinen Fall herumliegen lassen", erwidere ich.

Als ich David die freudige Mitteilung mache, dass er fürs Erste eine Schlafstelle hat, ist er sprachlos. Leise sagt er: „Mom, das vergesse ich dir nie."

Gleich als David bei Mila angekommen ist, ruft er mich an. „Wir haben uns sofort wiedererkannt", sagt er, und seine Stimme klingt schon fast wie früher.

Bevor ich an diesem Abend zu Bett gehe, stecke ich den dünnen silbernen Ring von David wieder an meinen Finger.

Anderntags fährt David wieder zum Amt und bekommt in einem Vorort einen leeren Raum in einem Obdachlosenwohnheim zugewiesen. Am Tag darauf, es ist Samstag, mache ich mich auf den Weg, um ihn bei Mila abzuholen. Es fällt mir schwer, außer ein paar Handtüchern, einem Putzeimer und Reinigungsmitteln nichts weiter einzupacken. Aber mein Mann hat mich davon überzeugt, dass es ein gewaltiger Fehler wäre, dem Jungen gleich wieder ein kuscheliges Nest herzurichten.

Mila fällt mir lachend um den Hals. Ich schaue mich in der kleinen, gepflegten Wohnung um. „Wo ist er?", frage ich leise.

„Unter der Dusche", flüstert sie mit einer Kopfbewegung in Richtung Bad.

Kurz darauf kommt David mit nassen Haaren herein. „Hallo, Mama", sagt er leise und bleibt zögernd in der Tür stehen. Er sieht erschreckend dünn aus, und ich fühle, als ich ihn in den Arm nehme, wie abgemagert er ist.

Nachdem Mila Brot, Butter und Käse auf den Tisch gestellt

hat, frage ich David: „Was hast du gemacht, seit du bei Peter aus der Wohnung heraus bist?"

„Ich bin den ganzen Tag herumgelaufen", erzählt er. „Als es dunkel und kalt wurde, bekam ich Kopfschmerzen. Schließlich wurde mir so übel, dass ich mich nicht mehr auf den Beinen halten konnte. Kurz darauf bin ich im Krankenwagen zu mir gekommen. Es war seltsam", sagt er, „als die Schwester in der Notaufnahme nach Adresse und Geburtsdatum fragte, stellte sie fest, dass sie im gleichen Jahr am selben Tag wie ich geboren ist. Am nächsten Morgen", berichtet er weiter, „als ich mich mit dem älteren Mann, der mit mir in einem Zimmer lag, unterhielt, stellte sich heraus, dass auch er am einundzwanzigsten April Geburtstag hat."

„Das ist wirklich sonderbar", erwidere ich, aber David unterbricht mich und sagt: „Bis dahin fand ich es nur einen komischen Zufall, aber es ging noch weiter. Nachdem ich vom Sozialamt die Adresse für das Zimmer bekommen hatte, ging ich am nächsten Tag zur Stadtverwaltung, um die neue Anschrift in meinen Personalausweis eintragen zu lassen. Vor mir stand ein junges Mädchen, dessen persönliche Daten gerade von der Sachbearbeiterin verglichen wurden."

„Hat auch sie etwa am gleichen Tag wie du Geburtstag?", frage ich erstaunt.

„Ja", erwidert David, „inzwischen fand ich das äußerst merkwürdig. Aber das war noch nicht alles. Auf dem Rückweg zu Mila saß vor mir in der U-Bahn ein ziemlich abgerissen aussehender Mann." David lächelt verlegen, als er hinzufügt: „Ein Typ in meinem Alter, der anscheinend weniger Glück hatte als ich, denn Mila hatte mir freundlicherweise das Geld für die Bahn gegeben. Jedenfalls wurden die Fahrgäste kontrolliert, und als der Mann, der keine Fahrkarte hatte, vom Kontrolleur überprüft wurde, war auch er genau wie ich am gleichen Tag geboren. Irgendwie kam es mir unheimlich vor. Ich dachte, ich bilde mir das alles nur ein, darum bin ich schnell ausgestiegen. Als ich dann auf der Straße stand, bin ich kurzerhand in die Bank direkt vor meiner Nase gegangen, um ein Konto für mein Arbeitslosengeld zu eröffnen. Du erinnerst dich doch sicherlich daran", sagt er und schaut mich fragend an, „dass du mir damals in Berlin ein Konto eingerichtet hast?"

„Ja, natürlich", erwidere ich und füge hinzu: „Wir haben es nie gelöscht."

„Eben", meint David, „aber was das Besondere ist, es war noch Geld darauf. Für jemanden wie mich, der seit Tagen ohne einen Cent in der Tasche in der Gegend herumirrt, ein Geschenk des Himmels." Gedankenverloren schaut er vor sich hin und sagt: „Ich habe in der Vergangenheit schlimme Dinge gemacht, aber jetzt wird alles anders. Nie in meinem Leben möchte ich noch einmal so tief fallen."

Kurz darauf bedankt er sich überschwänglich bei Mila, aber als auch ich ihr meinen Dank aussprechen will, wehrt sie ab. Den Geldschein, den ich auf den Tisch gelegt habe, steckt sie ärgerlich zurück in meine Jackentasche. Danach machen wir uns auf den Weg zu seiner Unterkunft. Während der ganzen Fahrt rollen mir Tränen über das Gesicht. Ich versuche mich zusammenzunehmen, aber es gelingt mir nicht.

Wir sind noch nicht ganz bei dem Obdachlosenwohnheim angekommen, als David sagt: „Ich möchte nicht, dass du meine Behausung siehst. Es ist eine üble Gegend, und es wohnen nur Penner dort."

Darum verabschiede ich mich, nachdem ich Brot, Butter und ein paar Konserven für David gekauft habe, auf einem Parkplatz von ihm.

„Mama", fleht David, „hör bitte auf zu weinen. Ich verspreche dir, ich mache alles wieder gut." Und als ich ihn abends anrufe, sagt er: „Mama, ich danke dir so sehr dafür, dass du mir doch wieder geholfen hast. Morgen früh gehe ich in die Kirche zum Gottesdienst. Ich glaube, das wird mir guttun."

Ende Oktober, ein paar Tage nach meinem Geburtstag, bekomme ich eine Karte von David, auf deren Vorderseite ein Spruch von Wilhelm Busch steht:

„Man ist ja von Natur kein Engel,
vielmehr ein Welt- und Menschenkind.
Und ringsumher ist ein Gedrängel,
von solchen, die dasselbe sind."

Als ich die Karte aufklappe, lese ich:

„Hallo, Mama!
Wie immer zu spät und in unpassender Situation.
Ich bin dankbar, dass es Dich gibt.
Dave"

Drei Wochen später, ich habe geschäftlich in Frankfurt zu tun, verabrede ich mich mit ihm an der gleichen Stelle auf dem Parkplatz.

Er ist immer noch sehr dünn, aber wie aus dem Ei gepellt. Kein Mensch würde auf die Idee kommen, dass er zurzeit in einem Obdachlosenwohnheim lebt. Auf der Fahrt zum Arbeitsamt erzählt er mir, wie es ihm in der Zwischenzeit ergangen ist.

„Einmal wöchentlich muss ich eine Urinprobe abgeben", sagt er. „Denn sollten die feststellen, dass ich wieder Drogen nehme, muss ich sofort aus dem Zimmer heraus. Mein Betreuer ist sehr hilfsbereit. Er hat mir Tassen und Teller geschenkt. Bettzeug habe ich von der Kirche bekommen. Da gehe ich auch jeden Tag zum Essen hin. Dafür helfe ich, kehre die Straße oder was sonst so anfällt. Und eine alte", dabei verzieht er angewidert das Gesicht,

„leicht stinkende Matratze hat mir mein Nachbar geschenkt. Aber", sagt er stolz, „Hauptsache nüchtern!" Und er fügt hinzu: „Im Augenblick schreibe ich Bewerbungen. Dafür habe ich einen Raum mit einem Computer zur Verfügung gestellt bekommen."

„Eine Therapie, David", frage ich. „Was ist mit einer Therapie?"

„Sobald ich mein Leben wieder im Griff habe, werde ich mir einen Therapeuten suchen", verspricht er. „Ich weiß nicht, wie ich das im Augenblick bewerkstelligen sollte. Denn im Moment brauche ich all meine Kraft, um zu überleben und clean zu bleiben. Außerdem bekomme ich nicht viel Geld, weil ich kein volles Jahr gearbeitet habe. Es reicht gerade, um einigermaßen zurechtzukommen."

Nachdem ich ihm erzählt habe, dass Jenny ihren Hauptschulabschluss geschafft hat und ihn herzlich grüßen lässt, fahre ich wieder nach Hause.

Alle paar Tage rufe ich David an, und jedes Mal erkundigt er sich nach seinem Bruder. Es ist ihm anzumerken, wie schwer es für ihn ist, dass Constantin, der ganz in der Nähe von Davids Behausung wohnt, den Kontakt zu ihm gänzlich abgebrochen hat.

„Gestern ist Consti im Auto an mir vorbeigefahren", sagt David traurig, „und hat so getan, als würde er mich nicht sehen."

„Gib deinem Bruder Zeit, David", bitte ich. „Er hat dich sicherlich noch genauso lieb wie früher, aber es ist einfach zu viel passiert."

Das dritte Mal treffe ich David zusammen mit Ann-Kristin einen Tag vor Heiligabend. Die Familie hat zuvor beschlossen, dass David erst dann wieder aufgenommen wird, wenn er über einen längeren Zeitraum clean geblieben ist.

Anti hat inzwischen den Führerschein und fährt mich mit ihrem eigenen Auto. Wir haben frische Bettwäsche, den Weihnachtsteller mit Süßigkeiten, ein Windlicht und Lebensmittel in den Kofferraum gepackt.

Gegen Mittag stehen wir auf dem Parkplatz und warten. Kurz darauf kommt David um die Ecke, und Ann-Kristin murmelt: „Er sieht gut aus." Dann fallen sich die beiden um den Hals. Als wir ein paar Minuten später in einem kleinen jugoslawischen Lokal sitzen, langt David kräftig zu.

„Erzähl mal von deinem neuen Job", bittet Anti.

„Seit dem zehnten Dezember arbeite ich wieder", meint David und tut so, als sei es nichts Besonderes. Aber ich merke ihm an, wie froh er darüber ist. „Mitte Januar, wenn ich mein erstes Gehalt bekomme, schaue ich mich nach einer Wohnung um. Auf Dauer ist es im Heim unerträglich. Da wird nur getrunken und randaliert." Ernst schaut er uns an. „Nun erlebe ich hautnah, was bleibt, wenn Menschen abstürzen."

Als wir ihn zum Parkplatz zurückbringen, bittet er uns, einen Moment zu warten, und kommt kurz darauf mit einer Tüte wieder zurück. „Da sind ein paar Kleinigkeiten für Weihnachten für euch drin", murmelt er verschämt und fügt hinzu: „Sorry, für Geschenkpapier hat das Geld nicht mehr gereicht. Ich habe darum alles in Zeitungspapier eingepackt."

„Reicht denn das Geld vom Arbeitsamt zum Leben, David?", frage ich.

„Ja, ja, danke, Mom, wird schon klappen", meint er zuversichtlich.

„Wir haben Geschenke von ihm bekommen, und wir hatten nur so wenig für ihn", sage ich auf der Rückfahrt zu Anti. Aber sie meint: „Das muss dir nicht unangenehm sein, er hat doch bisher genug von dir bekommen."

Ohne David ist Weihnachten seltsam still. Wir sind alle sehr nachdenklich.

Als ich Constantin am ersten Feiertag bitte, seinem Bruder doch die Matratze zu schenken, die bei ihm nutzlos herumsteht, wird er böse. „Kannst du nicht begreifen, dass ich vorerst mit David keinen Kontakt haben will?", schreit er mich an. Und als mein Mann ihm beipflichtet, sage ich nichts mehr.

Silvester fällt in diesem Jahr auf einen Montag. Am Freitagabend, als ich in meinem Atelier male, klingelt das Telefon.

„Ich habe wieder einmal Mist gebaut, Mama", sagt David. „Man hat mich gerade beim Klauen erwischt."

Entsetzt frage ich: „Was hast du gestohlen?"

„Lebensmittel", erwidert David leise. „Würstchen, Brot und eine Dose Ravioli."

Einen Moment bin ich sprachlos, dann frage ich: „Hast du kein Geld, um dir etwas zu essen zu kaufen?"

„Nein, das Arbeitslosengeld reicht nicht, und mein erstes Gehalt bekomme ich ja erst im Januar", erklärt er und fügt hinzu: „Ich soll fünfzig Euro Strafe zahlen und dreißig Euro Gebühren für den Detektiv."

Nachdem ich mit der Marktleiterin gesprochen habe und versichere, dass ich, wenn man von einer Anzeige absieht, das Geld morgen vorbeibringen werde, lässt sie mit sich reden.

Ohne Uwe etwas davon zu erzählen, fahre ich am nächsten Morgen zu David. Er wartet schon am inzwischen vertrauten Treffpunkt.

„Warum hast du mir nicht gesagt, wie schlecht es dir geht?", frage ich zur Begrüßung.

„Es war mir peinlich, nach allem, was ich getan habe, schon wieder um etwas zu bitten."

„Und dann kaufst du noch Weihnachtsgeschenke, wenn du doch selbst nichts hast."

„Das Geld muss ich erst um fünfzehn Uhr abgeben", erklärt David.

„Dann kaufen wir jetzt erst einmal Lebensmittel für dich", schlage ich vor.

Nachdem wir eingekauft haben, frage ich: „Wovon bezahlst du denn deine Fahrten zur Arbeit?"

„Ich muss oft schwarzfahren", meint der Junge. „Sobald ich Geld bekomme, kaufe ich mir eine Monatskarte." Als wir die Sachen im Kofferraum verstaut haben, fragt er: „Willst du mal mein Zimmer sehen?"

Das Gebäude ist völlig heruntergekommen. An den Wänden ist kaum noch Putz, und die Fenster sind zum Teil mit Pappkartons vernagelt. Die Briefkästen sind aufgebrochen, und als wir das schmutzige Treppenhaus betreten, schlägt mir der Geruch von schalem Bier und Zigaretten entgegen. Während ich den Gang entlanggehe, schaue ich in einen verdreckten Toilettenraum, in dem sich am hinteren Ende eine Dusche befindet.

„Ist die Dusche für alle Bewohner?", frage ich, und David erklärt: „Ja, aber seit einiger Zeit funktioniert das warme Wasser nicht mehr."

Auf meine Frage, wie viele Leute hier untergebracht sind, sagt er: „Wir sind sechs. Die meisten sind über fünfzig und arbeiten seit Jahren nicht mehr. Weißt du", sagt er ernst, „deren Leben besteht daraus, auf ihr bisschen Stütze zu warten und sie anschließend sofort in alkoholische Getränke umzusetzen!"

Als er sein Zimmer aufschließt, staune ich nur. Es ist blitzsauber, warm und gemütlich. Ohne Weiteres könnte ich mir vorstellen, hier eine gewisse Zeit zu leben. Als Sichtschutz hat David vor das Fenster ein Betttuch gehängt. Auf dem Boden liegt die Matratze, die Constantin ihm, wie ich erfahre, vor Kurzem vorbeigebracht hat.

„Er hat kaum mit mir gesprochen", sagt David, „und ist auch gleich wieder gegangen."

Auch das Bettzeug ist frisch und sauber.

„Den Kühlschrank und den Herd habe ich vom Amt bekommen, aber ich habe die Sachen noch nicht lange", erzählt er. Und als ich fragend auf einen kleinen Tisch und ein Schränkchen schaue, meint er: „Vom Sperrmüll, genau wie der Wäscheständer, auf dem ein Teil meiner Kleider liegt. Lampen, den kleinen Fernseher, Wecker und Wasserkocher habe ich von dem Geld gekauft, das noch auf dem alten Konto war", berichtet er weiter. „Und die Prepaid-Karte fürs Handy."

„Es ist richtig gemütlich hier", lobe ich und setze mich auf die Matratze.

„Stell dir vor", sagt David, „der Detektiv gestern im Supermarkt hat mir, nachdem ich ihm einen Teil meiner Probleme geschildert habe, versprochen, sich für mich um eine Wohnung zu kümmern. Er hat mir auch das Brot und die Wurst gelassen und gemeint, er wolle jemanden, der sich gerade wieder aufrichtet, nicht zusätzlich bestrafen."

„Es ist beruhigend zu erfahren, dass es noch Menschen gibt, die ein Herz haben", sage ich gerührt.

Schließlich verabschiede ich mich. David geht noch mit nach draußen und hält lange meine Hand fest. Als ich zum Parkplatz gehe, ruft er: „Hab dich lieb, Mom!"

Abends kommt eine SMS mit der Bitte um Rückruf.

„Das glaubst du nicht", sagt David. „Ich habe später, als du weg warst, das Geld im Supermarkt abgegeben. Eben klopfte es an meine Tür, und eine Angestellte bat mich, noch einmal zu kommen. Ich hatte Angst davor, was die jetzt noch von mir wollten. Kaum war ich da, bat mich die Marktleiterin ins Büro und sagte: ‚Wir haben noch einmal über Sie gesprochen und wollen

Ihnen, weil Sie aus Hunger gestohlen haben, das Geld wieder zurückgeben. Wir alle hier sind davon überzeugt, dass Sie auf einem guten Weg sind und dass Sie das Geld bitter nötig haben.' Ja", sagt David und lacht, „und dann hat sie mir wahrhaftig die Scheine in die Hand gedrückt und mich daran erinnert, nicht zu vergessen, den Detektiv nächste Woche wegen der Wohnung anzurufen!"

Ich bin sprachlos über so viel Menschlichkeit und bin überrascht, als David sagt: „Das Geld holst du dir Mitte Januar von meinem Konto zurück."

„Vielleicht wird jetzt doch noch alles gut, mein Junge", erwidere ich.

Und David sagt: „Ich weiß noch nicht genau wie, aber irgendwie werde ich es schon schaffen!"

Silvester feiern Uwe und ich allein zu Hause.

Als wir um Mitternacht auf das neue Jahr anstoßen, seufze ich: „Gott sei Dank ist dieses schreckliche Jahr zu Ende."